MW01518531

Über die Autorin:
Charlotte Fondraz schreibt hauptsächlich Altertums-
romane. Als Präsidentin eines kunstschaffenden Ver-
eins (Association projekt9) verfasst sie Theaterstücke
sowie Szenarien für Kurzfilme und organisiert inter-
aktive Events. Die Autorin und Teilzeithausfrau lebt
abwechselnd in der Nähe von Bordeaux und in Bre-
men. Bevor sie sich der Schriftstellerei widmete, studierte sie in
Deutschland und Frankreich Biologie und Anthropologie und war
als Offsetdruckerin, Paläopathologin und Übersetzerin tätig. Charlotte ist Mitglied bei den Bücherfrauen und bei Amnesty Interna-
tional, wo sie ebenfalls schreibt, nämlich Briefe für die Freiheit. Auf
ihrer Webseite www.charlotte-fondraz.com berichtet sie in einem
Blog über sich und ihre Arbeit.

Charlotte Fondraz

Der Prinz im Labyrinth

Altertumsroman

Besuche mich auf meiner Webseite und erfahre mehr über mich und meine Arbeit.
www.charlotte-fondraz.com

Das Werk, einschließlich seiner Teile, ist urheberrechtlich geschützt. Jede Verwertung ist ohne Zustimmung des Verlages und der Autorin unzulässig. Dies gilt insbesondere für die elektronische oder sonstige Vervielfältigung, Übersetzung, Verbreitung und öffentliche Zugänglichmachung.

Bibliografische Information der Deutschen Nationalbibliothek: Die Deutsche Nationalbibliothek verzeichnet diese Publikation in der Deutschen Nationalbibliografie; detaillierte bibliografische Daten sind im Internet über http://dnb.dnb.de abrufbar.

Impressum
© 2021 Ulrike Wapler
5, allée Cantemerle
FR-33170 Gradignan
Alle Rechte vorbehalten

Lektorat: Lisa Kuppler (Das Krimibüro)
Korrektorat: Invar Thea Eickmeyer
Satz: Susanne Lomer (Hauptsatz)
Umschlaggestaltung: Ann-Kathrin Hahn (Das Illustrat)
Herstellung und Verlag: BoD – Books in Demand, Norderstedt
ISBN: 978-3-7543-9572-1
Auch als E-Book erhältlich.

Inhalt

ERSTER TEIL

Kreta vor 3600 Jahren,
im fünfzehnten Jahr der Regentschaft von Minas Pasiphaë,
auf einer Baustelle bei Vathypetro

Über den Hügeln brennt die Nachmittagssonne, Zikaden zirpen, der Duft von Thymian und Bergminze liegt in der Luft. Ein hoher Meldeturm aus Holzfachwerk überragt die Landschaft. Auf einer Terrasse am Hang eines Hügels erstreckt sich das Fundament eines Landhauses. Ein junger, in einen roten Vorarbeiterrock gekleideter Mann überquert die ebene Fläche aus festgestampfter Erde, in die Linien eingekratzt sind. Sie markieren, wo die Innenwände des Gebäudes errichtet werden sollen. Der Vorarbeiter trägt seine langen Haare nach kretischer Art zu vielen feinen Zöpfen gekordelt, doch zur Arbeit hat er sie im Nacken zusammengebunden. An einem rechteckigen Aushub in der Mitte des Fundaments bleibt er stehen. Hier soll das Hausheiligtum entstehen, eine künstliche Höhle, in der Rauchopfer dargebracht und Orakel erfragt werden. Vom Rand des Aushubs blickt er auf eine Treppe, die auf der anderen Seite in den Raum hinunterführt. Er schüttelt den Kopf und wendet sich einigen Handwerkern zu, die am Nebengebäude die Trockenmauern hochziehen.

„Latis! Komm mal her!", ruft er hinüber.

Ein Maurer, ein großer Mann in einer ungefärbten Arbeitshose, dreht sich zu ihm um. Er legt den Gesteinsbrocken in seiner Hand auf die Trockenmauer, seinen Hammer daneben, und kommt rasch näher.

„Was gibt's, Ikarus?" Latis tritt zu seinem Vorarbeiter und folgt dessen Blick auf den Aushub im Fundament. „Vier Ellen tief, fünf in der Breite, acht in der Länge. Wie du es mir aufgetragen hast."

Ikarus muss den Kopf in den Nacken legen, um dem Maurer ins Gesicht zu sehen. „Du solltest die Hilfsarbeiter beaufsichtigen, während ich mich um die Steinlieferung kümmere." Er deutet auf den vertieften Raum und die sechs Stufen, die in ihn hinunterführen. „Was hast du gemacht? Geschlafen?"

„Wir waren nur zu dritt, mehr Leute hat mir der Erste Zimmerer nicht gelassen." Latis reckt sein stoppeliges Kinn. „Wie thrakische Sklaven haben wir geschuftet, aber zum Wändeglätten hat die Zeit nicht gereicht."

„Ich rede nicht von Schnelligkeit." Ikarus läuft um den Aushub herum und stellt sich über die Ecke, an der die Treppe hinunterführt. Die eingekratzten Linien kennzeichnen hier zwei Wände, die sich an der Ecke des Aushubs im rechten Winkel treffen sollen. Doch da ist nun die Treppe.

„Wie stellst du dir das vor?" Ikarus tippt mit seinen Sandalen auf die Linien. „Das hier sind die Wände vom Megaron. Du hast die Treppe in die Ecke des Saals gesetzt!"

„Ja, dort ist der Grund am härtesten. Nach einer Elle kommt schon der Felsen. Das hätte Tage gedauert, wenn wir dort alles weggestemmt hätten. Aber für eine Treppe eignet sich der Stein hervorragend."

„Und wie", sagt Ikarus betont ruhig, „wie soll die Hafenmeisterin in ihr Hausheiligtum gelangen?" Er wischt sich den Schweiß von der Stirn. „Wenn die Wände erst einmal stehen, ist die Treppe in einer Ecke eingekeilt."

Latis grinst, als hätte er mit dem Einwand gerechnet. „Wir setzen eine Tür in die Wand." Mit seinem nackten Fuß wischt er die vor der Treppe eingeritzte Linie fort. „Da."

„Eine Tür? In den Korridor?" ruft Ikarus. „Ein Hausheiligtum im Megaron, das man nur vom Korridor aus betreten kann? Das erkläre mal der Bauherrin!"

Die Zimmerleute, die einige Schritte weiter einen Dachstuhl zusammensetzen, schauen sich nach Ikarus um. Der leitende Architekt, ein Mann mit Stirnglatze und dünnen grauen Haarkordeln, der gerade mit einem Handwerker spricht, blickt auf. Er lässt den Mann stehen und kommt über die Baustelle zu Ikarus herüber.

„Stimmt etwas nicht?"

Latis neben Ikarus senkt den Blick.

„Nur ein Missverständnis." Ikarus streicht seinen roten Rock glatt. „An der Seite zum Megaron war der Grund für eine Treppe zu sandig. Deswegen müssen wir das Heiligtum vollständig ausheben und die Treppe im Nachhinein mit Steinquadern hineinbauen."

Stirnrunzelnd blickt der Architekt auf die Stufen.

„Ja, und das ist das Missverständnis", sagt Ikarus schnell. „Der Rest hier, der tatsächlich einer Treppe sehr ähnlich sieht, muss noch weggestemmt werden."

Kaum hat er den Satz beendet, ertönt aus weiter Ferne ein Hornsignal. Es ist zu schwach, um die Botschaft herauszuhören. Ikarus schaut nach Norden, zum hölzernen Meldeturm. Dort, winzig klein in der Entfernung, laufen die Wachen auf die oberste Plattform, auf der die großen Signalhörner mit den Blasebälgen stehen. Also haben auch die Turmwachen das Signal gehört, das so schnell wie möglich weitergegeben werden muss.

Wieder erschallen Hörner, etwas lauter nun, aber noch immer weit entfernt. Doch durch die windstille Luft schwingen sich die Töne klar über die Hügelkette.

„Tod – Verrat – Tod – Verrat!", rufen die Hörner in der melodiösen Silbenklangsprache.

Die Handwerker halten inne. So bewegungslos sehen sie in ihren ungefärbten Arbeitskitteln wie Figuren auf einem Brettspiel aus. Einem Maurer fällt das Senkblei aus der Hand, es kracht auf die trockene Erde. Alle lauschen, gleich muss die *Ergänzung* kommen, der Teil der Meldung, der erklärt, was geschehen ist. Sind Feinde im Anmarsch? Gibt es einen Kampf?

Eine kurze Tonfolge erschallt, in der Silbenklangsprache bezeichnet die Melodie den Sohn der Minas, Prinz Asterion.

„Asterion – Mord – Asterion", rufen die fernen Hörner, „Asterion – starb – durch die Hand – des Atheners."

„Was?", flüstert Ikarus. „Asterion ist tot?" Es ist einen Monat her, dass er Asterion gesehen hat. Als er aus Knossos aufbrach, um hier auf der Baustelle seine Arbeit zu beginnen, wünschte Asterion ihm eine gute Reise und schenkte ihm zum Abschied eine goldene Haarnadel.

Das Signal auf dem Meldeturm von Vathypetro wird wiederholt. Die durchdringenden Töne schallen durch die Luft. Die Meldung überfliegt Kreta: Die Hörner vom südöstlichen Palias und von Mero im Westen erklingen fast im gleichen Moment, dann folgen leiser die von anderen, weiter entfernten Türmen.

Langsam löst sich die Erstarrung der Handwerker. Doch niemand spricht laut. Einige Männer weinen, das Volk liebt und verehrt den jungen Prinzen mit den silbrig-blonden Haaren und der strahlend weißen Haut.

„Asterion, der hellste Stern von Kreta." Latis lässt sich neben Ikarus auf einen Steinhaufen sinken. „Nun ist er erloschen." Er legt das Gesicht in seine Hände.

„Die Leute sollen nur das Notwendigste zusammenräumen", sagt der Architekt mit rauer Stimme. „Die nächsten drei Tage wird nicht gearbeitet. Gib das an alle weiter, Ikarus."

„Jawohl, Meister", antwortet Ikarus leise. Prinz Asterion hat fast nie den Palast verlassen. Dass er dort, an diesem sicheren Ort, umgebracht wurde, ist unvorstellbar. Minas Pasiphaë wird den Mörder finden und zum Tode verurteilen lassen.

„Du solltest nach Knossos zurückkehren." Der Architekt kreuzt die Arme vor der Brust zum Trauerzeichen, dabei neigt er den Kopf vor Ikarus, als sei dieser ein direkter Angehöriger des Toten. „Minas Pasiphaë und dein Vater erwarten dich sicherlich."

Ikarus kreuzt ebenfalls seine Arme. Asterion war so jung, er wurde erst in diesem Jahr in den Kreis der Erwachsenen aufgenommen. Die Initiationsfeuer am Strand leuchteten, Asterions silberhelle Haare schimmerten im Flammenschein. Strahlend vor Stolz schloss seine Mutter ihn in die Arme.

Der Architekt klopft Latis auf die Schulter, dann wendet er sich zum Gehen. Sicher will er nach Vathypetro hinunter und sich mit der Regentin dort besprechen. Die Totenfeier eines Prinzen wird auf der ganzen Insel begangen.

„Bevor du losgehst, schau kurz bei mir vorbei“, sagt der Architekt über die Schulter zu Ikarus. „Vielleicht ist bis dahin eine Nachricht aus Knossos gekommen.“

Ikarus nickt. Sicher wird die Minas Boten und Brieftauben an alle kretischen Städte schicken, in denen sie erklärt, woran man den Mörder erkennen kann. Da viele Schiffe vom Festland auf Kreta anlegen, trifft man nicht selten auf Seeleute in athenischer Kleidung. Die Minas will sicher nicht, dass jemand festgenommen wird, nur weil er einen Chiton oder ein Himation trägt.

Einen Tag später, am Nachmittag

Der Weg von Vathypetro zur Hauptstadt Knossos verläuft durch eine von Phrygana, dem immergrünen Strauchwerk Kretas, überzogene Hügellandschaft. Die Sonne brennt noch heiß, der Herbst hat gerade erst begonnen. Ikarus wandert den Fußpfad entlang, durch die Phrygana und an Dörfern und Feldern vorbei. Die erwartete Botschaft von Minas Pasiphaë ist tatsächlich noch gestern Abend mit einer Brieftaube in Vathypetro eingetroffen. Der „Athener“, Asterions Mörder, von dem die Hörner sprachen – damit ist Theseus gemeint, der Sohn des Königs Aigeus. Die Minas vermutet, dass er nach dem Mord über das Meer geflohen ist. Trotzdem sollen die Kreter auch an Land wachsam sein, falls sie Fremde sehen.

Als Ikarus endlich den letzten Pass vor Knossos erreicht, bleibt er stehen. Die Phrygana ist hart und ausgedorrt vom langen Sommer und vom Wind, besonders hier, auf der Höhe der Hügelkette. Der harzige Duft der trockenen Erde hängt in der Luft, er kündigt die Zeit des Regens an. In einer Senke liegt die Hauptstadt. Nicht weißgekalkt wie die Häuser von Vathypetro, sondern farbenfroh, mit bunt bemalten Fassaden. Aus ihrer Mitte ragt der hohe Palast hervor. Seine Säulengänge leuchten rot, die weißen Füllhörner, stilisierte Rinderhörner, strahlen vom Palastdach. Von hier oben sieht Knossos aus wie immer, doch unten sind sicherlich alle Fenster mit Trauerdecken verhängt. Langsam macht Ikarus sich an den Abstieg.

Die Sonne verschwindet hinter der Hügelkuppe, als er das heimatliche Landgut erreicht. Hinter Olivenbäumen versteckt liegt das Haus seines Vaters. Daidalos, der Erste Baumeister und Schiffsbauer von Kreta, ist ein Berater der Minas, doch trotz seines hohen Rangs wohnt Vater nicht im Zentrum der Stadt, denn er liebt die Abgeschiedenheit. Im Olivenhain singt eine Nachtigall, summend fliegen die letzten Bienen ihre Körbe unter den Bäumen an. Der Gemüsegarten, an den das Gutshaus und die Lagergebäude, das Backhaus und die Werkstatt mit der Ölpresse angrenzen, liegt schon in tiefen Schatten. Noch bevor Ikarus das Haus erreicht, tritt Aleka, seine Amme und die Haushälterin des Vaters, aus dem Eingang. Sie trägt eine weite Hose und, da es noch warm ist, eine Bluse, die nach kretischer Art die Brüste frei lässt. Ikarus läuft ihr entgegen. Ihr Gesicht sieht faltiger aus als noch vor einem Monat bei seinem Aufbruch nach Vathypetro.

„Ikarus, mein Junge. Gut, dass du hier bist." Ungewöhnlich fest drückt sie ihn an sich. „Was für ein Schicksalsschlag."

Aleka hat recht, Asterions Tod ist ein großes Unglück für die Minas und ihren Gatten Nethelaos und für das kretische Volk. Doch es gibt auch Leute, denen die boshaften Kommentare des jungen Prinzen nicht fehlen werden.

Sofort schämt Ikarus sich für diesen Gedanken. Es ist schrecklich, dass der arme Asterion nicht mehr lebt. Er erwidert Alekas Umarmung und lässt sich von ihr ins Haus führen. Im Korridor bleibt Aleka stehen.

„Das Unglück hat deinen Vater furchtbar mitgenommen." Sie streicht Ikarus über die Wange. „Gestern in der Früh wurde Prinz Asterion tot in seinen Gemächern gefunden. Du kannst dir nicht vorstellen, wie …"

Schritte kommen die Treppe aus dem Obergeschoss herunter.

„Dein Vater wird dir alles erklären." Schnell klopft Aleka etwas Staub von Ikarus' Rock. „Herr Daidalos, Ihr Sohn ist heimgekehrt."

Nach dem Essen sitzt Ikarus mit dem Vater im Megaron, dem Großen Saal, beim Abendtrunk. Auf allen Lampensockeln an den Wänden brennen Öllampen und erleuchten den Raum. Ein Polythyron, eine Wand, die nur aus Doppeltüren besteht, grenzt das Megaron von der Vorhalle ab. Heute sind alle Türen weit geöffnet. So trennen nur die Holzpfeiler mit den Türzargen das Megaron von der Vorhalle und dem dahinterliegenden Garten, wo die Grillen zirpen. Während der Mahlzeit hat der Vater kaum ein Wort gesprochen. Noch nicht einmal nach den Fortschritten beim Kanalbau in Vathypetro hat er sich erkundigt. Draußen herrscht längst Dunkelheit, doch die Nacht bringt keine Kühle. Die Luft ist schwül und stickig, als wäre sie zu oft geatmet worden.

Ikarus zählt die Rebhühner auf dem Fresko an der gegenüberliegenden Wand. Das macht er nicht zum ersten Mal, und natürlich weiß er, wie viele es sind – zwölf Hühner, drei Hähne und dreiundzwanzig Küken. Aber das Zählen hilft, die Zeit zu vertreiben. Ein Schweißtropfen läuft ihm den Rücken hinunter bis zum Rockband. Schließlich streicht sich der Vater über seinen Bart – immer noch trägt er ihn lang, nach Athener Art – und räuspert sich. Jetzt ist es so weit.

„Vierzehn Jahre, das ist ein kurzes Leben. Bei Hofe sind alle erschüttert. Ich auch, mein Junge, so etwas geht einem nahe." Der Vater kreuzt die Arme zum Trauerzeichen auf der Brust, und Ikarus tut es ihm gleich.

„Am Abend seines Todes habe ich ihn noch gesehen, beim Delfinfest."

In Knossos, Phaistos, Malia und in allen Küstenorten kennzeichnet die Geburt der Delfinkälber den Herbstbeginn. Im Landesinneren dagegen wird dieses Fest des Meeres nicht gefeiert.

„Das Delfinfest ist schon vorbei?", fragt Ikarus.

Der Vater wirft ihm einen strengen Blick zu, er hasst es, wenn man ihn unterbricht. Ikarus senkt den Kopf.

„Am nächsten Morgen hat ein Diener seine Leiche gefunden", fährt Vater fort. „In seinem Schlafzimmer. Pasiphaë hat mich auf der Stelle rufen lassen. Die arme Frau, nun verlässt sie ihr Gemach nicht mehr und will niemanden sehen. Aber mitunter stößt sie Schreie aus, als hätte sie den Verstand verloren. Man hört sie bis in den Mittelhof." In Vaters Augen glitzert es, doch seine feste Stimme klingt nicht nach Tränen. „Asterion lag auf dem Diwan, die Augen zur Decke gerichtet. Eigentlich sah er aus, als würde er noch leben. Keine Wunde, kein Anzeichen für einen Kampf. Nur diese entrüs-

teten Augen. Als hätte eine Unverschämtheit ihn niedergestreckt."
Vater lehnt sich mit verschränkten Armen zurück. Er ist ein begabter Redner, vielleicht findet er seine Formulierung sehr gelungen.

Der Moment ist günstig für eine Frage. „Die Hörner sprachen von einem Mörder. Theseus, der Athener."

„Sicher. Theseus hat sich auf dem Delfinfest mit Asterion gestritten. Wie zwei Hähne sind die beiden aufeinander losgegangen, alle Wetter!" Vater setzt eine missbilligende Miene auf.

Wenn er dieses Gesicht macht, möchte er zum Weiterreden aufgefordert werden. Als guter Zuhörer imitiert Ikarus die Züge seines Vaters und fragt nach: „Ein Kampf?"

„Nein, natürlich haben sie sich nicht geschlagen. Mit Worten haben sie sich's gegeben." Vater lacht kurz auf. „Theseus ist älter und kräftiger, gegen ihn hätte Asterion mit seinen Fäusten keinen Hieb gelandet. Aber wenn's darum geht, überhebliche Reden zu führen, da waren die beiden sich ebenbürtig. Theseus hat schließlich beleidigt den Saal verlassen. Und Pasiphaë hat ihrem Söhnchen alles durchgehen lassen, wie üblich." Er nimmt einen Schluck aus seinem Becher, und auch Ikarus trinkt. „Am Morgen war Asterion tot, und Theseus ist seitdem spurlos verschwunden, mit seinem Schiff und einem Teil der Mannschaft."

Vater hat sich in Fahrt geredet, wie er es sonst nur vor großem Publikum tut. Die Situation, die er schildert, kann Ikarus sich bestens vorstellen. Nur zu gut kennt er die spitze Zunge des jüngsten Sprosses der Minas, dem niemand zu widersprechen wagt, weil man sonst mit Pasiphaë Ärger bekommt. Der kleine, pummelige Asterion ist weder klug noch geschickt. Doch seine Schwächen überspielt er mit Hochmut und bissigen Bemerkungen. Über Ikarus' leise Stimme, die *man nicht vom Summen einer Fliege unterscheiden kann*, hat er sich bei jedem Empfang lustig gemacht. Ikarus beißt sich auf die Lippe. Nein. Asterion ist tot. Er sollte nicht so hart über ihn urteilen.

„Und um das Maß übervoll zu machen, ist auch Ariadne fort", sagt Vater.

„Ariadne hat den Palast verlassen?", fragt Ikarus nach.

Vater nickt. „Theseus muss sie entführt oder umgebracht haben. Man sucht überall nach ihr. Im Hafen von Amnissos wird sogar nach ihrer Leiche getaucht."

Ikarus stößt mit dem Arm gegen seinen Weinbecher. Der Becher kippt um, ein Rest Rotwein läuft über den Tisch. Vater blickt auf die dunkle Lache. Schnell greift Ikarus zu seinem Mundtuch. Alle sehen in der brillanten, kraftstrotzenden Ariadne die Thronfolgerin. Sie darf nicht tot sein. Ikarus wischt den Wein weg.

Vater seufzt. „Pasiphaë will, dass ich herausfinde, wie Theseus Asterion ermordet hat und was mit Ariadne passiert ist."

Der Gesang der Grillen ist leiser geworden. Aus dem Garten taumelt ein Nachtfalter herein und lässt sich auf der Wand über einer Öllampe nieder.

In Ikarus' ältester Erinnerung an Ariadne trägt sie noch zwei geflochtene Mädchenzöpfe. Sie kommt ins Studierzimmer, schaut in die Runde der Schüler, schon damals mit diesem stolzen, strahlenden Blick, mit dem sie ihn auch heute noch begrüßt. Alle Epen der Kreter rezitierte sie fehlerlos. Die schwierigsten Gleichungen, der kunstvollste Sprung, alles gelang ihr. Erfolg schien ihr immer selbstverständlich.

„Ein paar Hinweise habe ich schon gesammelt", sagt Vater. „Ich bin auf Unstimmigkeiten gestoßen. Aber das hat Zeit bis morgen. Ich bin seit Sonnenaufgang auf den Beinen."

Der Nachtfalter umflattert die Flamme. Flügelschuppen wirbeln durch die Luft. Ächzend erhebt sich Vater und streicht sein langes Leinengewand, einen athenischen Chiton, glatt.

„Morgen musst du mir berichten, wie ihr in Vathypetro das Problem des Abflussgefälles gelöst habt", sagt er. „Ihr habt es doch gelöst, oder?"

Ikarus nickt. „Der Architekt lässt dir seinen Dank ausrichten. Wir sind deinem Ratschlag gefolgt und haben den Durchmesser der Rohre verringert."

„Der Mann kann froh sein, dass er meinen Sohn zum Vorarbeiter hat." Vater lacht und tritt zur Tür, die in den Korridor führt.

Ikarus lässt ihn vorgehen und löscht die Lampen. Die Türangeln knarzen, Vaters Schritte entfernen sich. Auf einem Lampensockel liegt mit verbrannten Flügeln der Falter.

„Aufstehen!" Jemand rüttelt Ikarus an der Schulter. „Wachen Sie auf, Sie müssen mitkommen!"

Es ist dunkel, zwei Männer stehen neben Ikarus' Bett. Einer trägt eine Laterne. Er hält sie ihm direkt ins Gesicht.

„Was ist los?" Dieser Traum ist unangenehm. Das Licht blendet ihn. „Weg! Verschwinde!" Augenblick, es könnte etwas geschehen sein. Ein Brand ist ausgebrochen. Oder ein Erdbeben hat die Insel erschüttert, während er selbst fest geschlafen hat.

„Sie müssen sich ankleiden und in den Palast kommen. Bedaure, mein Herr, Befehl der Minas."

Ikarus setzt sich auf, reibt sich die Augen. Die Laterne wird zurückgezogen, und ihr Licht blendet nicht mehr. Zwei Männer in grünen Mänteln stehen in seinem Schlafzimmer, das sind Wachleute aus dem Palast. Der Himmel draußen ist pechschwarz.

„Ist etwas passiert?"

„Die Minas will Sie sehen. Kommen Sie jetzt bitte, Ihr Herr Vater wartet unten." Der Wachmann mit der Laterne deutet eine Verbeugung an. Er hat graue Schläfen, am Scheitel lichten sich seine Haare.

Die Blätter der Apfelbäume vor dem Fenster rascheln, ein Windzug streicht über Ikarus' Gesicht. An den Wänden seines Gemachs tanzen die Schatten der Männer.

„Beeilen Sie sich."

Aus dem Untergeschoss dringen Stimmen an sein Ohr. Er erkennt die von Aleka, sie hört sich aufgeregt an.

Ikarus zieht das Laken zur Seite und schwingt die Beine über die Bettkante. Kein Brand, kein Erdbeben. Minas Pasiphaë verlangt nach ihm, mitten in der Nacht.

„Lassen Sie die Minas nicht unnötig warten." Der Mann ohne Laterne hält ihm Rock und Mantel hin.

Vielleicht gibt es wichtige Neuigkeiten zu Asterions Tod. Da will Pasiphaë natürlich Vater sprechen. Und sogar er soll mitkommen. Sicherlich will sie ihm damit eine Ehre erweisen, weil er nun schon Vorarbeiter ist. Er bindet sich den roten Rock um, schlüpft in die Sandalen, bindet auch diese. Jetzt die Bluse. Er streift das leichte Oberteil über. Den Mantel legt er sich nur über den Unterarm, denn es ist warm.

Er folgt den Wachen die Treppe hinunter ins Erdgeschoss. Jetzt kann er Aleka besser hören, auch ein paar Worte unterscheiden.

Eins davon ist „der Junge". Ihre Stimme klingt immer noch erregt, als würde sie sich Sorgen machen.

Im Korridor brennen alle Öllampen auf den Sockeln. Die Flammen flackern auf, als Ikarus mit den beiden Männern vorübergeht. Leise tapsen die Schritte der barfüßigen Wachen, seine eigenen Sandalen klatschen auf den Stein.

Im Korridor vor dem Megaron warten neben dem Vater zwei weitere Wachleute, ein großer Dicker und einer mit einer krummen Nase, den Ikarus schon einmal im Palast gesehen hat. Vater ist angekleidet, aber sein Bart sieht struppig aus. Dunkle Ränder liegen unter seinen Augen. Vielleicht fürchtet er, dass die Neuigkeiten keine guten sind. Dass vielleicht Ariadne schwer verletzt gefunden wurde. Nur ganz kurz schaut er zu Ikarus herüber, dann wendet er sich zur Haustür. „Gehen wir."

Aleka tritt aus dem Korridor, der zu den Haushaltsräumen führt. Sie bringt den wollenen Mantel des Vaters, ein athenisches Himation. Üblicherweise mangelt es ihr nie an Respekt, doch nun stellt sie sich Vater in den Weg.

„Sie können den Jungen nicht mitnehmen!" Ihre Stimme ist laut, sie blinzelt. Die Bewegung ihrer Wimpern erinnert Ikarus an das Flattern des Falters gestern Abend. „Was soll er im Palast, mitten in der Nacht?"

Der Vater nimmt ihr den Mantel aus den Händen und setzt seinen Weg fort.

„Beruhige dich, Frau", sagt der Wachmann mit der Laterne leise. „Daidalos und seinen Sohn, das ist der Befehl der Minas."

Aleka holt Luft, als wollte sie zur Gegenrede ansetzen. Sie behandelt Ikarus immer, als wäre er noch ein Kind. Er muss sie ständig daran erinnern, dass er jetzt Vorarbeiter ist. Irgendwann wird er wie Vater die Stellung eines Notablen einnehmen; es ist Zeit, dass sie ihn bei wichtigen Anlässen begleitet.

Schnell wendet Ikarus sich ab und folgt dem Vater. „Mach dir keine Sorgen, Amma", ruft er im Gehen. „Wir sind bald wieder zurück."

Sie durchqueren den Gemüsegarten, dann den Olivenhain. Die Zweige biegen sich im Wind. Am Himmel jagen Wolken dahin. Der Wachmann mit der Laterne schlägt den Weg in die Stadt ein, hinter ihm schreitet der Vater in wehendem Himation.

Im Randbezirk der Hauptstadt Kretas, den sie bald erreichen, ähneln die ersten Häuser denen der umliegenden Dörfer. Sie sind klein, weiß gekalkt, und viele haben nur ein Stockwerk. In diesem Teil der Stadt gibt es keine gepflasterten Straßen, nur Sandwege. Vor den Fenstern klappern die Läden im Wind. Das Himation des Vaters bläht sich auf. Die dünnen Mäntel der Wachleute flattern um ihre Schultern. Wenn Ariadne wohlbehalten wieder im Palast wäre, hätten die Wachen es sicher angekündigt.

Die nächste Gasse ist mit Schotter befestigt. Hier stehen die Häuser gedrängt, und mit ihren drei oder vier Stockwerken sind sie höher als am Stadtrand, deswegen bläst der Wind auf der Gasse nicht mehr so stark. Über die Flachdächer aber fegt er mit unverminderter Kraft. Vor dem Wachmann, der die Laterne trägt, kracht ein Blumentopf auf das Pflaster; im Nebenhaus schlägt ein Hund an. Die Wolken sind noch dichter geworden. Es riecht nach Gewitter. Vielleicht haben sich Ariadnes Entführer gemeldet und eine Auslösung verlangt. Und Vater soll mit der Übergabe beauftragt werden. Ikarus läuft schneller.

Sie erreichen den Binnenhafen am Keratos, der Fluss verbindet Knossos mit dem Seehafen von Amnissos. Hier am Hafen trifft sie wieder die volle Wucht des Sturms. Ein paar flache Lastkähne liegen an den Stegen vertäut. Sie schwanken auf dem schwarzen Wasser und reißen an den Tauen. Vom dunklen Ufer hebt sich schwach eine Gestalt ab, die langsam mit einem Speer in der Hand vor den Stegen entlangläuft. Ein Wachmann, er grüßt seine Arbeitskameraden.

Der Binnenhafen wird bewacht – das hat Ikarus noch nie gesehen. Es gibt hier nur kleine, leere Boote. Tagsüber werden sie zum Gütertransport von und zum Seehafen von Amnissos benutzt. Doch vielleicht vermutet die Minas, dass hier Verbündete der Entführer versteckt sind.

Hinter dem Hafen steigt das Gelände an. Über schmale Treppen geleiten die Wachleute Ikarus und seinen Vater zur Gästepforte des Palastes. Dieser Eingang, eine niedrige Hintertür, führt in den Gästeflügel. Sogar hier sind heute Nacht zwei Wachen stationiert. Kurz bleibt Ikarus stehen. So muss es sein, wenn Krieg herrscht und die Stadt jederzeit mit einem Angriff rechnen muss.

Die beiden Männer lassen sie wortlos passieren. Eine hölzerne Stiege führt in den ersten Stock. Dort verläuft ein Korridor, der an einer Treppe endet. Ikarus folgt den Wachen wieder hinunter ins Erdgeschoss. Die Wege im Palast sind verwinkelt, der Vater hat sie so angelegt, dass Fremde nicht unbemerkt den Palast erkunden können. An Knotenpunkten stehen versteckte Wachen, und in den Korridoren zwischen den privaten Gemächern befinden sich Vorrichtungen, die Alarm auslösen, wenn man auf eine bestimmte Fliese tritt.

Nun passieren sie einen breiten Gang, dessen linke Wand im oberen Drittel aus Säulen besteht. Auch die Säulenwand ist eine Erfindung des Vaters. Der Korridor ist vor Regen geschützt, doch zwischen den Säulen fällt Licht herein. Im Moment allerdings ist der Himmel so dunkel, dass Ikarus die oberen Friese der Säulen nur erahnen kann.

Sie treten hinaus auf den Mittelhof. Sofort fegt der Wind durch Ikarus' Haare. Alles ist dunkel, nur schräg gegenüber, im ersten Stock, brennen noch die Lampen. Dort oben ist das Empfangszimmer der Minas, bestimmt sitzt sie dort auf ihrem Thron und wartet auf Vater und ihn. Hoffentlich wurde nicht Ariadnes Leiche gefunden.

Langsam folgt Ikarus seinem Vater, der an der Seite des Dicken die Treppe zu den offiziellen Empfangsräumen hinaufsteigt. Die Laterne wirft ein flackerndes Licht auf die Fresken des Treppenhauses. Darauf sind Notabeln aus ganz Kreta und Abgesandte aus fernen Ländern abgebildet, die in einer Reihe auf Einlass warten. Schon oft hat Ikarus die Fresken betrachtet, die Delegationen aus Phaistos, aus Malia, aus Palliones. Zwischen diesen herrschaftlichen Figuren sind auch ein Fischer, eine Siegelschneiderin, eine Schmiedin und ein Hirte mit einem Kind dargestellt. Jedem Bürger von Knossos wird hier Gehör geschenkt, das soll das Fresko ausdrücken, hat ihm der Vater erklärt, als Ikarus zum ersten Mal diese Stufen hinaufgestiegen ist.

Das Empfangszimmer der Minas liegt ganz am Ende des Korridors. Der Weg dorthin ist mit Szenen aus der Seefahrt geschmückt. Jede erzählt eine Geschichte aus den Epen der Altvorderen: Die Rettung der fünf Schwestern, Die Geburt der Insel Thira, Die Urmutter der Kraken ... In Ikarus hallt Ariadnes forsche Mädchenstimme wider: *In sich verschlungen zärtlich dösend, der samtne Faulschlamm hüllt sie ein.* Ikarus' Vorstellung von Ariadne mit den Mädchenzöpfen weicht einer anderen: Ariadnes Leichnam, der mit dem Rücken nach oben im Hafenbecken treibt. Ikarus drängt das Bild zurück.

Vor dem Empfangszimmer brennen Lampen zu beiden Seiten der polierten Holztür. Mit seinem Klopfzeichen, zwei lang, dann ein Dreiertakt, kündigt der Dicke ihre Ankunft an. Die Töne hallen dumpf durch den stillen Korridor.

„Herein." Es ist die Stimme von Ramassje, dem Vorsteher der Hochherrschaftlichen Handelsflotte. Wie Vater gehört er zu den engsten Beratern der Minas.

Vater schiebt den Dicken zur Seite und betritt den Raum zuerst.

Das Empfangszimmer setzt sich aus drei Bereichen zusammen, dem mittleren Thronraum und zwei seitlichen, die durch Polythyra je nach Bedarf mit dem mittleren verbunden werden können. Heute sind die Türen geschlossen, sogar das Fenster zum Lichthof ist verhängt. Ramassje, der dicke Ägypter, steht in ein weißes, in Falten gelegtes Gewand gekleidet in der Mitte des Thronraums. Eine schulterlange Perücke rahmt sein rundes Gesicht ein. Er richtet seine kholumrandeten Augen auf Vater. Hinter ihm hat sich die Minasfamilie versammelt, oder besser, die verbleibenden Mitglieder der Minasfamilie.

Vom Thron schaut Pasiphaë Ikarus mit wilden, übernächtigten Augen entgegen. Ihre kleine, kräftige Gestalt wirkt verkrampft, die nackten Brüste hängen schief aus dem tiefen Ausschnitt ihres Kleides. Pasiphaës Gatte Nethelaos steht ungeschminkt und mit eingefallenen Wangen neben ihr. Rechts neben dem Thron kauert Phädra, die Zweitgeborene, mit verweintem Gesicht auf einer Wandbank. Sie hält ihre langen, muskulösen Beine mit den Armen umschlungen. Die Schwalben auf dem Fresko hinter ihr scheinen sie zu umschwirren.

„Da sind sie", sagt Ramassje laut und tritt zur Seite.

Pasiphaë richtet ihren starren Blick auf Vater. „Theseus ist weg. Nirgendwo ist sein Schiff gesehen worden."

Ihre Stimme klingt vorwurfsvoll, als sei es Vaters Schuld, dass der Mörder entkommen ist. Trotzdem atmet Ikarus auf. Für Ariadne besteht Hoffnung. Wäre sie tot gefunden worden, hätte die Minas es ihnen sofort mitgeteilt.

„Den Rest der Mannschaft haben wir befragt", sagt Nethelaos mit brüchiger Stimme. „Die Leute haben keine Ahnung. Sie können es selbst nicht glauben, dass ihr *ehrenhafter Theseus* sie zurückgelassen hat." Seine Unterlippe zittert so stark, dass er nicht fortfahren kann. Er verbirgt sein Gesicht in den Händen.

„Deine Ratschläge haben sich sämtlich als nutzlos erwiesen, Daidalos!", ruft die Minas.

Es scheint, als habe sie Vater kommen lassen, nur um ihm Vorhaltungen zu machen, doch deswegen hätte sie ihn kaum in der Nacht in den Palast bestellt. Vielleicht hat Theseus auf seiner Flucht noch andere Verbrechen begangen, von denen Pasiphaë eben gerade erst erfahren hat. Dinge, die durch Vaters Ratschläge begünstigt wurden. Doch das erklärt nicht, warum sie ihn, Ikarus, ebenfalls vorgeladen hat.

Ramassje nickt zu Pasiphaës Worten und macht ein betrübtes Gesicht. Es soll wohl so aussehen, als würde er Vaters Versagen bedauern. Bestimmt ist er froh, dass Vater und nicht er den Ärger der Minas abbekommt.

„Keine Spur von Ariadne. Ich will Rache!" Die Minas richtet sich auf ihrem Thron auf, ihre Hände umklammern die Lehnen. Sie sieht aus wie ein bissiger Hund, der nur von einer Kette zurückgehalten wird. „Aber mir bleiben bloß ein paar athenische Seeleute!" Grell schallt ihre Stimme durch den Raum.

Ikarus weicht zurück, dabei stößt er an einen Wachmann – es ist der Dicke.

„Wie konnte Theseus bis in die Gemächer meines Sohnes vordringen, Baumeister?" Pasiphaë erhebt sich von ihrem Thron. „Der Wohnflügel ist unerreichbar, hast du gesagt." Sie kommt auf Vater zu, ihre Schritte knallen auf die Marmorfliesen. „Dort wären Wachen überflüssig!" Aus ihrer Steckfrisur rutscht eine Strähne heraus. „Du steckst mit drin, Daidalos, bis zum Hals."

„Auch jetzt behaupte ich, Hoheit, dass der Wohnflügel unerreichbar ist." Vaters Stimme klingt ruhig. „Für einen Fremden, wohlgemerkt."

Von hinten kann Ikarus Vaters Gesicht nicht sehen, aber seine gestrafften Schultern zeigen, dass er die Ruhe bewahrt. Ikarus wischt sich die feuchten Hände am Rock ab und drückt seinen Rücken gerade.

„Ist das wahr?" Pasiphaë bebt vor Wut. „Dann hat also jemand den Athener an der Hand genommen, ihn zu Asterion geführt, zugesehen, wie er meinen Sohn ermordete, und ihm dann den Weg hinaus zu den Häfen gezeigt, ja?"

Der Vater schaut in die Runde. Sein Blick bleibt kurz an Phädra hängen, die noch immer ihre Beine umschlingt und jetzt den Kopf auf die Knie sinken lässt.

„Nun ja", sagt Vater gedehnt. „Ich habe bereits einige Erkenntnisse gewonnen. Geben Sie mir noch etwas Zeit."

„Zeit? Damit du auch abhauen kannst? Zu Theseus, deinem Verbündeten?" Pasiphaës Stimme klingt schrill und messerscharf.

Ramassje spitzt die Lippen. „Zwei volle Tage hat dir die Minas gegeben. Und jetzt sollen wir glauben, dass dir am dritten oder vierten Tag eine neue Einsicht kommen könnte."

Vater hebt die Hand, als wollte er sie beruhigend auf Pasiphaës Arm legen. „Minas, Hoheit, lassen Sie uns morgen ganz in Ruhe überlegen, was uns für Möglichkeiten bleiben…"

„Genug!" Pasiphaë wehrt Vaters Hand ab. „Du wirst dein Komplott nicht weiterführen. Du bist Athener, genau wie Theseus und sein Vater Aigeus. Theseus hat Asterion ermordet, und du hast ihm geholfen!"

Was? Das kann Pasiphaë nicht im Ernst glauben! Der Schmerz über den Verlust ihres Sohnes hat sie gepackt und verwirrt ihr die Sinne, aber vielleicht können Nethelaos oder Phädra dem Vater beistehen. Sie wissen doch, dass Vater treu zu der Minasfamilie hält. Doch Phädra hebt noch nicht einmal den Kopf, sie zieht ihre Beine nur noch näher an den Körper. Wie eine Schnecke, die sich in ihrem Haus verkriecht, sieht sie aus.

„Hör zu, Pasiphaë…", beginnt Nethelaos.

„Ich will den Baumeister und seinen Sohn nicht mehr sehen." Die Minas spricht leise, aber bestimmt. „Wachen, führt sie ab."

Sofort packt der Dicke Ikarus am Arm. Sein Griff ist hart, wie eine eiserne Schelle umgreift er ihn, dabei würde Ikarus auch freiwillig gehen. Vater dreht sich um und verlässt den Raum, der Krummnasige bleibt an seiner Seite. Der Dicke folgt ihnen und zieht Ikarus mit sich. Wie ein Verbrecher wird er abgeführt. Er stolpert, nur mit Not kann er sich fangen. Wenn die Minas Vater die Verantwortung für

Asterions Tod gibt, will sie ihn vielleicht aus Knossos oder sogar aus ganz Kreta verbannen.

Was für ein Unsinn. Pasiphaë ist nicht die Einzige, die über Entscheidungsgewalt verfügt. Die Kreter haben Gesetze, und an die muss sich auch die Minas halten. Bestimmt bringen die Wachen sie wieder nach Hause. Auf der Treppe nach unten lässt der Dicke Ikarus los, er kann zu Vater aufschließen. Vaters Miene ist ausdruckslos. Ruhig, so als wäre er ganz allein, läuft er die Stufen hinunter. Natürlich, er will vor den Wachen nicht zeigen, wie ungehalten er über Pasiphaës Benehmen ist. Ikarus bemüht sich um einen neutralen Gesichtsausdruck und setzt seine Schritte möglichst fest und entschlossen.

Zunächst kehren sie auf den Mittelhof zurück. Doch anstatt sie über die Gästepforte aus dem Palast hinauszubringen, geleiten die Wachen Ikarus und Vater in den Ostflügel, in dessen Erdgeschoss die Werkstätten untergebracht sind. Zu Beginn seiner Ausbildung hat Ikarus dort die Grundlagen der Holzverarbeitung gelernt, auch das Mattenflechten und das Rohrverlegen. Hinter den Werkstätten liegen Lagerräume, in den oberen Stockwerken können Gäste beherbergt werden. Und Gefangene. Vor Jahren hat Pasiphaë die Schwägerin der Yaʾdur-Addu von Ugarit hier festgehalten, bis die ugarische Regentin ihre ausstehenden Tribute bezahlt hatte. Doch der Wachmann mit der Laterne führt Ikarus und seinen Vater nicht hinauf in die Gästeunterkünfte, sondern hinab in das erste Untergeschoss.

Dieser Teil des Palastes ist Ikarus fremd. Der Korridor ist fensterlos, keine einzige Lampe gibt es hier. Der Schein der Laterne fällt auf kahle Wände ohne jegliche Bemalung. Ikarus streckt seine Hand nach dem Vater aus, seine Finger berühren das Himation. Sein Vater weiß sicher, wohin man sie bringt. Er kennt den Palast besser als jeder andere. Doch er merkt gar nicht, dass Ikarus ihn am Himation zieht.

Am Ende des Korridors führt eine schmale Treppe wieder nach oben. Ein Fries aus geometrischen Figuren ist unter die Decke gemalt, Wellen und Halbkreise. Das Muster sieht nicht mehr nach Kellern und Lagern, sondern nach Wohnräumen aus. Natürlich. Man wird Daidalos, den Obersten Architekten und Bootsbauer der Minas, nicht in einen lichtlosen Kerker sperren. Ikarus atmet auf.

Gleich oben am Treppenabsatz befindet sich eine Tür mit einem Riegel davor, ähnlich wie bei einem Viehstall, nur dass die Vorrichtung nicht aus Holz, sondern aus Eisen ist. Ein Gefängnis. Ikarus spürt sein Herz schlagen wie Fäuste, die auf eine Bretterwand trommeln. Der Wachmann mit der Laterne zieht den Riegel zurück und drückt die Tür auf. Vater schlendert in den unbeleuchteten Raum und verschwindet im Dunkel. Es raschelt und knarzt, als ob er sich auf eine Sitzgelegenheit fallen lässt. Der Wachmann folgt ihm, der Schein seiner Laterne dringt in den Raum, in dem sie nun eingesperrt werden sollen. Aber keine kahlen Wände mit Strohlagern werden sichtbar, sondern ein kleines Empfangszimmer mit einem Diwan, auf dem der Vater mit übereinandergeschlagenen Beinen sitzt. Der Wachmann entzündet eine Öllampe auf einem Wandsockel. Der Diwan ist nicht das einzige Möbelstück. Ein Lehnstuhl, eine Truhe und ein Regal gehören ebenfalls zur Einrichtung. Auf einem Beistelltisch sind ein Mischkrug mit zwei Bechern, Oliven, Brot und Trockenkrebs angerichtet, so als seien sie geladene Gäste. Vielleicht wünscht Pasiphaë, dass Vater diese Nacht im Palast verbringt, weil sie ihn, ihren eigenen Worten zum Trotz, gleich morgen früh weiter ermitteln lassen will. Die Architektur des Gemachs entspricht den Gästezimmern auf den oberen Geschossen: ein Empfangsraum mit Polythyron, dahinter die Vorhalle, die auf den Lichthof führt. Ikarus tritt hinaus und schaut nach oben. Drei Stockwerke, nur im obersten geht ein Fenster in den weiß gefliesten Lichthof hinaus. Wolkenfetzen ziehen über den Himmel. Heulend fängt sich der Sturmwind im Schacht, aber er kommt nicht ganz bis nach unten. Die Äste der Büsche in den Blumenkübeln bewegen sich kaum.

Das Licht im Empfangszimmer bringt ein kleines Nachbarfenster im Hof zum Leuchten. Dort muss das Schlafzimmer liegen. Vielleicht ist sogar eine Waschecke mit Abtritt daran angeschlossen. Pasiphaë hat ihnen eine luxuriöse Unterkunft zugewiesen. Dies ist kein Ort, an dem Verbrecher eingesperrt werden. Ikarus kehrt ins Empfangszimmer zurück. Rosa blühende Erontas sprießen auf den Wänden, Reiher fliegen am Himmel des Freskos. Die Möbel haben geschnitzte Lehnen, die Kissen gestickte Borten.

„Lass dich nicht von der Einrichtung täuschen, mein Sohn." Der Vater lehnt sich zurück und schlägt die Beine übereinander. „Dieses Gefängnis ist absolut ausbruchssicher."

Der Wachmann holt Luft, als wollte er etwas erwidern, doch dann zuckt er nur mit den Schultern. Seine Arbeitskameraden warten vor der Tür.

Von fern nähern sich schnelle Schritte. Sie kommen die Treppe herauf. Die Wachleute vor der Tür neigen die Köpfe. Betont langsam erhebt sich Vater. Doch er tritt nicht zur Tür, sondern er wendet sich Ikarus und dem Lichthof zu, als ginge es ihn nichts an, dass auf dem Korridor jemand heraneilt.

Kalathe, die Hohepriesterin, Pasiphaës Schwester, erscheint in der Tür. Ihre grau gesträhnten Haare sind wie immer mit vielen bronzenen Manschetten zu drei Zöpfen zusammengefasst. Doch sie trägt keinen Schmuck, noch nicht einmal ihre Ohrringe hat sie angelegt. Ihre große Gestalt wirkt weniger imposant als sonst. Mit ihrer gesunden Hand stützt sie sich am Rahmen ab, der linke Arm hängt wie gewöhnlich schlaff herunter.

„Ihr könnt gehen", sagt sie zu den Wachen. „Aber lasst die Laterne hier. Ich schließe selbst."

Während die Wachen sich entfernen, dreht sich Vater zu Kalathe um, die Bewegung wirkt elegant und geschmeidig. Kalathe geht ihm entgegen und ergreift seine Hand. „Ich konnte nichts machen, sie hört mir noch nicht einmal zu."

Der Vater streicht Kalathe über die Wange. Ikarus tritt am Regal vorbei weiter ins Zimmer hinein. Eine solch vertraute Geste hat er bei seinem Vater noch nie gesehen. Vaters Nacken und Schultern straffen sich, er streckt sein Kinn vor. Kalathes Hand lässt er nicht los.

„Zumindest konnte ich erreichen, dass ihr hier untergebracht werdet." Kalathes Züge sind weich, sie wirkt so besorgt, dass sie ganz fremd aussieht.

„Pasiphaë hätte mich wohl am liebsten in einen Käfig gesteckt und im Mittelhof ausgestellt." Vater klingt sorglos, als wollte er einen Scherz machen. Kalathe wendet den Kopf ab, ihr ist wohl nicht zum Lachen zumute.

Wieder nähern sich Schritte. Diesmal sind sie langsam, jemand schlurft den Korridor entlang. Kalathe lässt Vaters Hand los, er tritt zurück. Ihre Bewegungen wirken geläufig, so als seien sie es gewohnt, ihre gegenseitige Zuneigung zu verbergen. Im Lichthof faucht der Wind.

Nethelaos kommt herein, er bleibt hinter Kalathe stehen. Seine Augen sind rund und groß wie bei einer Theatermaske.

„Pasiphaë will über Sie Recht sprechen", sagt Kalathe zu Vater, „noch bevor Asterions Leichnam beigesetzt wird." Ihre Stimme hat wieder den kühlen, sachlichen Klang angenommen, den Ikarus von ihr kennt. „Er soll nicht ungerächt bestattet werden." Auch ihr Gesichtsausdruck ist wieder so nüchtern wie sonst. „Ihnen, Daidalos, wird vorgeworfen, einem Mitglied Ihrer Sippschaft aus Athen wissentlich Hinweise gegeben zu haben, wie man in Asterions Gemächer gelangt und wieder heraus. Deshalb, so schlussfolgert die Minas, sind Sie am Tod des Prinzen und an der Entführung der Prinzessin beziehungsweise ihrer Ermordung beteiligt."

Mithilfe zum Mord! Ikarus setzt sich auf den Lehnstuhl. Nicht Fahrlässigkeit, nicht Versagen, die Minas beschuldigt Vater eines Kapitalverbrechens. Aber das ist völliger Unsinn!

Vater schüttelt den Kopf und lächelt, als hätte er Mitleid mit der Minas, die sich in eine so irrwitzige Idee verrennt. „Ich sehe, dass Pasiphaë einen Schuldigen braucht", wendet er sich an Nethelaos. Dieser sieht so verzweifelt aus, als sei er und nicht Vater der Gefangene. „Aber darf nicht wenigstens mein Sohn wieder nach Hause gehen? Er war während der ganzen letzten Wochen in Vathypetro und kann unmöglich etwas mit der Sache zu tun haben."

„Das dürfte kein Problem sein." Nethelaos' Stimme ist höher als sonst. Er fasst sich an den Mund, als könnte er so ihren Klang regeln. „Ich werde das vor meiner Gattin verantworten, wenn Sie mir sagen, wo ich Ariadne finden kann."

„Nethelaos." Vater geht auf ihn zu, doch Nethelaos weicht zurück, schon hat er die Tür erreicht. Vater bleibt stehen. „Ich habe weder mit dem Tod Ihres Sohnes noch mit dem Verschwinden Ihrer Tochter etwas zu tun. Ich weiß nicht, wo Ariadne steckt. Leider habe ich noch keine eindeutige Spur. Aber ich könnte meine Nachforschungen weiterführen, wenn …"

„Ich glaube das nicht. Ariadne ist nicht tot!", schreit Nethelaos. Ikarus drückt sich tiefer in den Lehnstuhl. Anscheinend hat Nethelaos gar nicht begriffen, was Vater gesagt hat. Aber Vater braucht Nethelaos' Unterstützung, Kalathe allein wird Pasiphaë nicht umstimmen können.

„Ariadne braucht unsere Hilfe, jetzt sofort!" Nethelaos schwankt, Kalathe umfasst ihn mit ihrem gesunden Arm. Wenn er wirklich zusammenbricht, könnte Kalathe ihn nicht halten. Doch vor Vater ist er eben zurückgewichen wie vor einem Dämon, und sicher will er auch von Ikarus nicht berührt werden.

„Wir gehen besser. Wenn hier ein weiteres Unglück geschieht …", mit einem Nicken deutet Kalathe auf Nethelaos, „wird es ebenfalls Ihnen angehängt werden, Daidalos. Meine Schwester muss ihre Trauer in Rache ertränken. Und in der gegenwärtigen Lage gibt es keinen besseren Schuldigen als Sie."

Die letzten Worte flüstert sie nur. Als sie Nethelaos aus dem Raum führt, schaut sie zurück, doch ihr Gesicht liegt im Schatten des Lampenlichts. Mit dem Fuß schließt sie von außen die Tür. Die Bolzen drehen sich leise malmend in den steinernen Sacklöchern. Der Riegel scharrt. Kalathes und Nethelaos' gedämpfte Schritte entfernen sich; es bleibt nur das Heulen des Sturms, der oben über den Lichthof fegt. Ikarus ringt nach Atem, doch der Wind scheint alle Luft aus dem Zimmer herausgezogen zu haben. Die Minas will sich rächen. Und weil sie den Schuldigen nicht fassen kann, richtet sie ihre Wut auf Vater. Nur weil er wie Theseus aus Athen stammt.

Vater setzt sich ruhig wieder auf den Diwan. Sonst schimpft er, wenn ihm etwas nicht passt. Er kann zynisch werden oder laut, und fluchen kann er auch. Jetzt starrt er nur ins Leere.

„Vater …" Ikarus' Hals ist trocken, er räuspert sich. „Ich verstehe nicht, was du mit Asterions Tod zu tun haben sollst."

Im Schein der Öllampe wirkt Vaters Gesicht eingefallen.

„Kanntest du Theseus denn, bevor er in Knossos ankam, Vater? Als du von Athen weggegangen bist, muss er noch ein Kind gewesen sein."

Endlich hebt Vater den Kopf. „Tja, mein Sohn, ich fürchte, wir werden noch sehr viel Zeit haben, um über Prinz Theseus zu sprechen." Er legt die Handflächen zusammen, wie immer, wenn er zu einer längeren Erklärung ausholt. „Vor zwölf Tagen ist ein athenisches Lastschiff in Amnissos eingelaufen. Die *Aigeus' Stolz*, dreißig Riemen, mit einer Kapitänskabine auf dem Deck. Der Tribut an Kreta war fällig, zweihundertvierzig Talente Silber, auch Bronze und Gold, das Übliche. Ganz und gar nicht üblich war der Überbringer. Er war nicht irgendein Abgesandter, nein. Aigeus hat seinen eigenen, einzigen Sohn geschickt. Da musste etwas dahinterstecken." Vater hebt eine Braue, dabei sieht er Ikarus an, als wisse er Bescheid.

Auf irgendetwas spielt Vater an, Ikarus bemüht sich, ein unverfänglich intelligentes Gesicht zu machen.

„Pasiphaë hat Theseus als hohen Gast empfangen. Vielleicht hat sie Verdacht geschöpft, vielleicht auch nicht. Ich habe ihr jedenfalls nichts angemerkt." Er sieht Ikarus direkt ins Gesicht, wartet, dass er etwas sagt.

„Hast du geahnt, dass er gekommen ist, um der Familie der Minas zu schaden?"

„Nein, nein, natürlich nicht. Ich dachte, dass er im Palast etwas ausspionieren sollte, für die Athener. Für Aigeus." Vater ergreift einen Becher und füllt ihn mit Wein aus dem Mischkrug. Er trinkt, dann setzt er den Becher wieder auf dem Tisch ab. Genau in die Mitte einer der aufgemalten Rosetten stellt er ihn. „Theseus ist immerhin ein weitläufiger Verwandter von uns." Vater dreht den Becher auf der Rosette, leise reibt die Keramik über das glatte Holz. Die schmalen stilisierten Blütenblätter umkränzen den Becher wie einen Fruchtknoten.

„Was sollte er denn ausspionieren?", fragt Ikarus.

„Damals, als ich Athen verließ, gab es böse Zungen, die mir eine Mitschuld an Kalos' Unfall unterschieben wollten. Vielleicht haben sie in Athen erfahren, dass ich mich in Knossos aufhalte. Sie könnten Theseus als Kundschafter nach Kreta geschickt haben. Das habe ich zuerst gedacht."

An seinen Vetter Kalos kann Ikarus sich nicht erinnern; er war noch ein Kleinkind, als Kalos von einem Baugerüst der Akropolis stürzte. Aber Vater hat ihm erzählt, dass er selbst die Aufsicht über die Baustelle führte, als das Unglück geschah. Erst am Abend hatte er bemerkt, dass Kalos fehlte. Ein Handwerker fand die Leiche an einer schlecht zugänglichen Stelle, am Fuß des Gerüsts.

„Aber das ist doch fast zwanzig Jahre her. Niemand konnte dich für diesen Unfall verantwortlich machen."

„Genau. Mein Verdacht war auch völlig unbegründet. Theseus hatte einen ganz anderen Auftrag." Vater nimmt wieder einen

Schluck Wein. „Ich habe beobachtet, wie er Ariadne hinterherge-stiegen ist. Er hat versucht, ihre Gunst zu erlangen." Er lacht leise auf. „Gute Götter, was hat er sich ungeschickt angestellt. Ich kann mir nicht vorstellen, dass das seine eigene Idee gewesen sein soll. Aber der alte Aigeus hätte sicher gern die zukünftige Minas von Kreta zur Schwiegertochter. Dann könnte er seine Tributzahlun-gen endlich ungestraft einstellen."

Ikarus streicht über den seidigen Stoff des Stuhlpolsters. Vielleicht hat sein Vater ja recht mit seiner Vermutung, aber eine so großartige Frau wie Ariadne für sich zu gewinnen, hätte sicher jedem Mann ge-fallen.

„Theseus' Annäherungsversuche sind natürlich gründlich fehlge-schlagen. Bei Ariadne reichen ein hübsches Gesicht und gepflegte Hände nicht aus. Wenn er es nicht hören konnte, hat sie sich über ihn lustig gemacht und ihn den *Athener Bauernlümmel* genannt. Pasiphaë, Nethelaos, Asterion, alle haben über ihre Witze gelacht. Nur Phädra fand es *sehr aufmerksam*, dass der Prinz den Tribut persönlich abliefert." Vater schüttelt den Kopf.

Ja, es passt zu Phädra, dass Theseus ihr leidgetan hat. Phädra fehlt diese unerbittliche, blank polierte Härte, die sonst alle Mit-glieder der Minasfamilie besitzen, außer Nethelaos vielleicht. Selbst ihre Wutausbrüche – einige hat Ikarus schon miterlebt – wirken hilflos und chaotisch. Wie sie eben im Empfangssaal mit verwein-ten Augen saß. Sie sah so unglücklich aus. Es muss schrecklich sein, wenn der Bruder getötet wird. Und gleich darauf verschwindet die Schwester spurlos, was für ein Schicksalsschlag.

Ikarus öffnet den Mund, um diese Gedanken auszusprechen, doch Vater redet schon weiter: „Kurz, Theseus war unbeholfen, aber nicht arglistig. So hat er zumindest auf mich gewirkt. Er hat sich frei im Palast bewegt, also in den öffentlichen Bereichen, und seine Zeit vertrödelt. Mit den Tagen ist er unruhiger und missmutiger gewor-den, aber das habe ich darauf zurückgeführt, dass Ariadne und As-terion ihm immer deutlicher gezeigt haben, wie wenig sie von ihm halten. Und dann, vor drei Tagen, wurde in Knossos das Delfinfest gefeiert. Am Abend hat Pasiphaë ein Bankett veranstaltet, eines von diesen protzigen Essen mit Musik, Akrobaten, großer Tanztruppe und allem Firlefanz."

Jedes Jahr ist Ikarus beim Delfinfest dabei gewesen, nur dieses Mal nicht. Wenn die Fischer die ersten Delfinkälber sichten, fahren sie sofort in den Hafen zurück. Mit Jubel und Gesang werden sie vom Volk in die Stadt geleitet, wo sie die Nachricht verkünden. Dann fahren alle, die auf ein Boot kommen können, hinaus, um die Delfine zu füttern und die neugeborenen Kälber zu sehen. Vor sechs Jahren hat Ikarus eine Geburt miterlebt. Zuerst war der Schwanz ganz langsam aus der Scheide der Delfinkuh geglitten. Doch dann flutschte das Kalb in einem Rutsch aus ihr heraus und schwamm so flink um sie herum, als hätte es nie etwas anderes gemacht.

„Natürlich hat Pasiphaë mich zum Fest eingeladen." Vater reckt sich. „Ich bin hingegangen, obwohl ich diese Gelage ja ziemlich anstrengend finde. Das Bankett hat im Kleinen Festsaal stattgefunden."

Zwei Nächte zuvor,
dritte Stunde nach Sonnenuntergang,
Kleiner Festsaal im Palast

Das Essen war beendet, einige Gäste hatten sich bereits vom Tisch erhoben. Daidalos saß noch an der langen Festtafel neben Kalathe. Vor der Tafel war eine Leinwand aufgebaut, die von der hinteren Seite durch Fackeln erleuchtet wurde. An beiden Seiten der Leinwand sangen Frauen in langen meerblauen Kleidern die Ode an die Fruchtbarkeit, während Tänzerinnen hinter dem Schirm ein Schauspiel aufführten. Die Schatten, die sie auf das Tuch warfen, glichen dickbäuchigen Fischen, die sich träge im Wasser wiegten. Unter ihrer breiten Schatten-Schwanzflosse schob sich nun ein zweiter, schmalerer Schwanz hervor, wurde langsam länger und trennte sich mit einem Ruck als kleine, fischförmige Silhouette von der großen. Die Schatten der Kälber waren dunkler als die der Delfinkühe, die Kühe tanzten weiter von der Leinwand entfernt als die Kälber. Nur so wirkten sie größer, aber ihr Schatten verlor an Schwärze. Daidalos stellte sich vor, es gäbe eine Möglichkeit, die Lichtquelle ganz klein zu halten, ohne dass sie an Stärke verlor. Dann kämen die Lichtstrahlen nur aus einer einzigen Richtung, und alle Schatten wären tiefschwarz. Wie bei Tage, wenn die Sonne nur durch ein kleines Loch in einen dunklen Raum schien.

Der Chor begleitete den Tanz, er besang den Wechsel vom warmen Mutterleib ins kalte Meer, vom Sommer in den Herbst. Dann kam das Austreten der Vormilch. Vom Unterleib der Mutterfische schoss sie in die Schnäbel der Neugeborenen. Hinter der Leinwand, das wusste Daidalos, wurde der Strahl unsichtbar für die Zuschauer mit einem Schwamm aufgefangen. Nun sang der Chor von den ersten Öltropfen, die aus der Olivenpresse flossen.

Daidalos unterdrückte ein Gähnen. Heute wartete Pasiphaë wirklich mit allem auf, was die Zeremonienmeisterin zu bieten hatte. Wahrscheinlich wollte die Minas dem Gast aus Athen, dem Sohn von Aigeus, imponieren, auch wenn sie immer so tat, als seien ihr die Athener egal. Unauffällig ließ Daidalos seinen Blick über die Gesellschaft schweifen. Der riesige dreiflügelige Tisch war in Form der knossischen Füllhörner gebaut: Zwei parallele Flügel stellten das Hörnerpaar dar, der dritte Flügel verband die beiden ersten an einem Ende miteinander. Überall in Knossos war dieses Symbol von Reichtum und Macht zu finden. Es schmückte Vorratsgefäße und die Röcke der Palastwache, aufgerichtet und aus weißem Stein zierten die Füllhörner die Dächer des Palastes.

Sitzplätze gab es an diesem Füllhorntisch nur an der Außenseite, damit die Gäste ungestört der Vorstellung folgen konnten. Natürlich war der mittlere Platz der Minas vorbehalten. Die angrenzenden Ehrenplätze nahmen Ariadne und Asterion ein. Der junge Prinz war seit seiner Initiation häufig an Pasiphaës rechter Seite zu finden. Er hatte einen kurzen gelben Rock angelegt, der seine helle Haut betonte. Eine goldgelbe Federkrone schmückte seinen silberblonden Kopf. Die schwarzhaarige Ariadne trug einen dunkelblauen Rock und eine hellblaue Bluse, die an der Taille mit einem violetten Edelsteingürtel zusammengehalten wurde. Die gegensätzlichen Farben ihrer Kleidung charakterisierten gut das Verhältnis der Geschwister zueinander. Daidalos hatte sie heute Abend noch nicht ein einziges Mal miteinander sprechen gesehen.

Endlich beendete die Truppe ihren Tanz. Daidalos wandte sich wieder Kalathe zu. „Wo waren wir stehen geblieben?"

Sie hob den Kopf, die bronzenen Manschetten ihrer Zöpfe klickerten aneinander.

„Bei den Piraten, die kürzlich vor Alašija gesichtet wurden. Unsere *Schwertfisch* hat sie vertrieben, aber meine Tochter sagt, die Burschen werden immer dreister. Sie hat sich mit Ramassje beraten; sie wollen Pasiphaë überzeugen, dass wir und die thrakischen Hafenstädte gemeinsam eine Streifenflotte aufstellen sollten."

Kalathes Tochter Cilnia war die Kapitänin der *Opulenz*, des größten Handelsschiffs der knossischen Flotte.

„Die beiden wollen noch heute Abend Pasiphaë einen konkreten Vorschlag machen. Dahinten bei den Akrobaten stehen sie." Kalathe zeigte in die hintere Ecke des Saales, wo die knossischen Hofakrobaten auf ihren nächsten Einsatz warteten. Der Leiter der Truppe, Tauros, ein hellblonder, blauäugiger Nordländer und ungewöhnlich großer Mann, überragte die anderen Akrobaten bei Weitem. Neben ihm sprach Ramassje mit Cilnia. Sie war genauso hochgewachsen wie ihre Mutter und größer als Ramassje, doch Tauros reichte sie nur bis zur Brust.

Pasiphaë klatschte in die Hände. Die Unterhaltungen, die gerade wieder aufgenommen worden waren, kamen sofort zum Erliegen. In Pasiphaës Steckfrisur glitzerten zahllose Perlen, um ihren Hals schmiegten sich mehrere Ketten aus Gold und Silber.

„Nun, lieber Theseus", wandte sie sich an den jungen Athener, der links außen an der Tafel neben Phädra saß, „wir haben so selten Gelegenheit, miteinander zu reden. Ich weiß, du hast die Gegend um Knossos besucht. Du warst auch in Phaistos und in anderen Städten. Ich nehme an, du konntest dir ein Bild von Kreta machen. Mich würde interessieren, welchen Eindruck du von unserer Insel gewonnen hast."

Noch während Pasiphaë sprach, stand Theseus auf. Ausnahmsweise hatte er heute sein Schwert abgelegt, denn auf Kreta gehörte es sich nicht, auf Festen bewaffnet zu erscheinen. Ohne das auffällige Schwertgehänge mit dem leuchtenden Rubin am Ortband schien er sich unwohl zu fühlen, er hatte die fehlende Bewaffnung durch seinen Schmuck wettgemacht: Eine breite Halskette, ein Pektoral, bedeckte seine Brust, die Schultern und sogar den Nacken wie eine Rüstung. Auf seinen kurzen Locken saß ein helmartiger silberner Reif.

Das Pektoral klirrte leise, als Theseus sich verbeugte. „Ihr Land ist sehr schön, Hoheit. Ein besonderes Juwel ist Ihr Palast."

Ein schönes Land, ein prächtiger Palast. Das war die Standardantwort eines Gastes. Daidalos schnippte eine Brotkrume von seinem Chiton. Typisch für den Bengel, dass er sich nicht vorher etwas Geistreiches zurechtgelegt hatte. Er hätte sich doch denken können, dass Pasiphaë gern ausführliche Lobreden über ihr Land hörte.

„Viele Dinge haben mich überrascht", fuhr Theseus fort, „obwohl mein Vater mir schon viel von dem zauberhaften Kreta berichtet hat."

Pasiphaë lächelte verhalten.

„Was mich besonders beeindruckt", Theseus strich sich über seinen kurzen Bart, „ist das Fehlen von Wachen und Schutzmauern bei einer so reichen Stadt wie Knossos und besonders bei einem so wundervollen Palast. An vielen kleineren Höfen, auch in Athen, wird das Eigentum des Königs bewacht."

„Auf unsere eigenen Landsleute können wir vertrauen, das macht einen Teil der Stärke Kretas aus." Pasiphaë schickte ein breites Lächeln in die Runde. „Und Fremde können nicht in die privaten Gemächer vordringen, denn für Uneingeweihte ist der Palast wie ein Irrgarten. Doch halte uns nicht für töricht, Theseus. Es gibt Wachen im Palast, und zwar an den strategisch richtigen Stellen. Dafür hat mein genialer Baumeister und Architekt Daidalos gesorgt."

Daidalos nickte Pasiphaë zum Dank für das Kompliment zu. Theseus' starre Miene ließ seine Gefühle nicht erraten. Aber dem Jungen konnte es nicht gefallen, dass Pasiphaë ihn so hochnäsig zurechtwies. Von Diplomatie hielt sie leider wenig. Zuvorkommend war sie nur, wenn sie sich davon einen Nutzen versprach, das wusste Daidalos aus eigener Erfahrung.

Asterion an Pasiphaës Seite grinste frech bei den Worten seiner Mutter. Dieser eingebildete Fatzke! Pummelig und doch schwächlich, ungeschickt und dumm – der Prinz war in allem unbegabt. Nur spotten und sticheln konnte er. Widerspruch brauchte er nicht zu fürchten, denn Pasiphaë ließ Kritik an ihrem Sohn nicht gelten. Sie war überzeugt, dass Asterion alle anderen in den Schatten stellte.

„Daidalos", flüsterte Kalathe.

Daidalos schrak zusammen.

„Du machst ein Gesicht, als hätte man dir eine Kröte auf den Teller gesetzt." Sie zog den hochgerutschten Ärmel an ihrem steifen Arm über das Handgelenk. „Wenn du dich schon über meinen Neffen ärgerst, dann behalte es lieber für dich", sagte sie leise und strich den Aufschlag glatt. „Du kennst doch das Sprichwort: *Die Gesichtszüge zu beherrschen, mag dienlicher sein, als eine Waffe zu führen.*"

„Oh, das muss mein Magen sein. Bei schwerem Essen macht er mir in letzter Zeit zu schaffen."

„Interessant. Bei mir sind es Gelenkschmerzen. Sie können ganz plötzlich auftreten." Ihre Augen blitzten.

Wieder klatschte die Minas in die Hände. „Bevor die Akrobaten uns ihren Schattentanz zeigen, will ich noch etwas bekanntgeben. Unsere Hafenmeisterin in Amnissos ist heute Morgen zurückgetreten."

Mit dem Rücktritt hatte Daidalos gerechnet, das Alter war eine Krankheit, von der man nicht geheilt werden konnte. Aber er hatte angenommen, dass die Hafenmeisterin ihr Amt erst niederlegen würde, wenn ihr Landhaus in Vathypetro fertig war. Über ihre Nachfolge hatte Pasiphaë bisher Daidalos gegenüber nichts erwähnt. Aber vielleicht hatte sie sich mit Kalathe besprochen. Er wandte sich zu ihr, aber Kalathe schaute wie alle anderen zu Ramassje und zu Cilnia, die immer noch zusammen vor den Akrobaten standen.

Ramassje war der Vorsteher der Hochherrschaftlichen Handelsflotte. Von diesem Posten bis zum Hafenmeister und Obersten Seefahrtsverwalter in Amnissos war es nur ein Schritt. Und diesen Schritt tun zu dürfen, davon träumte Ramassje seit Jahren – er wollte der neue Hafenmeister werden. Mehrmals hatte er mit Daidalos darüber gesprochen. Aber auch Cilnia hoffte auf das Amt, das bequemer und ungefährlicher war als das einer Kapitänin. Nun würde sich zeigen, was Pasiphaë wichtiger war: die Familie oder die Loyalität des Ägypters. Kalathe wäre froh, wenn Cilnia sich nicht mehr mit Piraten herumschlagen müsste. Doch Cilnia war erst siebenundzwanzig. Pasiphaë würde wohl kaum den höchsten Posten, den Kretas Schifffahrt zu bieten hatte, an eine so junge Frau übertragen. Ramassje drehte an den Ringen an seinen Fingern. Gleich würde er seine ersehnte Beförderung erhalten, und er würde sich hündisch, wie es seine Art war, dafür bedanken.

„Erhebt euch und gebt euren Segen." Pasiphaë breitete ihre schmuckbehängten Arme aus.

Alle standen auf, die Becher in der Hand. Ramassje umfasste seinen mit beiden Händen.

„Ich trinke auf die Göttergunst, den Mut und die Weisheit des neuen Seefahrtsverwalters und Hafenmeisters." Pasiphaë hob ihren Kelch. „Auf Asterion, er lebe hoch!"

Kalathe neben Daidalos zog scharf die Luft ein, Ariadne stand starr mit ihrem Becher in der Hand, als wäre sie Medusa begegnet. Ramassje und Cilnia rührten sich nicht. Wahrscheinlich fragten sie sich wie Daidalos selbst, ob sie sich verhört hatten. Oder ob Pasiphaë wirklich einen Vierzehnjährigen zum Hafenmeister ernannt hatte.

Ein Scheppern hallte durch den Saal. Theseus' Becher lag zerbrochen auf dem Boden, aber anstatt die Augen auf die Scherben zu senken, starrte er Asterion direkt an. So ein Dummkopf.

Asterion stand breitbeinig da, mit erhobenem Becher. Offenbar hatte er von seiner Ernennung gewusst, denn überrascht sah er nicht aus. Nun senkte er seinen Becher.

„Was ist?", fragte er Theseus. „Schmeckt dir unser Wein nicht, dass du ihn wegschüttest? Oder hast du über die Maßen davon genossen?"

„Weder noch." Theseus' prompte Antwort klang überraschend kühl und selbstsicher.

Daidalos verkniff sich ein Grinsen. Gewänder raschelten. Irgendwo klirrte ein Armband. Die beiden Prinzen standen sich gegenüber wie zwei Kater, die sich lange aus dem Weg gegangen waren und nun an einer Straßenecke unerwartet aufeinandertrafen.

„Weder noch?" Asterion reckte sich, die gelben Federn seiner Krone flatterten auf. „Rede keinen Unsinn. Du solltest mir lieber gratulieren, Athener. Als Sohn eines mittelmäßigen Herrschers …"

Pasiphaë fasste ihn brüsk am Arm, und er brach ab. Sie funkelte ihn an. Selbst sie erkannte, dass Asterion hier zu weit ging.

„Sohn eines mittelmäßigen Herrschers?" Theseus schlug sich mit der Faust auf die Brust, sein Pektoral klirrte. „Wenigstens kann ich getrost behaupten, dass es mein leiblicher Vater ist, der auf dem Königsthron von Athen sitzt." Er drehte sich um und verließ den Saal. Die Tür knallte hinter ihm zu.

Daidalos hatte oft Witze über Asterions Abstammung gehört, freilich hinter vorgehaltener Hand. Der schwarzlockige Nethelaos mit dem dunklen Teint sah dem weißblonden, hellhäutigen Prinzen so ähnlich wie ein Kormoran dem Silberreiher. Doch offenbar hatte Nethelaos Theseus' Bemerkung nicht gehört oder er bezog sie nicht auf sich, denn er blickte nur auf die geschlossene Tür und schüttelte den Kopf. Die Blüten in seinem Stirnband wippten.

Pasiphaë schaute auf den Kelch in ihrer Hand. „Der Wein ist in der Tat heute sehr schwer." Sie lachte leise auf. „Und es heißt, dass man einen Athener schneller beleidigt als eine Schoßkatze." Ihre Halsketten glitzerten im Fackelschein. „Doch lassen wir das. Der neue Hafenmeister soll gefeiert werden."

„Ein Hoch auf Asterion, Hafenmeister von Knossos!", rief Kalathe neben Daidalos. „Es lebe der Prinz!" Sie war aschfahl, aber sie wusste, was sich gehörte.

Nun hoben die anderen Gäste ebenfalls ihre Becher. Auch Daidalos trank. Dabei blickte er über den Rand zu den anderen Gästen. Ariadne umklammerte ihren Kelch, doch sie führte ihn nicht zum Mund. Cilnia leerte ernst ihren Becher. Der Anblick von Ramassje mit puterroten Wangen und zitterndem Kinn war köstlich.

„Es ist eine große Überraschung für mich", sagte Nethelaos. „Ich bin glücklich und stolz auf meinen Sohn."

Der Schatzmeister an Asterions rechter Seite stand auf und verneigte sich. „Herzlichen Glückwunsch, mein Prinz."

Andere ähnliche Kommentare folgten. Natürlich hatte auch Asterion selbst lobende Worte für die Entscheidung seiner Mutter. Daidalos hörte nur mit halbem Ohr zu und hob seinen Becher immer dann, wenn Kalathe neben ihm es tat. Er beobachtete das Mienenspiel der Enttäuschten und das der Schadenfrohen. Eigentlich gehörte er selbst zu beiden Gruppen. Einerseits freute er sich, dass Ramassje leer ausgegangen war. Als Hafenmeister hätte der großtuerische Kerl Daidalos Befehle erteilen und Genehmigungen verweigern können, zumindest was den Bootsbau anbelangte. Doch andererseits besaß nun Asterion, ein verzogener Bengel, die Macht, Daidalos Anweisungen zu geben; diese Situation war ebenfalls sehr unangenehm. Am besten hätte das Amt zu Cilnia gepasst. Sie ähnelte im Charakter ihrer Mutter, mit ihr wäre Daidalos sicher gut ausgekommen. Wegen Cilnias Jugend hatte er nicht daran geglaubt, dass Pasiphaë sie zur Hafenmeisterin ernennen würde. Doch offensichtlich hatte das Alter für Pasiphaë keine Rolle gespielt, als sie das Amt vergab. Trotzdem hatte sie keine ihrer Töchter befördert, sondern ihren unfähigen Sohn. Daidalos brannte die Säure des Weines im Rachen.

Phädra saß allein am Ende der Tafel und schaute ins Leere. Für sie war es nichts Neues, dass Pasiphaë Asterion vorzog. Bei Ariadne, der Erstgeborenen, war das anders. Auch wenn sie sicher nicht damit gerechnet hatte, Hafenmeisterin zu werden, musste sie sich übergangen fühlen. Daidalos schaute sich nach ihr um, aber Ariadnes Platz war leer.

Wieder im Erontas-Gemach im Palast von Knossos, siebte Stunde nach Sonnenuntergang

Die letzten Worte seines Vaters klingen in Ikarus nach. Ariadne hat einfach den Saal verlassen. Sie hat sich sicher gedemütigt gefühlt. Seit Asterion zu den Erwachsenen zählt, konkurrieren die Geschwister immer offener um Macht und Anerkennung. Konkurrier*ten*. Ikarus drückt sich tiefer in die Polsterung des Stuhls. Denn Asterion ist tot.

Das Heulen des Sturms ist stärker geworden. Er spielt auf dem Lichtschacht wie auf einer Flöte. Es ist das Lied des Schicksals, der Wind spielt es für Ikarus. Am liebsten würde er sich die Ohren zuhalten, damit er das Jaulen nicht mehr hören muss.

Wie viel schöner würde es klingen, wenn die Töne harmonisch wären. Genau, man könnte mehrere Schächte aufstellen, in verschiedener Länge, am besten hoch auf einem Berg. In die Schächte baut man Verschlussklappen ein. Das ergäbe eine monumentale Flöte, ein Bauwerk, das dem Wind eine melodische Stimme verleiht. Eines Tages, wenn er ein Baumeister ist wie Vater, wird er eine Hirtenflöte für den Wind bauen. In vielen Jahren, wenn diese Nacht eine ferne Erinnerung ist.

Vater schaut ihn ernst an. Schnell setzt er sich aufrechter. „Jetzt verstehe ich, dass Theseus einen Hass auf Asterion hatte." Er heftet den Blick auf Vaters Gesicht, damit dieser merkt, dass er mit Interesse seinen Ausführungen folgt.

Vater lehnt sich auf dem Diwan zurück, die Lehne knarzt leise. „Ja, Theseus war wütend auf Asterion und Asterion vielleicht auch auf Theseus. Aber der springende Punkt ist, dass Asterion plötzlich zum Hafenmeister des größten Seehafens von Kreta aufgestiegen ist. Da hatte so mancher erfahrene Vogel plötzlich einen Grünschnabel über sich, der weisungsberechtigt war, ganz offiziell." Vater lacht, aber es klingt bitter. „Ich schließe mich da persönlich mit ein."

Da hat der Vater recht. Schon ohne Amt hatte sich Asterion viel herausgenommen. Als Hafenmeister hätte er sicher vielen Leuten das Leben schwer gemacht.

„Konnte sich die Minas nicht denken, dass sie ihrem Sohn mit dieser Ernennung nur Feinde schafft?", fragt Ikarus.

„Mit Ramassje habe ich noch gesprochen, bevor ich das Fest verlassen habe. Du hättest hören sollen, wie er geschimpft hat." Ein Lächeln umspielt Vaters Lippen. „Asterions Vorgängerin hat Ramassje ja immer schalten und walten lassen, wie es ihm gefiel. Als ihm klar wurde, dass er nicht nur um das Amt gekommen ist, sondern auch noch bei jeder Kleinigkeit Asterion um Erlaubnis bitten muss, hat er sich vor Ärger so betrunken, dass er kaum noch laufen konnte."

Jetzt grinst der Vater breit. Ikarus tut es ihm gleich. Er weiß genau, wie sein Vater zu dem Ägypter steht. Ramassje ist Daidalos' stetiger Gegenspieler um die Gunst der Minas, doch er ist auch der Einzige, mit dem der Vater gegen die „verrückten Kreter" wettern kann, wenn die Minasfamilie ihm wieder mal so richtig auf die Nerven geht.

Die Musik des Windes ist einschläfernd. Ikarus gähnt. Morgen gibt es sicher eine Anhörung, der Vater wird alles erklären. Dann kehren sie ins Landhaus zu Aleka zurück. Dort kann er auf einer Wachsplatte seine gigantische Hirtenflöte entwerfen. Ikarus nimmt ein Kissen vom Diwan und schiebt es zwischen die Lehne des Stuhls und seinen Rücken. Vater wird sie hier schon herausholen. Aus fünf runden Türmen soll die Windflöte bestehen. Die Türme haben unterschiedliche Höhen, der kürzeste ist noch acht Ellen hoch. Ikarus wird sie aus geglättetem Stein fertigen lassen. Einsam, aber weithin sichtbar ragen sie vom höchsten Gipfel des Giouchtas in den Himmel. Sie geben dem Wind eine klare, verständliche Stimme. Das Öffnen und Schließen der Klappen muss gründlich überdacht werden. Nicht Menschen sollen sie bedienen. Der Wind allein soll entscheiden, welche Noten er anspielt, welche Lieder er singen will. Fröhliche, traurige oder Schlaflieder. Ikarus gähnt.

„Komm, leg dich auf den Diwan, mein Sohn", sagt Vater und erhebt sich. Auch Ikarus steht auf und geht zum Diwan hinüber. Seit er initiiert ist, nennt Vater ihn selten anders als bei seinem Namen. *Mein Sohn*, das klingt nach Rindenschiffchen bauen und Windsack fliegen lassen.

Der Diwan ist weich und so lang, dass Ikarus sich ganz ausstrecken kann. Vater breitet eine Decke über ihn und setzt sich in den Lehnstuhl.

„Ich will nicht schlafen", sagt Ikarus leise und kuschelt sich ein. Nur einmal kurz die Augen schließen.

Zwei Nächte zuvor,
fünfte Stunde nach Sonnenuntergang,
in Kalathes Empfangszimmer

Kalathe trat vor das Regal an der Wand, in dem Dosen, Schalen und Körbchen lagerten. Die dreiflammige Öllampe vor Daidalos auf dem Beistelltisch flackerte kurz auf. Im Streiflicht traten die Schnitzereien an den Regalborden noch deutlicher hervor als bei Tage. Die Käfer mit den Edelsteinaugen, die Skorpione und die Spinnen sahen fast lebendig aus. Daidalos fuhr mit dem Finger über die Lehne seines Diwans, in die eine Dolchwespe eingeschnitten war.

Mit einer Räucherschale in der gesunden Hand kam Kalathe zurück. Sie nahm ein Stück Holzkohle und klemmte sie zwischen die Tischplatte und das Handgelenk ihres lahmen Arms. Mit der gesunden Hand entzündete sie einen Span an der Lampe und übertrug die Flamme auf die eingeklemmte Kohle.

Auf den Wandfresken schimmerten die goldenen Schnäbel der Greife im Lampenlicht. Auch in Kalathes Augen glitzerte es. Doch sicher waren das keine Tränen, Daidalos hatte Kalathe noch nie weinen gesehen. Ihre Gefühle hatte sie im Griff wie eine ihrer zahmen Schlangen. Sie drückte den Span in der Schale aus, dabei rutschte die an einem Ende glühende Kohle auf den Tisch. Schnell griff Kalathe mit der gesunden Hand danach. Funken stoben in die Luft.

„Kalathe, wir sollten …"

„Still! Ich will jetzt nicht reden." Sie legte die Kohle in die Räucherschale und wandte sich wieder dem Regal zu. Energisch ergriff sie eine metallene Dose aus der obersten Reihe, klemmte sie in die Achsel des lahmen Arms und versuchte, den Deckel zu öffnen. Die Dose rutschte aus der Achsel, und nur mit Mühe fing Kalathe sie auf. Am liebsten hätte Daidalos ihr die Dose aus der Hand genommen. Sicher erahnte sie seine Gedanken, denn sie warf ihm einen bösen Blick zu.

Er hob die Hände. „Ich weiß, du brauchst keine Hilfe."

Beim zweiten Anlauf klappte es. Ein harziger Duft erfüllte den Raum, schon bevor Kalathe das Kraut auf die Kohle gelegt hatte. Dort glühte es auf, eine dicke gelbe Säule stieg gen Decke und entfaltete ihre schleierartige Blume.

Kalathe setzte sich auf ihren Diwan und atmete tief durch. Auch Daidalos sog den Rauch ein und wartete auf die Wirkung. Die herbsüßen Schwaden umhüllten ihn. Er schloss die Augen und suchte in seiner Erinnerung nach einem friedvollen Bild. Doch er sah nur Pasiphaë und den grinsenden Asterion vor sich.

„Diese Frau ist unmöglich", murmelte er. „Wie stellt sie sich das vor? Dass alle auf einen verzogenen Bengel hören sollen?"

Kalathe schüttelte unwillig den Kopf.

Aber Daidalos wollte jetzt den Mund nicht mehr halten. „Wie viele erfahrene und erprobte Autoritäten, mich selbst eingeschlossen, stehen plötzlich unter der Weisung dieses Bürschchens. Und nur, weil Pasiphaë sich wieder einer Laune hingeben muss."

„Schweig, Daidalos. Du denkst nur an deine persönliche Lage. Begreifst du nicht, dass unser Ansehen als Hauptstadt auf dem Spiel steht? Dieses Mal ist Pasiphaë zu weit gegangen. Die Neuigkeit wird schon morgen Phaistos, Malia und alle Städte der Insel erreichen. Was werden sie spotten, die Regentinnen und die Notabeln." Kalathe wischte sich eine graumelierte Strähne aus der Stirn. „Jeder weiß, dass Asterion erst vor ein paar Monaten initiiert wurde. In

Knossos sitzt ein Vierzehnjähriger am Steuerruder, werden sie sagen. Ein Junge."

Daidalos fuhr sich über den Bart. Kalathes Überlegung war nicht falsch. Die Regentin von Phaistos zum Beispiel hatte hohe Ambitionen. Ihre Stadt war fast so reich wie Knossos. Ramassje hatte ihm kürzlich erzählt, dass sie den Handelsplatz an ihrem Hafen ausbauen ließ. Beim nächsten Großen Hafenrat würde sie vermutlich das Thema zur Sprache bringen: Asterions Ernennung und alle seine bis dahin erfolgten Fehlentscheidungen. Daidalos war bereits ein paar Mal auf dem Hafenrat gewesen. Jede Regentin konnte dort Vorschläge machen, über die gemeinsam beschlossen wurde. Falls die Regentin von Phaistos ihre Stadt als Hauptstadt Kretas vorschlug und die anderen Stadtregentinnen ihr zustimmten, würde die Minas, die Oberste aller Obersten in Kreta, nach zweihundert Jahren nicht mehr aus Knossos kommen, sondern aus Phaistos.

Doch vielleicht bekam Asterion gar nicht die Gelegenheit, Fehler zu begehen. Immerhin hatte nicht der Hafenmeister das letzte Wort, sondern die Minas. Und Pasiphaë würde sich selbst von Asterion nicht dreinreden lassen, da war Daidalos sich sicher. „Vielleicht macht sie noch einen Rückzieher", sagte er. „Vielleicht kann ihre Älteste sie umstimmen."

Kalathe lachte hart auf. „Hast du nicht gesehen, wie Ariadne aus dem Festsaal gestürmt ist? Vor Wut war sie fast so bleich wie Asterion." Sie legte noch etwas Räucherkraut auf die glühende Kohle. „Bestimmt sitzt sie jetzt am Hafen, am Potnia-Heiligtum, wie so oft in letzter Zeit. Auch sie kommt gegen Pasiphaë nicht an, deshalb meditiert sie am Wasser und lässt sich von den Wellen Trost zuflüstern." Kalathe beugte sich zu dem aufsteigenden Rauch, die Säule neigte sich zu ihr, als sie einatmete.

Daidalos schloss die Augen. Die Samenkörner knackten, als sie unter der Hitze zerbarsten. Falls Knossos seinen Status als Hauptstadt verlor, würden die Zolleinnahmen und damit der Etat für das Bauwesen stark sinken. Leider hatte die Regentin in Phaistos schon eine sehr fähige Baumeisterin. Daidalos hatte ihre Bauwerke auf einem Besuch in Phaistos besichtigt. Auf benachbarten Hügeln hatte sie zwei Schwesterpaläste errichtet, die mit einer Prachtstraße miteinander verbunden waren. Gärten umgaben die Gebäude, die

Straße verlief durch blühende Haine. In den Bäumen waren Futternäpfe befestigt, die Singvögel anlockten. Das Zwitschern der Vögel hatte Daidalos begleitet, als er auf der Prachtstraße vom einen in den anderen Palast gelaufen war.

Er öffnete die Augen, die Holzkohle war verglüht. Nur der kalte Rauch stand noch im Raum. Kalathe auf dem Diwan ihm gegenüber hatte die Augen geschlossen, sie atmete ruhig und gleichmäßig.

„Ich hatte gehofft, dass Pasiphaë Cilnia ernennen würde", sagte er leise.

„Unsinn." Kalathe ließ ihre Augen geschlossen, doch ihre Stimme klang sehr wach. „Es war ein Posten für Ramassje, obwohl er nur ein Ägypter ist. Aber er hätte sich wenigstens ausgekannt. Und in zehn Jahren hätte Ariadne die Seefahrt übernehmen können, bevor sie selbst Minas wird." Sie schnalzte mit der Zunge. „Wenn Ramassje Hafenmeister geworden wäre, dann hätte Cilnia sein jetziges Amt übernommen. Vorsteherin der Hochherrschaftlichen Handelsflotte, das ist schon etwas anderes, als täglich auf See das Leben zu riskieren."

„Pasiphaë wird ihren Kopf immer durchsetzen, solange sie Minas ist." Daidalos stand auf, ging zum Fenster und öffnete die Läden. Draußen in der Nacht sangen die Grillen ihr Lied vom ewigen Sommer.

Kalathe hinter ihm seufzte. „Pasiphaë hat sich viele Dummheiten geleistet. Ich hätte sie bloßstellen und ihr die Herrschaft entreißen können. Es gab viele Gelegenheiten, aber ich habe sie nicht ergriffen. Dann kam der Unfall. Jetzt habe ich nur noch einen Arm. Es zu spät."

„Hör zu." Daidalos drehte sich zu Kalathe um. „Pasiphaës Entscheidung wird auf viel Unverständnis, vielleicht sogar auf Widerstand stoßen. Sie ist dickköpfig, aber nicht dumm. Sie weiß ihre Interessen zu schützen. Noch kann sie einen Rückzieher machen. Wenn wir ..."

„Wir werden sie nicht überzeugen. Nicht jetzt. Wenn Asterion das Boot zum Kentern bringt, dann wird sie kommen und um Hilfe bitten." Kalathe stand auf und stellte die Räucherschale in das Regal zurück. „Wir müssen abwarten und die Stellung halten. Knossos darf keinen Schaden nehmen."

Ja, Knossos. Für Kalathe war die Stadt der Nabel der Welt, der Anfang und das Ende. Das Ansehen von Knossos war ihr wichtiger als Menschenleben, wichtiger als persönliches Glück und Erfolg. Daidalos atmete die Nachtluft vor dem Fenster tief ein, doch sie konnte den bitteren Nachgeschmack des Rauchs nicht vertreiben.

Am nächsten Morgen,
zweite Stunde nach Sonnenaufgang,
Westflügel des Palastes von Knossos

Betont gemächlich schritt Daidalos die Stufen zum ersten, dann zum zweiten Obergeschoss hinauf. So früh am Tag war es noch kühl, er zog sein Himation vor der Brust zusammen. Normalerweise saß er um diese Zeit beim Frühstück zu Hause im warmen Megaron. Doch heute hatte ihn bei Sonnenaufgang ein Bote aus dem Palast aufgesucht. Er solle sofort in Asterions Gemach kommen. Daidalos summte eine Melodie vor sich hin, das Lied vom Dachs, der sich mit dem Igel anlegen will. Asterion sollte bloß nicht denken, dass er sich beeilte.

Er betrat den Stierkorridor, einen Säulengang, von dem man über die Dächer bis in den Mittelhof blicken konnte. Von Osten schien die Morgensonne zwischen den dunkelroten Säulenschäften hindurch. An der innen liegenden Mauer bäumten sich zwei überlebensgroße Stiere auf, drei andere senkten ihre Hörner bis auf den Boden. Die Glimmerplättchen, die Daidalos der Farbe des Freskos hatte beimischen lassen, funkelten im Licht. Auf der westlichen Seite des Residenzflügels befand sich das Gegenstück zum Stierkorridor, der Säulengang der Fische. Er glitzerte, wenn die Nachmittagssonne schien. Beide Korridore führten zu denselben Räumen, vormittags benutzte man den der Stiere, nachmittags den der Fische. Dieser Kunstgriff war zwar aufwendig, aber wirkungsvoll. Er war die Erfindung eines großen Baumeisters, eines Notablen, den selbst der Minassohn nicht wie einen gewöhnlichen Diener herbeirufen durfte. Daidalos lief um eine Fliese herum, auf der eine Margerite dargestellt war. Wenn man auf diese Fliese trat, wurde im Wachlokal Alarm ausgelöst. Daidalos strich sich über den Bart und lächelte.

Am Ende des Säulengangs trat er durch eine Tür, die zu einer schmalen Treppe führte. Er lief sie hinab, durchquerte den Delfinkorridor und den Geranienhof und legte sich seine Worte zurecht. Vielleicht war Pasiphaë gerade bei ihrem Sohn. Hoffentlich war sie da. Er würde sich direkt an sie wenden und ihr sagen, dass er nicht jederzeit herbeispringen würde, nur weil der neue Hafenmeister ihn zu sprechen wünschte.

Wieder lief er eine Treppe hinauf und gelangte aufs Neue ins zweite Obergeschoss, dieses Mal jedoch in den inneren Teil des Residenzflügels. Vorsorglich räusperte er sich. Seine Stimme sollte voll und souverän klingen. Er straffte die Schultern und bog um die Ecke, hinter der sich Asterions Gemach befand.

Weiße Lilien schmückten die Doppeltür zu den Gemächern des Prinzen. Die Türflügel klafften einen Spalt weit auseinander. Daidalos hörte eine Frauenstimme, eindeutig nicht die von Pasiphaë, sondern einen weichen Alt. Das war Thiraëne, die Leibärztin der Minas. Vielleicht war dem Prinzen das gestrige Fest auf die Leber geschlagen.

Forsch klopfte Daidalos an die geöffnete Tür und trat ein. Auch die Wände des Empfangszimmers waren mit weißen Lilien bemalt. Sie wirkten so echt, dass Daidalos meinte, ihren Duft wahrzunehmen, obwohl er die Arbeiten an den Fresken selbst geleitet hatte. Stieglitze schwirrten um die Blüten, und ihre Stimmen hörte Daidalos wirklich. Die Flügel des Polythyrons waren weit geöffnet. Im Lichthof sangen Vögel.

Thiraëne, die alte Ärztin, stand mit dem Rücken zur Tür. Sie drehte sich um und erwiderte Daidalos' Gruß mit einem Handzeichen. Die Minas neben ihr beachtete ihn nicht. Asterion lag nur im Rock mit nacktem Oberkörper auf dem Diwan. Sein Arm ruhte auf der Rückenlehne, den Kopf hatte er gegen das Seitenteil gelegt. Er schien in Gedanken vertieft und grüßte Daidalos ebenfalls nicht. Die gelbe Federkrone, die er gestern auf dem Fest getragen hatte, lag neben seiner Bluse auf einer Truhe.

Thiraëne legte ihren Arm um Pasiphaës Schultern. Neben der großen, kräftigen Ärztin wirkte Pasiphaë wie eine Halbwüchsige.

Daidalos trat neben sie, aber offenbar bemerkte Pasiphaë seine Ankunft noch immer nicht. Ihre Brüste mit den großen, dunklen Warzen zitterten.

Auf dem Diwan bewegte sich etwas. Asterions weißes Frettchen streckte sich auf der Rückenlehne. Es sprang auf die Hüfte des Prinzen und von dort aus auf den Boden. Gähnend zeigte es seine kleinen, spitzen Zähne und den rosafarbenen Rachen, dann trollte es sich durch die geöffnete Tür davon. Asterion rührte sich nicht.

Es roch nicht nach Lilien hier, sondern nach Exkrementen. Falls jemandem ein Wind entfahren war, hatte Daidalos es nicht gehört. Doch der Geruch verflüchtigte sich nicht, er wurde stärker. Daidalos trat einen Schritt zur Seite und stieß gegen einen Beistelltisch. Die Räucherschale, die darauf stand, klirrte. Pasiphaë zuckte zusammen. Schnell griff Daidalos nach dem Tisch und hielt ihn fest. Asterion starrte mit offenen Augen an ihm vorbei ins Leere.

„Es ist nichts mehr zu machen", sagte Thiraëne leise. „Seine Glieder sind schon steif."

Nicht Asterion hatte ihn rufen lassen, sondern Thiraëne. Daidalos kreuzte die Arme zum Trauerzeichen vor der Brust. Unter den Fingern spürte er sein Herz schlagen. Bei Athene, der neue Hafenmeister war so unerwartet gegangen, wie er ernannt worden war. Die Sorgen, die ihn gestern Nacht geplagt hatten, lösten sich in Nichts auf. Wie friedlich Asterion auf dem Diwan lag. Seine elfenbeinfarbene Haut schimmerte im Morgenlicht.

„Nun komm, Mädchen, setz dich." Thiraëne, die jeden Notablen wie ein Familienmitglied ansprach, schob die Minas zu einer der steinernen Wandbänke. Pasiphaë nahm Platz, wobei sie weiterhin Asterion ansah.

„Daidalos, gut, dass du so schnell gekommen bist. Du musst dich um Pasiphaë kümmern, während ich Asterion untersuche."

Thiraënes dunkle, feste Stimme duldete keinen Widerspruch. Er setzte sich auf die Kante der Bank neben Pasiphaë und nahm ihre Hand. Sie lag kalt und schlaff in der seinen. Wie ein kleines, nacktes Tier im Winterschlaf, gelähmt und verletzlich. Durch die Berührung spürte er, wie hilflos sich Pasiphaë fühlte, vielleicht deutlicher, als hätte sie es herausgeschrien. Hoffentlich konnte sie nicht so in ihm lesen wie er in ihr.

Die Arme vor der Brust gekreuzt, näherte sich Thiraëne dem Diwan. Sie verbeugte sich vor dem Leichnam. Behutsam hob sie ihn hoch wie ein Kind. Der Körper des Toten verblieb in seiner Position. Der linke Arm stand im rechten Winkel ab, der Kopf war seitwärts geneigt, sogar die Wange, die an der Lehne geruht hatte, blieb flach. Pasiphaë stöhnte auf. Daidalos tätschelte ihre zitternde Hand, der Kotgeruch stach in seine Nase. Unauffällig ließ er seinen Blick durch den Raum schweifen. Alles war ordentlich, wie frisch aufgeräumt. Selbst die Decke auf dem Diwan lag faltenlos, die Kissen wirkten wie gerade aufgeschüttelt. Nichts wies auf einen nächtlichen Besuch hin.

Thiraëne trug Asterion in sein Schlafzimmer. Daidalos beobachtete durch den offenen Zugang, wie sie ihn aufs Bett legte. Sie untersuchte seine Hände, jeden einzelnen Fingernagel. Dann löste sie Asterions Rockband und zog vorsichtig den Stoff von seinen Lenden.

Pasiphaë blickte reglos zu ihrem toten Sohn. Noch war sie fassungslos, doch sobald sie den ersten Schrecken überwunden hatte, würde sie merken, dass Asterions Tod einigen Menschen sehr gelegen kam. Schnell drückte Daidalos sie leicht am Arm, eine Geste, die Mitgefühl und Bestürzung vermitteln sollte. Sie wimmerte leise.

„Ich brauche die Waschschüssel", sagte Thiraëne, während sie den beschmutzten Rock zusammenlegte.

Die Schüssel stand auf einem Sockel neben der Eingangstür, wahrscheinlich hatte ein Diener sie frühmorgens gebracht und dabei den toten Asterion entdeckt.

„Bleibt hier sitzen, Hoheit." Daidalos legte Pasiphaë ihre schlaffe Hand auf den Schoß, was sie zum Glück geschehen ließ. „Ich kümmere mich darum."

Er brachte Thiraëne die Schüssel, und sie reinigte den Unterleib des Prinzen so vorsichtig, als würde es sich um das wunde Hinterteil eines Säuglings handeln. Dann untersuchte sie systematisch den ganzen Körper. Daidalos half ihr, die Leiche zu wenden. Die weiße Haut war unversehrt. Am Gesäß des Prinzen befand sich ein dunkler Leberfleck, taubeneigroß und behaart. Seit seiner Geburt war er gewachsen. Er hob sich von der hellen Haut ab wie ein Seeigel auf Marmorgestein. Dieser Fleck hatte Asterion vor vierzehn Jahren vielleicht das Leben gerettet. Thiraëne untersuchte die Körperöffnungen, roch an Mund und Nase, drückte auf die Schleimhäute.

„Ich kann nichts finden", sagte sie und schob die Lider über die Augäpfel. „Keine Verletzung, nicht einmal ein Kratzer, keine Anzeichen einer Vergiftung." Sie klopfte Daidalos auf die Schulter. „Unsere Lebensfäden sind unterschiedlich lang bemessen. Mancher stirbt friedlich noch an der Mutterbrust, mancher entschläft nach hundert Lenzen. Asterion waren nur vierzehn vergönnt."

Natürlich hatte Thiraëne recht, Menschen konnten jederzeit an den Anderen Ort gerufen werden. Doch dieses Mal hatte das Schicksal genau im Moment von Asterions größtem Triumph zugeschlagen. Falls es nur das Schicksal war.

Mit vereinten Kräften bogen sie die Leiche so, dass sie ausgestreckt auf dem Rücken liegen konnte. Im Allgemeinen ließen die Kreter ihre Toten ungeschützt auf bestimmten Hügel- oder Bergspitzen zurück und sammelten ein Jahr später die Knochen ein. Aber die Mitglieder der Minasfamilie wurden seit Jahrhunderten in Binden gewickelt in einer Grotte auf dem Giouchtas bestattet.

Thiraëne ordnete Asterions silbrige Haarsträhnen so, dass sie glatt auf seinen Schultern lagen, dann ging sie zurück ins Lilienzimmer.

Pasiphaë hatte sich nicht bewegt. Ihre Hand, die Daidalos ihr in den Schoß gelegt hatte, befand sich noch immer an derselben Stelle. Ihre glanzlosen Augen wirkten trocken, als hätte sie das Blinzeln eingestellt.

„Tritt vor, Mädchen." Die Ärztin fasste Pasiphaë am Ellenbogen. „Dein Junge ist gegangen. Verabschiede dich von seiner alten Hülle. Ich will ihm hier auf seinem Bett die Totenbinden anlegen. Daidalos geht meine Sachen holen."

Daidalos holte Luft zu einem Einwand. Es gab doch wohl noch Bedienstete in diesem Palast! Aber Thiraëne hatte ihm schon den Rücken zugewandt.

Nun gut, die Binden konnten wohl ein paar Augenblicke warten. Der Diwan dagegen musste untersucht werden, bevor wirklich ein Diener kam und aufräumte. Daidalos ging leise zu dem Möbel, kniete sich davor und schaute darunter. Nichts. Noch nicht einmal Staub. Nur sauber ausgeschüttelter Teppich.

Im Schlafzimmer beugte sich Pasiphaë über die Leiche, Thiraëne hatte ihr die Hand auf die Schulter gelegt und sprach leise zu ihr. Er hob die Kissen an, die auf dem Diwan lagen. In der Ecke klemmte eine Nackenrolle. Auf dieser hatte Asterions Kopf geruht. Ohne die Rolle wäre ihm der Kopf sicherlich auf die Brust gefallen. Doch durch diese Stütze hatte Asterion sogar noch von Nahem ausgesehen, als wäre er in Gedanken versunken. Vielleicht hatte der Diener mit der Waschschüssel erst Verdacht geschöpft, als er die Schüssel wieder abholen wollte.

Daidalos ging durch den offenen Polythyron in die Vorhalle und von dort bis auf die Terrasse, die von einem Geländer gesichert wurde. Zwei Stockwerke tiefer wuchsen im Lichthof übermannshohe Oleanderbüsche. Sie verdeckten den Blick auf die Vorhalle von Ariadnes Gemach, das einen Stock tiefer gegenüber lag. Die restlichen Fenster und Terrassen führten zu zwei Korridoren und vier anderen Räumen, einer davon war Phädras Schlafzimmer. Den Bauplan des Palastes hatte Daidalos so genau im Kopf, als läge er ausgebreitet vor ihm. Ein Streit in Asterions Gemächern musste in allen diesen Räumen zu hören sein, besonders in der Stille der Nacht und wenn Fenster und Polythyra geöffnet waren.

Er drehte sich um und ging zur Tür. Es gab hier keinen Riegel. Türen wurden in Kreta nur dort verriegelt, wo Verbrecher, Gefangene und Vieh eingesperrt wurden.

Daidalos blieb im Türrahmen stehen und fuhr mit der Hand an dem glatten Holz entlang. Am einfachsten hätte ein Mörder natürlich durch diese Tür in Asterions Gemach gelangen können. Doch er hätte den Weg durch den Palast kennen müssen, den Weg durch den Stierkorridor, den Daidalos eben gegangen war. Sonst wäre er von Wachen aufgehalten worden oder hätte an Stolperstricken, Reißleinen oder Tritthebeln Alarm ausgelöst. Wer in der Nacht durch die Tür in das Gemach Asterions getreten war, gehörte zum Palast. Oder er war von einer Person geführt worden, die zum Palast gehörte.

Im Schlafzimmer sprach Thiraëne so leise, dass Daidalos ihre Worte nicht verstand. Von Pasiphaë war kein Laut zu hören. Am besten ging er jetzt. Er trat in den Korridor hinaus.

Von der Treppe näherten sich eilige Schritte. Na also, endlich kam jemand, den er nach den Bestattungsutensilien der Ärztin schicken konnte. Aber es war kein Diener, der auf dem Treppenabsatz erschien, sondern Kalathe. Sie hastete den Korridor entlang, offenbar hatte sie von dem Unglück schon gehört. Ohne Gruß lief sie an ihm vorbei ins Gemach hinein. Der lahme Arm, den Kalathe sonst immer mit der gesunden Hand an ihren Körper drückte, schwang hin und her.

„Pasiphaë!"

Daidalos folgte ihr bis ins Schlafzimmer. Pasiphaë hatte sich über Asterion gebeugt und ihr Gesicht an seine Brust gelegt, als wollte sie sich überzeugen, dass sein Herz wirklich aufgehört hatte, zu schlagen.

„Pasiphaë, wir können Ariadne nicht finden." Kalathe atmete schnell, als sei sie gerannt. „Ihr Bett ist unberührt, nach dem Fest hat sie niemand mehr gesehen."

Nach dem Fest, sagte Kalathe, aber Daidalos erinnerte sich genauer. Ariadne war schon gleich nach Asterions Ernennung zum Hafenmeister verschwunden.

Thiraëne setzte sich auf das Bett, direkt neben den Leichnam, Pasiphaë drückte ihr Gesicht nur noch fester auf Asterions Brust.

„Das ist nicht alles." Kalathe fixierte Pasiphaës gebeugten Rücken. „Die Vorsteherin vom Gästeflügel sagt, dass Theseus und seine drei Unterbefehlshaber weg sind. Ich habe die Frau zu den Unterkünften in Amnissos geschickt, damit sie überprüft, ob seine Mannschaft noch dort ist."

Pasiphaë hob den Kopf. „Was sagst du da?"

„In Theseus' Unterkunft liegen nur noch ein paar Kleidungsstücke. Waffen, Schmuck, sogar seine goldene Götterstatue, alles hat er mitgenommen", flüsterte Kalathe. „Ich hoffe, er hat nicht Ariadne …"

„Das Schiff." Pasiphaë erhob sich. „Liegt Theseus' Schiff noch in Amnissos?" Sie sprach mit starren Lippen, als lähmte der Schmerz alle Muskeln in ihrem Gesicht. „Liegt das Schiff noch im Hafen, frage ich!"

„Der Bote ist noch nicht zurück. Aber wir hätten sicher vom Hafenamt Nachricht bekommen, falls die *Aigeus' Stolz* ausgelaufen wäre." Kalathe schluckte.

„Du!" Ohne sie anzusehen, zeigte Pasiphaë auf Thiraëne. „Du kümmerst dich darum, dass mein Sohn versorgt wird." Ihre runden Brüste bebten, als sie mit dem Finger nun auf Kalathe deutete. „Und du sorgst dafür, dass der Palast und die gesamte Stadt nach den

Mördern durchsucht wird. Jeder Athener wird in Ketten gelegt." Sie wandte sich zur Tür. Ihre Augen stachen dunkel aus dem Gesicht hervor. „Daidalos, komm mit zum Hafen."

Jeder Athener. Doch offenbar meinte Pasiphaë ihren Befehl nicht wörtlich. Oder Daidalos gehörte für sie mittlerweile zu den Kretern, obwohl er immer noch Chiton, Himation und seinen vollen Bart trug.

Schnell folgte er Pasiphaë in den Korridor.

Auf dem Mittelhof kam ihnen ein Laufbursche entgegen. Die roten Bänder seines Stirnreifs flatterten hinter ihm her. „Die *Aigeus' Stolz* ist weg." Der junge Mann keuchte und stützte die Hände auf die Oberschenkel. Schweiß lief ihm über die Stirn.

„Warum erfahre ich das erst jetzt?", schrie Pasiphaë. Sie trat vor ihn und riss ihm die Bänder vom Kopf. „Wozu habe ich eine Hafenaufsicht?"

„Wir haben nichts bemerkt. Wir wollten dem neuen Hafenmeister einen festlichen Empfang und…"
Pasiphaë hob den Arm, die roten Bänder in ihrer Hand flogen auf. „Wir machen unsere schnellsten Boote bereit. Der Athener muss gefangen werden!" Sie schleuderte die Bänder zu Boden, auf das staubige Hofpflaster. Der Laufbursche wich zurück. „Daidalos, du findest heraus, was geschehen ist: Wie ist Theseus in Asterions Gemach gekommen, wie hat er ihn getötet, wie ist er entkommen?" Sie trat auf die Bänder am Boden, Staub wirbelte auf und legte sich auf das leuchtende Rot des Stoffes. „Aber zuerst soll ein frischer Bote vorauslaufen, schnell. Jeder Augenblick zählt."

Drei Stunden später auf den Felsen von Amnissos

Daidalos stand allein auf dem Möwenfelsen. Das Meer lag strahlend blau unter ihm. Doch hinter der Hafenausfahrt durchzogen schon herbstlich graue Streifen das Wasser. Fünf Schlachtschiffe hatten den Hafen verlassen. Zwei fuhren auf der direkten Route in Richtung Athen: die schnelle *Schaumkron*, gefolgt von einem Großsegler, der *Wogenstark*; die anderen drei Schlachtschiffe würden das Meer im nordwestlichen Sektor absuchen. Die *Okeanos' Kind* sollte an der Schwesterinsel Thira anlegen und die dortige Minas um Hilfe bitten. Pasiphaë war der Meinung, Theseus würde sich nicht die Mühe machen und einen Umweg in Kauf nehmen, sondern allein auf seinen Vorsprung setzen, obwohl er nur ein träges Lastschiff segelte. Die *Schaumkron* würde ihn einholen und ihn an der Weiterfahrt hindern, so Pasiphaës Plan, bis die *Wogenstark* aufschloss. Gegen die bewaffnete Mannschaft des Großseglers hätten die Athener keine Chance.

Daidalos schaute den Seglern hinterher. Nur ein großer Dummkopf würde bei seiner Flucht nicht mit seinen Verfolgern rechnen. Theseus hatte einen halben Tag Vorsprung, das war mehr, als er hätte hoffen können. Sicherlich war er davon ausgegangen, dass die Jagd nach ihm sofort nach der Entdeckung der Leiche beginnen würde, also spätestens bei Tagesanbruch. Wäre Daidalos an Theseus' Stelle gewesen, er hätte den Nordosten gewählt. Er hätte eine der kleinen, abgelegenen Inseln angelaufen, Sirina zum Beispiel, und in einer versteckten Bucht geankert. Dort hätte er gewartet, bis die Suche nach ihm eingestellt würde. Genau das hatte Daidalos Pasiphaë gesagt, aber sie hörte nicht auf ihn. Wenigstens hatte sie die Möglichkeit berücksichtigt, dass Theseus Kreta umschiffte und sich dann von Süden Athen näherte. Sie hatte die Hafenstadt Phaistos im Süden Kretas benachrichtigen lassen. Bald würden auch die phaistischen Schlachtschiffe auslaufen und das südliche Meer überwachen – doch wahrscheinlich vergebens.

Schräg unter dem Möwenfelsen, im Hafen von Amnissos, schwammen Menschen in der Bucht umher. Erwachsene, Halbwüchsige und sogar Kinder tauchten zwischen den steinernen Pieren und den zurückgebliebenen Handelsschiffen und Fischerbooten. Das Gerücht, auf dem Grund des Hafenbeckens könne Ariadnes Leiche liegen, hatte sich in der Stadt verbreitet. Aber auch daran glaubte Daidalos nicht.

Langsam trat er den Heimweg an. Von der Hafenstraße ging ein Sandweg ab, er führte zum Potnia-Heiligtum. Die Höhle lag nicht weit von der Hafenstraße entfernt. Pasiphaë wollte, dass er herausfand, was in der Mordnacht geschehen war. Vielleicht war Ariadne tatsächlich im Heiligtum gewesen, so wie Kalathe vermutete. Seit

Urzeiten verehrten die Kreter diese kleine Höhle, von der aus ein schräger Schacht mit unregelmäßigen Stufen ins Innere der Felsen und bis hinunter an den Strand führte. Beim ersten Frühlingsvollmond, wenn die pubertären Jünglinge initiiert wurden, betraten sie über diese Treppe den Kreis der Erwachsenen. Asterion war im letzten Frühjahr unter den Initianden gewesen.

Daidalos lief den Weg zur Höhle hinauf. Dort oben befand sich ein uralter Altar, doch abgesehen von dem Initiationsritus wurde das Heiligtum nur noch selten besucht. Wenn, dann verbrannten die Gläubigen ihre Opfergaben auf dem Stein. Dabei beteten sie nicht im athenischen Sinne zu Potnia, sondern öffneten ihr ihren Geist, wie sie das nannten. Daidalos hatte es selbst einmal ausprobiert, doch bei dem Versuch war er eingeschlafen. Nach der Verbrennung wurde die Asche ausgewischt und auf dem Boden der Höhle verteilt.

Daidalos betrat das Heiligtum. Weiche Asche schmiegte sich an seine Sandalen. Auf dem Opferstein lag ein Häufchen verbrannter Pflanzen. Ein Ästchen war dem Feuer entkommen, es lag neben dem Stein in der Asche. Ein Thymianzweig, seine Fruchtstände waren getrocknet, die Blütezeit war längst vorbei. Ein Loch gegenüber dem Eingang gab den Blick auf das Meer frei. Irgendwo in der Tiefe der Höhle musste die Initiationstreppe zum Strand beginnen. Doch ohne Lampe wagte er sich dorthin nicht vor. Zumindest nicht so weit, dass er in der Dunkelheit den Boden nicht mehr sehen konnte. Vorsichtig setzte er einen Fuß vor den anderen. Da stieß er an etwas Loses, das zur Seite glitt. Er hob es auf. Ein Bündel Lederschnüre, sie waren um etwas Flaches herumgewickelt. Um Ledersohlen, das mussten Sandalen sein. Er kehrte in den hellen Teil der Höhle zurück und hielt seinen Fund ins Tageslicht. Schwarzlederne Schnüre zogen sich durch die Schlitze einer Bronzescheibe, die eine Sonne darstellte. Diese Schuhe gehörten Ariadne. Er erinnerte sich an das Motiv. Die Sonnenscheibe saß, wenn sie die Sandalen angezogen hatte, mitten auf ihrem Fußrücken. Ariadne war also wirklich hier gewesen, so wie Kalathe vermutet hatte. Sie war hinunter zum Strand gegangen und hatte die Schuhe hier zurückgelassen, um sie später wieder zu holen. Doch dazu hatte sie keine Gelegenheit mehr gehabt. Vielleicht hatte sie am Strand Theseus getroffen, der gerade

Kreta verlassen wollte. Ariadne war wütend auf Pasiphaë gewesen. Vielleicht so wütend, dass sie Theseus nach Athen begleitet hatte. Daidalos schob die Sandalen in eine Stofffalte seines Chitons, die ihm als Tasche diente, klopfte die Asche aus seinen Kleidern und schlug den Weg zurück zur Hafenstraße ein.

Er hatte die halbe Strecke nach Knossos zurückgelegt, als die Hörner erschallten.

„Tod – Verrat – Tod – Verrat!" Der Dreiton schwang sich drohend durch die Luft. Seit langer Zeit hatte Daidalos ihn nicht mehr gehört. Beim letzten Mal hatte noch Minas Galis, Kalathes und Pasiphaës Mutter, regiert. Eine Piratenbande war in Zakros eingefallen, hatte den Palast geplündert und viele Zakroter getötet.

Die nun folgende Melodie, die Ergänzung, musste er mühsam enträtseln. Die Kinder auf Kreta lernten die Silbenklangsprache mit dem Flötespielen, doch Daidalos tat sich noch immer schwer damit.

Asterion – Mord – Asterion, das war noch einfach. *Asterion – starb – durch die Hand – des Atheners*, diesen Satz konnte er erst bei der dritten Wiederholung übersetzen und auch nur, weil er die Umstände kannte. Pasiphaë ließ Großalarm geben. Noch eine Entscheidung, die sie gegen seinen ausdrücklichen Rat getroffen hatte. Für einen solchen Notruf war es viel zu spät. Pasiphaë erreichte nur, dass sich das Volk unnütz aufregte.

Er gelangte zum Randbezirk der Stadt. Die Knossier standen in Gruppen vor ihren Häusern und diskutierten leise mit ernsten Gesichtern. Asterions und Theseus' Namen fielen. Mit gesenktem Blick lief Daidalos eilig durch die Straßen. Es gab nicht viele Athener in Knossos, schon gar nicht Männer seines Alters und seiner Stellung. Sein weißer Chiton leuchtete in der Nachmittagssonne, die kostbare Fibel, die perlenbestickten Sandalen verrieten ihn. Hier erkannte ihn jeder. Er hörte, wie die Leute seinen Namen, seine Titel nannten. Doch er sah nicht auf, sondern setzte seinen Weg fort. Er musste mit Kalathe sprechen, er musste unbedingt in Erfahrung bringen, wie viele Athener Kreta verlassen hatten, welche Spuren es gab. Vor ihm ragte das Hafentor auf. Es war Mittag, doch der Palast warf einen langen Schatten. Der Sommer war endgültig vorbei.

Daidalos fand Kalathe im Archiv, in dem Teil, in dem die Chroniken von Knossos und die Seekarten lagerten. Vor ihr stapelten sich Tonplatten auf einem Tisch, Pergament und anderes Schreibmaterial. Eine Rohrfeder ließ sie wie einen Jonglierstab um den Mittelfinger ihrer gesunden Hand kreisen.

„Alle Schlachtschiffe sind plangemäß ausgelaufen", sagte Daidalos. „Gibt es hier im Palast irgendwelche Neuigkeiten?"

„Ach was, nichts, das uns voranbringen könnte." Die Rohrfeder um Kalathes Mittelfinger kam ins Trudeln. „Immerhin konnten wir fast alle Athener festnehmen. Es fehlen nur die Unterbefehlshaber, die im Palast untergebracht waren, und eine Handvoll Seeleute." Sie legte ihre Feder auf einen Stapel Tonplatten.

„Die Hafenaufsicht hat nicht gesehen, wie die *Aigeus' Stolz* ausgelaufen ist?", fragte Daidalos.

„Nein, es ist ihnen erst aufgefallen, als sie nach dem Schiff gefragt wurden." Kalathe nahm den Stöpsel des Tintenfasses und pochte damit auf den Tisch. „Aber wenn es nicht am Kai gesunken ist, muss es ja wohl in See gestochen sein."

Daidalos setzte sich auf einen freien Schemel und faltete die Hände im Schoß. „Die Gästezimmer im Palast sind durchsucht worden?"

„Selbstverständlich. Ich musste die Archivare damit beauftragen. Unsere Wachen sind am Hafen und an den Toren beschäftigt."

Zu Beginn seines Aufenthalts in Knossos hatte Daidalos einmal bemängelt, dass es nur so wenige Wachleute gebe. Die damalige Minas hatte ihm erklärt, dass jeder Erwachsene Waffen führen konnte, das reiche aus für die Sicherheit der Insel.

„Theseus hat sein Schwert und alle Wertsachen mitgenommen", fuhr Kalathe fort. „Die anderen Athener hatten wohl keine Zeit dazu, sie haben ihre Besitztümer in den Unterkünften zurückgelassen."

Jemand klopfte an die Tür.

„Augenblick", rief Kalathe. „Die Hörner hast du ja gehört", sagte sie leiser zu Daidalos. „Ich hätte das lieber gelassen. Der verfluchte Athener ist sowieso weg. Aber seit das Signal gegeben wurde, geht es hier zu wie im Ameisenhaufen, wenn ein Dachs hineingetreten ist."

Genau so hatte er die Wirkung der Meldung eingeschätzt. Pasiphaë griff jetzt nach jedem Mittel, das ihr zur Verfügung stand, egal ob es sinnvoll war oder nicht. Man musste sie sich austoben lassen und zusehen, dass man selbst dabei nicht zu Schaden kam. Dem armen Laufburschen hatte sie die roten Bänder vom Kopf gerissen. Wenn Daidalos ihr eine Meldung brachte, die ihr nicht gefiel, entließ sie ihn vielleicht aus ihren Diensten.

Kalathe stellte ein paar Rollsiegel, die vor ihr auf einem Tisch lagen, in eine Reihe. „Ich hoffe nur, dass Ariadne noch am Leben ist, wenn sie ihn kriegen." Mit abwesendem Blick ordnete sie die Siegel nach ihrer Größe. „Asterions Tod ist ein persönlicher Verlust, natürlich. Ein Verbrechen." Sie hörte sich an, als müsse sie diese Tatsache extra betonen. „Aber Ariadne…" Ihre Stimme zitterte. „Ariadne als Geisel zu nehmen!" Ein Siegelzylinder aus Onyx glitt ihr aus der Hand, rollte über den Tisch und fiel zu Boden. „Die potenzielle Thronfolgerin von Knossos zu rauben, das ist ruchlos. Diplomatisch gesehen ist das eine Kriegserklärung."

Daidalos bückte sich und hob das Siegel auf. Es zeigte zwei Federn und einen schwebenden Greif. Die Abzeichen der Anemo, Göttin der Luft und des Windes.

Es klopfte erneut an der Tür. Kalathe schlug mit der Hand auf die Tischplatte. Die Rollsiegel machten einen Satz.

„Einen Moment noch", rief Daidalos zur Tür.

Kalathe nickte ihm zu. Sie atmete tief durch. „Sei vorsichtig, Daidalos." Ihre Stimme klang wieder ruhig und sachlich. „Meine Schwester ist in ihrer Trauer zu allem fähig. Bis Theseus gefangen ist, musst du aufpassen. Komm ihr nicht in die Quere." Sie wandte sich zur Tür. „Herein!"

Tauros, der Erste Akrobat, trat ein. Unter dem Türsturz musste er seinen Kopf tief einziehen. Als Jüngling war er vor vielen Jahren nach Kreta gekommen. Mit anderen Sklaven und wertvollen Waren hatte Ramassje ihn nach Knossos gebracht. Inzwischen hatte er als einer der wenigen Sklaven im Palast eine leitende Position inne.

„Was gibt es?", fragte Kalathe.

„Wir haben die athenische Mannschaft in den Bedienstetenunterkünften eingesperrt, im Nordhaus. Sie leisten keinen Widerstand. Sie sagen, sie wissen nichts."

Kalathe stand auf. „Gut, ich kümmere mich darum. Du kannst gehen, Tauros."

Auch Daidalos erhob sich. Er solle Pasiphaë nicht in die Quere kommen, hatte Kalathe gesagt. Leider konnte er diesen Ratschlag nicht befolgen, denn Pasiphaë wollte noch heute einen Bericht über den Fortschritt seiner Nachforschungen.

Wieder im Erontas-Gemach,
zwei Nächte nach Asterions Tod,
zehnte Stunde nach Sonnenuntergang

Ikarus öffnet die Augen. Jetzt hat er doch geschlafen. Der Sturm hat etwas nachgelassen. Vater sitzt auf dem Lehnstuhl und schaut zu ihm herüber. Vielleicht wartet er darauf, dass Ikarus ihn zum Weitersprechen auffordert.

„Vater, eins verstehe ich nicht. Thiraëne hat doch Asterions Leichnam untersucht und befunden, dass er einfach entschlafen ist."

„Ja, das hat sie. Allerdings wusste sie zu dem Zeitpunkt noch nicht, dass Theseus mitten in der Nacht mit ein paar Leuten seiner Mannschaft auf und davon ist." Der Vater lacht leise. „Siehst du, hätte Theseus nicht den Kopf verloren, wäre er vielleicht nie verdächtigt worden. Und wir würden jetzt ruhig in unseren Betten liegen."

Die Lampe an der Wand flackert auf, dann erlischt sie. Die Welt reduziert sich auf den Umkreis der kleinen Laterne auf dem Tisch, die Kalathe zurückgelassen hat.

„Sieh einmal nach, Ikarus, auf der Truhe muss die Ölflasche stehen. Geh hin und fülle die Lampe. Und dann erzähle ich dir, was Thiraëne mir verraten hat."

Einen Tag nach dem Fund der Leiche,
im Palast von Knossos,
dritte Stunde nach Sonnenaufgang

Daidalos lief auf das Keratos-Tor zu. Es war der einzige östliche Zugang zum Palast, außer den kleinen Eingängen für die Werkstätten. Die Säulen neben dem Tor leuchteten blutrot im Schein der Vormittagssonne. Vor dem Eingang standen zwei Bedienstete, Leute, die üblicherweise im Archiv beschäftigt waren. Daidalos hatte sich schon öfter von ihnen Karten heraussuchen lassen. Jetzt trugen sie Lederhelme und Schwertgehänge. Pasiphaë musste wieder alles übertreiben. Diese Wachen konnten nichts mehr bewirken. Theseus war auf hoher See, und seine Mannschaft lag bereits in Ketten.

Thiraëne wohnte im Palast, im Westflügel, unweit der Gemächer der Minasfamilie. Der kürzeste Weg dahin wäre das Giouchtas-Tor gewesen. Aber gestern Abend, als Daidalos Pasiphaë den gewünschten Bericht erstattet und sie gehört hatte, seine Nachforschungen seien noch nicht abgeschlossen, hatte sie ihn einen Dummkopf genannt. Deshalb wollte er ihr vorerst aus dem Weg gehen. Er stieg bis in den fünften Stock und benutzte den Oberen Rundgang. Hoch über den Werkstätten lief er den offenen Korridor entlang. Links waren die Wände mit Lemniskaten, Spiralen und anderen geometrischen Symbolen geschmückt. Rechts trennten Säulen und mannshohe Füllhörner den Korridor von dem Abgrund. Von hier aus konnte Daidalos den östlichen Teil von Knossos und den Binnenhafen am Keratos überblicken. Dort kamen gerade drei Barken mit ausländischen Waren zum Entladen an, eine mit kretischen Erzeugnissen beladene verschwand flussabwärts hinter der Biegung am Krähenstein. Hinter dem runden Gipfel des Hügels stieg die Sonne in die Höhe.

Der Rundgang wandte sich nach Norden, und die Hafenstraße, die bis zum Seehafen von Amnissos und zum großen Handelsplatz führte, kam in Sicht. In beiden Richtungen waren Menschen und Lastziegen mit Körben und Säcken unterwegs. Das Leben ging weiter, auch ohne Asterion und Ariadne.

Gestern hatte Thiraëne behauptet, Asterion sei eines natürlichen Todes gestorben. Jetzt aber, wo Theseus der Mörder sein sollte, musste sie wohl oder übel ihren Befund ändern. Thiraëne war eine Koryphäe. Ihre Akademie war die bedeutendste auf ganz Kreta. Sie hatte mehrere Jahre in Babylon und in Ägypten gelernt. Zu ihren Meistern dort hatte auch der legendäre Neferhare gezählt, Leibarzt des damaligen Pharaos Meri-ib-Re. Thiraëne war es zu verdanken, dass Kalathe ihren linken Arm nicht ganz verloren hatte. Hoffentlich würde Thiraëne die Fragen, die Daidalos ihr stellen wollte, nicht als Angriff auf ihre Autorität verstehen.

Er schaute zur Sonne. Thiraënes Gewohnheiten kannte er nicht im Einzelnen, doch um diese Zeit sollte sie ihr Frühstück beendet haben. Wahrscheinlich machte sie sich gerade fertig und ging dann in die Akademie. Oder sie stattete Pasiphaë einen Vormittagsbesuch ab.

Daidalos lief die breite Nordwesttreppe hinab. Hier begegnete er einigen Bediensteten, deren Gruß er nur mit einem Kopfnicken erwiderte. Als er den ersten Stock erreichte, trat Thiraëne gerade aus ihren Gemächern. Sie trug eine gefältelte Hose und eine Bluse mit gebauschten Ärmeln, in der sie so bullig wirkte wie ein Kampfathlet.

„Na, mein Junge", sie hob die Hand zum Gruß, „du hast etwas auf dem Herzen. Ich seh's dir an der Nasenspitze an."

Daidalos lächelte, dabei spürte er, wie ihm die Röte ins Gesicht stieg. Er musste seinen Ärger über ihre überhebliche Anrede hinunterschlucken; das Wichtigste war, die Frau bei Laune zu halten.

„Guten Morgen, Thiraëne. Sie haben Recht, ich möchte Sie tatsächlich zu Asterion befragen." Er neigte den Kopf. „Pasiphaë hat mich beauftragt. Ich soll die Sache untersuchen."

Thiraëne trat zu ihm und legte ihre Hand auf seinen Unterarm. Ihre fleischigen Finger erinnerten an die eines Kleinkinds, nur in titanischer Größe. „Ich bin auf dem Weg zur Akademie. Begleite mich und stell mir deine Fragen unterwegs, Baumeister."

Er folgte ihr den Korridor entlang. „Sie sind sich sicher, dass Asterion im Schlaf gestorben ist." Absichtlich betonte er den Satz nicht wie eine Frage.

„Sicherheit gibt es in der Heilkunst selten, mein Daidalos."

Es kostete ihn Mühe, aber er machte eine Miene, als sei er Thiraënes wissbegieriger Schüler. Pasiphaë verlangte einen neuen Bericht, er musste Informationen sammeln. Die Meinung der Ärztin würde Pasiphaë gelten lassen.

„Die Heilkunst ist keine Wissenschaft wie die Architektur, sie funktioniert ganz anders als Gebäude- und Bootsbau. Wenn du etwas erforschen willst, Baumeister, dann probierst du es einfach aus. Wenn dann der Mast bricht, so entwirfst du einen neuen Plan für ein neues Boot. Dieses Vorgehen ist in der Heilkunst nicht möglich." Sie schnippte ein Staubkorn von ihrer Hose. „Jeder Fall ist einzigartig. Nichts wiederholt sich, nichts ist gleich. Sogar ein und dasselbe Geschöpf ist heute nicht mehr das Lebewesen, das es gestern war."

Diesen Vortrag musste er unterbrechen, sonst standen sie gleich vor der Akademie, und er war kein Stück weitergekommen. Er holte Luft.

Doch Thiraëne hob den Zeigefinger. „In der Heilkunst ist es leichter, auszuschließen, als zu bestätigen. Verstehst du, was ich meine?"

„Ja, ja, selbstverständlich."

Sie stiegen die schmale Treppe hinab, die ins Erdgeschoss führte. Eine Frau im Dienstrock, deren weiße Bluse sie als Leiterin des Palastpersonals auswies, kam ihnen entgegen. Als sie sich begegneten, musste Daidalos hinter Thiraëne zurückfallen, um die Frau nicht anzurempeln.

„Überleg einmal." Sie drehte sich auf der Treppe nach ihm um. Ihr Busen kam ihm dabei so nah, dass er ihre Haare um die Brustwarzen hätte zählen können. „Asterion lag ganz natürlich auf seinem Diwan, wie im Schlaf. Hatte er Verletzungen?"

Zunächst hielt Daidalos diese Frage für eine rhetorische, doch Thiraëne blieb auf ihrer Stufe stehen. „Nun?"

„Nein, er hatte keine Verletzungen", sagte er.

„Also, da können wir ausschließen, dass er mit jemandem gekämpft hat, nicht wahr?"

„Ja, natürlich."

Thiraëne setzte ihren Weg fort, sie erreichten einen schummrigen Korridor. Nur wenig Licht fiel durch schmale Schlitze, die unter der Decke ausgespart waren und Verbindungen zu benachbarten Lichthöfen bildeten. Dieser Korridor führte zur Nordeck-Pforte, der Ausgang war nicht mehr weit.

„Ebenso wenig kommt ein Unfall in Frage", sagte Thiraëne. „Was bleibt übrig?"

Daidalos setzte an, um etwas zu erwidern, doch Thiraëne ließ ihm keine Zeit.

„Gift", sagte sie. „Aber alle mir bekannten Gifte rufen typische Symptome hervor, Krämpfe, Atemnot, Übelkeit, Blutspucken und so weiter. Also?"

„Gift können wir ebenfalls ausschließen", antwortete Daidalos.

„Fast richtig." Thiraëne klopfte ihm im Gehen auf die Schulter wie einem eifrigen Anfänger. „Alle mir bekannten Gifte, sagte ich. Es gibt aber Substanzen, die so schnell töten wie ein Dolchstoß ins Herz und die weder Schmerzen erzeugen noch irgendwelche Symptome hervorrufen. In Ägypten und in Babylon habe ich davon gehört."

Die Pforte am Nordeck war geöffnet, das Tageslicht fiel von Weitem in den Korridor.

„Aber wie hätte Theseus an solch ein Gift kommen können?", fragte Thiraëne.

Daidalos zuckte mit den Schultern. Sicher würde sie es ihm gleich triumphierend erklären.

Doch Thiraëne schüttelte den Kopf. „Das einzige Mittel, das ebenso schnell wirkt wie eines der babylonischen Gifte, ist ein sauberer Genickbruch."

Sie hatten die Pforte erreicht und traten ins Freie.

„Wenn Theseus unseren Prinzen getötet hat, dann hat er ihm mit einem Ruck den Hals gebrochen. So, wie du es mit einem Kaninchen machst." Sie führte mit der Hand eine schnelle Drehbewegung aus. „Zack und fertig. Ohne Kampf, wie schon gesagt."

Ein paar Schritte liefen sie noch im Schatten des Palastes, dann schien die Sonne Daidalos in den Nacken. „Aber Asterion hatte sich mit Theseus gestritten", sagte er. „Asterion hätte sich vor ihm in Acht genommen."

„Ganz genau." Thiraëne nickte. „Und deshalb schließe ich auch diese Möglichkeit aus. Was bleibt übrig? Nur ein natürlicher Tod. Bei einem so jungen Menschen wie Asterion ist ein spontaner natürlicher Tod ungewöhnlich. Aber es kommt vor, in der Akademie in Babylon während meiner Lehrzeit dort haben wir einen solchen Fall gehabt." Sie lief schneller. „Außerdem ist Asterion kein robuster Junge gewesen. Aber Pasiphaë will davon nichts hören."

Daidalos folgte ihr, als sie mit raschelnder Faltenhose am Festplatz vorbeischritt. Hinter dem Festplatz verlief die breite Palmhainstraße, dort befand sich die Akademie.

„Die Totenstarre ist jetzt vorüber", sagte Daidalos. „Sie könnten bei einer erneuten Untersuchung einen Genickbruch feststellen – oder ausschließen." Sein Vorschlag kam ein bisschen unvermittelt, aber ihm blieb nicht mehr viel Zeit.

Thiraëne lief noch schneller. „Asterion ist längst in der Bestattung. Und wir wollen doch nicht die Priesterinnen bitten, die Totenbinden zu entfernen, nur um deinem Wissensdrang nachzugeben." Sie lachte, doch sie schaute an Daidalos vorbei die Straße hinunter. „Nein, egal, was letztlich die Ursache war – Pasiphaë macht Theseus für Asterions Tod verantwortlich. Und nun entschuldige mich, Daidalos, wir sind angekommen." Thiraëne zeigte auf den weißgekalkten Bau mit den schwarzen Säulen, in dem die Ärztliche Akademie untergebracht war. „Meine Arbeit wartet."

Die Luft in den schmalen Gassen im Zentrum von Knossos war stickig, die Fensterläden der Häuser voller Staub. Es schien, als würde die Stadt erschöpft auf den Regen warten. Daidalos fuhr sich über den Bart, die Haare fühlten sich ausgedörrt an wie die Phrygana. Er war mit seinen Ermittlungen nicht vorangekommen, doch die Sonne hatte bereits über die Hälfte ihrer Bahn hinter sich gebracht. Er benötigte dringend eine Stärkung.

An der nächsten Ecke lag ein Gasthaus, in dem er manchmal speiste, wenn er weder Lust auf die Gesellschaft der Minasfamilie und ihres Gefolges noch auf Alekas Geschwätz verspürte.

Die Fassade war mit Weinranken bemalt, in der Türöffnung hingen Schnüre aus aufgefädelten Holzperlen. Daidalos trat ein. Die Wirtin, eine kleine Frau mit hochgesteckten grauen Haaren, trug gerade einen Stapel benutzter Keramikschüsseln zum Spülstein.

„Eine Mahlzeit", rief er ihr zu, „und einen großen Krug Wasser." Er stieg die Stufen zu der mit Strauchmatten gedeckten Dachterrasse hinauf.

Auf dem Boden stand benutztes Geschirr. Die meisten Gäste waren schon gegangen. Zwei Frauen, die nebeneinander auf einem Teppich saßen, wischten gerade mit Brot ihre Schüsseln aus.

Vom Ende der Terrasse winkte Ramassje Daidalos zu. Er hatte es sich auf einem Kissen bequem gemacht. Sein Oberkörper war unbekleidet, er trug eine kinnlange Perücke mit Stirnfransen.

„Komm, setze dich, mein Freund," rief er und schlug mit der Hand auf ein Kissen an seiner Seite. „Ich freue mich, dich zu sehen."

Daidalos konnte das Angebot nicht ausschlagen. Ramassje würde sich gekränkt fühlen, und in seiner jetzigen Lage konnte Daidalos keine Feinde gebrauchen.

„Ich habe gehofft, dich hier zu finden, Ramassje." Er lächelte und setzte sich. „Ich brauche einen vernünftigen Menschen, mit dem ich reden kann."

„Eine furchtbare Sache." Der Khol um Ramassjes Augen war vom Schweiß verschmiert. „Eine gefährliche Sache. Pasiphaë ist reizbar wie ein ausgehungertes Krokodil." Ein Lächeln lag auf seinen Lippen.

Natürlich wollte der neugierige Kerl wissen, was Daidalos bisher herausgefunden hatte. Wenn er ihm gestand, wie wenig es war, würde Ramassje ihn mit einem spöttischen Blick bemitleiden. Aber vielleicht würde er dann selbst gesprächig werden. Er wusste sicher ein paar Dinge, die für Daidalos interessant wären. Im Augenblick aber kam Daidalos um einen Bericht herum, weil die Wirtin sein Essen und das Wasser brachte.

„Der arme Asterion ist gestorben, während wir noch seine Ernennung gefeiert haben." Ramassje kreuzte seine beringten Hände vor der Brust und senkte den Blick.

Dieser Schauspieler. Daidalos nahm ein Stück Brot in die Hand und begann mit seiner Mahlzeit. „Ich bin schon früh gegangen, weit vor Mitternacht", sagte er zwischen zwei Bissen.

„Ja, natürlich, du hüpfst ja immer schon vor der Lerche ins Nest. Aber ich habe Pasiphaë bis zum Schluss Gesellschaft geleistet. Ich habe sogar im Palast übernachtet, wobei ich sagen muss, dass ich mich kaum erinnere, wie ich ins Bett gekommen bin." Er grinste, als hätte er eine besondere Leistung vollbracht.

„Wenn du schon im Palast warst, wieso hat die Minas am Morgen, als die Leiche gefunden wurde, nicht nach dir geschickt?"

„Sie hat nach mir schicken lassen. Aber ich habe nicht geöffnet. Ich habe das Klopfen der Dienerin nicht gehört." Ramassje lachte. „Tja, Glück muss man haben. Sonst müsste ich jetzt die Nachforschungen anstellen." Er wurde wieder ernst. „Ich bin dir wirklich dankbar, dass du das übernommen hast. Denn so waren unsere Schiffe bereits ausgelaufen, als ich am Nachmittag aufgestanden bin. Hätte Pasiphaë mich vorher gefunden, hätte sie mich sicher persönlich auf die Jagd nach Theseus geschickt."

Da hatte Ramassje wahrscheinlich recht, aber es war nur ein schwacher Trost, dass er sich in Daidalos' Schuld wähnte.

„Da wir gerade davon sprechen", fuhr Ramassje fort. „Wie kommst du voran, mein Lieber?"

„Gar nicht gut, wenn ich ehrlich bin. Thiraëne will ihre Diagnose zur Todesursache nicht überprüfen. Weder Nethelaos noch Phädra sind zu sprechen. Von den Bediensteten habe ich nichts erfahren können. In der Nacht des Delfinfestes ist niemandem etwas aufgefallen. Und leider kann ich mir nicht vorstellen, dass Theseus noch geschnappt wird."

„Ich frage mich, was du überhaupt herausfinden sollst." Ramassje rieb seine Hände, die Ringe klickerten gegeneinander. „Es ist doch alles sonnenklar. Der Bursche hat Asterion abgemurkst und ist auf und davon. Wir sollten warten, bis Pasiphaë wieder ihre Sinne beieinanderhat, und dann beratschlagen, wie wir König Aigeus gegenübertreten."

Daidalos wischte seinen Teller sauber. Zusammen mit Ramassje konnte er die Minas vielleicht tatsächlich überzeugen, Athen zur Rechenschaft zu ziehen und sich damit für Asterions Tod zu rächen.

Ramassje neigte sich zu Daidalos. „Ich glaube, dass Theseus Ariadne entführen wollte." Mit seinen schwarzumrandeten Augen zwinkerte er ihm zu. „Bestimmt hat er sie nach dem Fest durch den Palast gehen sehen und gedacht, sie will in ihre Gemächer. Mit seinen Unterbefehlshabern ist er ihr hinterhergeschlichen, um sie auf sein Schiff zu bringen. Aber Ariadne ist in Wirklichkeit zu Asterion gegangen. Na, da hat Theseus natürlich befürchtet, dass Asterion Alarm schlägt, und hat ihn ermordet."

Ja, auf den ersten Blick erschien diese Erklärung plausibel. Theseus hatte Ariadne umworben, jeder wusste das.

„Danach hat er Ariadne gewaltsam auf sein Schiff gebracht." Ramassje faltete die Hände vor seinem Bauch. „Vielleicht hat er sie auch getötet. Damit es keine Zeugin gibt."

Falls Ariadne nicht wieder auftauchte, könnten Daidalos und Ramassje diese Idee Pasiphaë vortragen. Gemeinsam könnten sie sie vielleicht überzeugen.

Ramassje drehte an seinem goldenen Daumenring. „Sobald der Fall geklärt ist, muss ein neuer Hafenmeister bestellt werden."

Natürlich. Volle Fahrt voraus, sein persönliches Ziel verlor Ramassje nie aus den Augen.

„Niemand ist besser für das Amt geeignet als du", sagte Daidalos. „Ich erinnere Pasiphaë daran, falls sie es vergessen hat." Den letzten Satz meinte er ehrlich. Wenn Pasiphaë sich mit Ramassjes Erklärung zufriedengab und die Mordermittlungen für abgeschlossen erklärte, sollte er Daidalos' volle Unterstützung bekommen und Hafenmeister werden.

Wieder im Erontas-Gemach, zehnte Stunde nach Sonnenuntergang

Ikarus sitzt auf dem Diwan, er streicht mit den Fingern über die Einlegearbeiten auf dem Tisch. Die einzelnen Mosaikteile passen haargenau zusammen. „Es stimmt, was Thiraëne sagt. Asterion hätte sofort die Wachen gerufen, wenn Theseus in sein Gemach gekommen wäre. Er hätte sich gewehrt."

„Ja, wahrscheinlich." Vater nimmt sich aus der Schale auf dem Tisch ein paar Oliven. „Außerdem kannte Theseus den Weg zu Asterions Gemächern nicht. Pasiphaë sagt, ich hätte ihm geholfen, aber da irrt sie sich."

Auch Ikarus bedient sich aus der Olivenschale. Er ist jetzt hellwach. „Allein wäre Theseus nie bis zu Asterions Gemächern gekommen. Die Reißleinen, die Sollbruchfliesen, die versteckten Wachen – es ist unmöglich, alle Sicherheitsmaßnahmen zu umgehen, wenn man sie nicht kennt." Die Oliven schmecken nach Rosmarin und Wacholderbeeren. Ikarus spuckt die Kerne in die Abfallschale. „Aber manchmal empfängt die Minasfamilie doch Notabeln in den Privatgemächern. Vielleicht war sogar Theseus einmal dabei. Er könnte sich den Weg gemerkt haben."

„Gut kombiniert, mein Sohn. Aber ich glaube nicht, dass Theseus die Ehre hatte." Vater reicht ihm das Mundtuch, der Stoff ist weich und locker gewebt. Ikarus wischt sich die Hände sauber.

Vater wartet, bis er das Tuch wieder zur Seite legt. „Pasiphaë hätte nicht einmal König Aigeus in den Privatflügel gelassen", fährt er fort. „Sie hat schon vor dem Delfinfest wenig vom Athener Königshaus gehalten. Zu Unrecht, wie ich finde. Dazu ist der Streit zwischen den beiden Prinzen gekommen, für Athen ein diplomatischer Rückschlag. Ich wollte nicht, dass mein Vaterland in Verruf kommt. Deswegen bin ich in der Nacht noch zu Theseus gegangen. Ich wollte ihn zur Vernunft bringen. Gleich am nächsten Morgen sollte er sich bei Asterion entschuldigen."

Die gemalten Erontasblüten auf der Wand hinter Vater recken sich auf langen Stängeln in die Höhe, aber ihre Wurzeln liegen im Felsgestein verborgen. Ikarus lächelt in sich hinein. Vater hängt eben doch noch an Athen, obwohl er sonst immer das Gegenteil behauptet. Ein blaues Kissen mit weißen Borten liegt auf dem Diwan, Ikarus schiebt es sich unter den Kopf und schmiegt sich in die Polster.

Zwei Nächte zuvor,
sechste Stunde nach Sonnenuntergang,
Palast von Knossos

Daidalos überquerte langsam den verlassenen Mittelhof. Er war lange bei Kalathe geblieben, nun war es fast Mitternacht. Den dunklen Fenstern nach zu urteilen, lagen die Palastbewohner in den Betten. Irgendwo in der Nähe stöhnte leise ein Liebespaar.

Kalathe sorgte sich um den Rang von Knossos innerhalb des kretischen Städterates. Doch was das griechische Festland anbelangte, kümmerten sich weder Kalathe noch Pasiphaë um Knossos' Ruf. Aber auch dort würden die Herrscher über die Ernennung des jungen, unerfahrenen Hafenmeisters spotten. Kreta hatte bereits zwei Mal die Vorherrschaft im Mittelmeer verloren, als der Vulkan von Thira ausgebrochen war und Erdbeben die Region erschüttert hatten. Vielleicht neigte sich Kretas jüngste Glanzzeit jetzt dem Ende zu, ohne dass Flutwellen die Städte und die Häfen vernichteten.

Die Luft war schwül, sie roch nach Harz und trockenen Kräutern. Daidalos blieb stehen und atmete tief den Duft des Spätsommers ein. Im Gästeflügel auf der anderen Seite des Hofs war im ersten Stockwerk hinter dem Säulengang doch noch ein Fenster erleuchtet. Es gehörte zu Theseus' Unterkunft. Vielleicht bereitete er gerade seine Abfahrt vor. Er konnte der Minasfamilie morgen unmöglich gegenübertreten, als sei nichts vorgefallen. Und entschuldigen würde sich der stolze Sohn von Aigeus wohl kaum. Hinter den Fenstervorhängen ging jemand im Zimmer auf und ab. Eine schlanke Person mit langen, hochgesteckten Haaren. Als sie sich zur Seite drehte, wurden ihre Brüste sichtbar.

Leise überquerte Daidalos den Hof. Während er sich dem Fenster näherte, hörte er undeutlich eine Frauenstimme. Er lehnte sich an die Wand unter dem Säulengang, direkt unterhalb des erleuchteten Fensters.

„Ihr solltet euch vertragen", sagte die Frau mit gedämpfter Stimme. „Ich weiß, mein Bruder ist oft taktlos. Aber er trägt nichts nach. Er wird dir eine Bitte um Verzeihung nicht abschlagen."

„Wieso sollte ich ihn um Verzeihung bitten?", sagte Theseus mit seinem harten hellenischen Akzent. „Er hat mich zuerst beleidigt, du warst doch selbst dabei."

„Ja, du hast schon recht. Aber bedenke doch, was für Nachteile Athen davon hätte, wenn du hier im Streit Abschied nimmst."

„Ich habe keinen Streit gesucht. Ich …"

„Pst, nicht so laut. Hör mir zu. Es braucht ja niemand davon zu erfahren. Du gehst zu Asterion und sprichst dich mit ihm aus. Danach provoziert er dich bestimmt nicht mehr. Er weiß dann, dass du dir nicht alles gefallen lässt."

Leise Schritte knarzten über den Holzboden im Raum über Daidalos. Der Fensterladen quietschte und stieß gegen den Anschlag. Das bisschen Licht, das aus dem Zimmer nach draußen gefallen war, verschwand. Die Unterhaltung ging weiter, doch Daidalos konnte die Worte nicht mehr verstehen. Nun öffnete sich die Tür der Unterkunft, zwei Menschen traten hinaus in den Säulengang.

„... schlafen alle. Auf dem Rückweg folgst du dem Faden und wickelst ihn wieder auf. Du sagst mir morgen früh Bescheid, wie das Gespräch verlaufen ist", sagte die Frau.

Jetzt war ihre Stimme so deutlich, dass Daidalos sie erkannte. Phädra. Er presste sich dichter an die Mauer und verfluchte im Stillen seinen weißen Chiton. Er stand zwar im Schatten, doch falls jemand vom Säulengang hinunterschaute, würde ihn der helle Stoff verraten. Aber die Schritte, schwere und leichtere, entfernten sich.

Sieh mal einer an. Nicht Ariadne und Theseus, sondern Phädra und Theseus. Das hätte er sich eigentlich denken können. Im Gegensatz zu Ariadne hatte Phädra sich nie über Theseus lustig gemacht. Sie wollte ihn zu Asterion führen, damit er sich entschuldigte. Damit Theseus weiter in Knossos blieb. Und nun sah es so aus, als würde Theseus mit ihr gehen. Da musste eine Liebelei dahinterstecken.

Sicherlich nahm Phädra nicht den Weg über den Mittelhof, dort konnten sie im Sternenlicht von vielen Fenstern aus gesehen werden. Wahrscheinlich führte sie Theseus durch den Nordflügel.

Mit raschen Schritten überquerte Daidalos den Mittelhof und betrat den Westflügel. Er zog seine Sandalen aus und lief leise auf nackten Füßen weiter in den zweiten Stock, durch den Korridor der Fische. Die Krake an der Wand glitzerte im Schein der Sterne. Als er zur Treppe kam, die wieder hinunter in den ersten Stock führte, verlangsamte er seine Schritte. Phädras Weg war länger als seiner. Er ging hinab in den Geranienhof, überquerte ihn und stieg wieder in den zweiten Stock. Im Korridor brannten die Nachtlampen. Er blieb stehen und lauschte. Irgendwo weit entfernt stritten sich Katzen. In einem der nahe gelegenen Räume schnarchte jemand.

Er lief weiter. Hinter der nächsten Ecke lagen die Gemächer des Prinzen. Die Doppeltür mit den weißen Lilien und die Fensterläden waren geschlossen, doch durch die Ritzen drang Licht. Asterion war noch wach. Schräg gegenüber der Lilientür befand sich eine Besenkammer. Leise öffnete Daidalos sie. Wäsche war in einem Regal gestapelt, auf dem Boden standen Körbe. Von einem Balken hingen Säcke herunter, vielleicht mit Decken darin. Um den Raum betreten zu können, musste Daidalos den Kopf einziehen. Er stieß an einen Holzeimer, der einen Ton abgab, laut wie ein Xylophon. Schnell schloss er die Tür bis auf einen schmalen Spalt. So konnte er den Eingang zu Asterions Gemächern bestens im Auge behalten.

Da kamen sie auch schon. Theseus' breites Pektoral schimmerte im Dunkeln. Phädra hielt ein Wollknäuel in der Hand, das sie langsam abrollte.

Nun legte sie das Knäuel auf den Boden, trat nah an Theseus heran und flüsterte ihm etwas zu. Vielleicht umarmte sie ihn, Daidalos konnte es nicht mit Sicherheit erkennen. Versehentlich stieß er mit der Stirn an die Tür, der dumpfe Schlag klang laut in der kleinen Besenkammer. Vorsicht! Doch die beiden da draußen hatten ihn nicht gehört.

Das Wollknäuel lag im Schatten einer Säule. Den abgerollten Faden konnte Daidalos auf dem dunklen Boden nicht sehen, aber eins war klar: Mit diesem Faden hatte Phädra den Weg zu Asterions Gemach markiert. Wahrscheinlich, weil sie nicht heimlich auf Theseus warten wollte, bis seine Unterredung mit Asterion beendet war. Sie wollte nicht von Pasiphaë oder einem anderen Familienmitglied gesehen werden. Wenn Theseus nach dem Gespräch wieder ging, konnte er dem Faden folgen und so allein den Weg zurück finden. Und wenn er dabei die Wolle wieder aufwickelte, hinterließ er keine Spur.

Tatsächlich machte Phädra kehrt, Theseus blickte ihr noch einen Moment nach, wie sie um die Ecke bog. Dann pochte er gegen die Lilientür.

Bei Athena, mit diesem Wollknäuel wurden die Alarmfallen, die Daidalos sich ausgedacht hatte, unwirksam. So viel Schläue und Hinterlist hatte er Phädra nicht zugetraut. Offenbar fürchtete sie nicht, dass Asterion Theseus fragte, wie er allein zu seinen Gemächern gekommen war. Dafür gab es nur eine Erklärung: Asterion war eingeweiht, er kannte den Trick mit dem Wollfaden, mit dem man nächtliche Besucher aus den Privatgemächern herausführen konnte. Vielleicht unstandesgemäße Liebhaber, die man im Morgengrauen fortschicken wollte, ohne selbst das Bett verlassen zu müssen.

Theseus stand noch immer vor der Tür, offenbar hatte Asterion ihn bisher nicht hereingebeten. Er pochte erneut. „Darf ich eintreten?" Langsam drückte er die Tür auf und verschwand im Gemach.

Hoffentlich sprach Asterion laut genug, dass Daidalos ihn durch die geschlossene Lilientür in der Besenkammer verstehen konnte.

In jüngeren Jahren hätte er in den Lichtschacht klettern können, der an das Empfangszimmer des Prinzen angrenzte, aber nun konnte er nur die Ohren spitzen. Asterion würde sicherlich nicht mit Hohn sparen. Jeden Augenblick musste sein gehässiges Lachen erklingen.

Die Luft in der Kammer roch nach Irisöl und Staub. Daidalos' gebeugter Rücken schmerzte, doch er wagte nicht, sich zu bewegen. Vielleicht standen hier noch mehr Eimer herum, die er umstoßen konnte.

Unerhört, dass Phädra und Asterion ein gemeinsames Geheimnis hatten! Doch wenn er es sich recht überlegte, hatte er die beiden nie streiten gesehen. *Mein Bruder trägt nichts nach. Er wird dir eine Bitte um Verzeihung nicht abschlagen*, hatte Phädra vorhin gesagt. Vielleicht war Asterion tatsächlich umgänglicher, wenn er sich nicht vor einem Publikum beweisen musste. Daidalos lauschte, doch nur sein eigener Atem war zu hören. Nun klirrte leise Metall, das musste Theseus' Pektoral sein. Richtig, die Lilientür öffnete sich wieder.

Theseus trat heraus. Er sah sich um, dann hob er das Wollknäuel auf. Der schwache Schein der Nachtlampe warf dunkle Schatten auf sein Gesicht. Vielleicht war das Gespräch mit Asterion doch schlecht gelaufen. Auf jeden Fall hatten sie so leise miteinander gesprochen, dass kein Laut nach draußen gedrungen war. Wie ärgerlich, nun hatte Daidalos umsonst in diesem staubigen Loch gesessen.

Theseus lief davon, schnellen Schrittes verschwand er hinter der Ecke. Der Wollfaden zuckte hinter ihm her.

Vorsichtig drückte Daidalos die Tür der Besenkammer auf und trat hinaus in den Korridor. Er folgte barfuß dem Weg, wo gerade eben noch der Wollfaden gelegen hatte. Es war Zeit, dass er ins Bett kam.

Wieder im Erontas-Gemach, zehnte Stunde nach Sonnenuntergang

Draußen wütet der Wind, irgendwo knallt ein Fensterladen, doch hier im Zimmer sind die Geräusche gedämpft. Mücken tanzen im Licht der Lampen. Vater lächelt vor sich hin und scheint sehr zufrieden mit sich zu sein. Niemals hätte Ikarus sich vorstellen können, dass sein ehrbarer Vater in einer Besenkammer steht und lauscht. Nun wird der wieder ernst, er legt sogar die Stirn in Falten, wie er es sonst tut, wenn er Ikarus einen schwierigen Sachverhalt auseinandersetzt. Mit den Fingern trommelt Vater auf den Lehnen seines Stuhls. „Ich kann mir nicht vorstellen, dass Theseus zu Asterion gegangen ist und ihm hinterrücks das Genick gebrochen hat."

Wie unwürdig für den größten Baumeister Kretas, als Lauscher zwischen Wäsche und Eimern zu hocken und andere auszuspionieren! Das machen eigentlich nur Leute ohne Moral. Ikarus schiebt sich die Ärmel der Bluse hoch, ihm ist warm. Zwischen den schmalen Streifen prangt ein dicker Fettfleck auf dem Stoff. Er zieht eine Ärmelfalte darüber, nun sieht man den Fleck nicht mehr.

„Wenn Theseus so kaltblütig gewesen wäre", sagt Vater, „dann hätte er Phädra ebenfalls getötet. Oder er hätte sie als Geisel genommen und nicht Ariadne, wie Pasiphaë ihm vorwirft. Das wäre ihm leichtgefallen." Er legt die Füße in den Sandalen auf den Tisch, neben die Olivenschale. „Ich bin mir heute sicher, dass Asterion schon tot war, als Theseus seine Gemächer betrat. Deshalb habe ich kein Wort gehört. Theseus hat die Nerven verloren und ist davongelaufen. Er hat geahnt, dass Pasiphaë ihn verdächtigen würde, wegen seines Streits mit Asterion. Vielleicht hat er auch befürchtet, dass Phädra ihn für den Mörder hält. Auf seiner Flucht von Kreta hat er Ariadne getroffen, vielleicht am Strand, und er hat sie entführt."

Eine Mücke summt direkt neben Ikarus' Ohr. Ariadne ist nicht hochgewachsen, doch sie wurde im Kampf unterrichtet. Aus den Übungsstunden weiß Ikarus, dass sie sich waffenlos oder nur mit einem Stock gegen drei Männer verteidigen kann. So leicht lässt sie sich nicht entführen.

„Es wäre besser gewesen, wenn Theseus sofort die Wachen verständigt hätte", sagt Ikarus leise.

„Die Wachen?" Vater lacht kurz auf. „Pasiphaë hätte Theseus auf der Stelle umgebracht. Du hast doch gesehen, wie sie sich gebärdet. Uns hat sie einsperren lassen, nur weil wir Athener sind."

Der Vater irrt sich. Ikarus ist kein Athener, er kann sich noch nicht einmal an die Stadt erinnern. Und Vater selbst lebt schon seit zwanzig Jahren auf Kreta. Athener sind sie beide schon lange nicht mehr.

„Pasiphaë nimmt bestimmt Vernunft an, Vater. Bei der Verhandlung erklärst du ihr alles. Phädra muss zugeben, dass sie Theseus zu Asterion geführt hat. Pasiphaë wird einsehen müssen, wie ungerecht sie uns gegenüber war."

Sein Vater lächelt, als hätte Ikarus etwas besonders Dummes vorgeschlagen.

„Du hast immer gesagt, die Minas wäre eine gerechte und weise Frau." Ikarus nimmt das blaue Kissen und drückt es gegen seine Brust. Pasiphaë ist für ihre milden Urteile bekannt, deswegen sprechen die Kapitäne, wenn es in den Häfen Ärger gibt, lieber bei der Minas vor, anstatt bei der jeweiligen Regentin Klage zu erheben. Das hat sogar Aleka einmal erzählt.

„Habe ich das gesagt?" Daidalos schlägt sich auf den Unterarm und schnippt eine zerdrückte Mücke fort. „Da kannst du mal sehen, wie loyal dein Vater ist. Aber Pasiphaë hat einen dicken Schädel, und wenn sie sich etwas vorgenommen hat, dann führt sie es auch aus. Ich könnte dir Geschichten erzählen!"

Ikarus senkt den Blick. Die Laterne auf dem Tisch beginnt zu flackern. Das Öl ist fast aufgebraucht. Aber die Nacht ist noch nicht vorbei, und wenn die Wandlampe auch ausgeht, sitzen sie hier im Dunkeln. „Aber wenn Pasiphaë versteht, dass du unschuldig bist …"

„Ja und? Denkst du etwa, sie würde ihre Rachegelüste zügeln, nur weil Unbeteiligte zu Schaden kommen?"

Ikarus steht auf und geht zur Truhe hinüber, wo das Öl zum Nachfüllen steht. Dort liegt ein Brettspiel, ein sehr schönes Inselspiel mit weißen und braunen Steinen. Auch das Holz ist zweifarbig, mit Intarsien aus Silber. Ein edles, ästhetisches Meisterwerk der Handwerkskunst. Dabei muss man kaltblütig und gerissen sein, wenn man das Spiel gewinnen will. Er spielt nicht gern und hat fast nie gewonnen. Nur gegen Aleka, und ein Mal gegen Phädra. Er nimmt die Ölflasche und füllt die Laterne auf.

Vater reibt sich die Hände. „Dann höre mir gut zu, mein Junge. Kannst du dich noch an Pasiphaës Krönung erinnern?"

Ikarus schaut auf die Erontasblüten, die sich sanft auf den Wänden neigen. „Ich war noch ein Kind", sagt er. „Die ganze Stadt war mit Blumen geschmückt. Sogar ich hatte welche im Haar."

Vater nickt. „Es war im Frühling. Über fünfzehn Jahre ist es her."

Achtunddreißigstes Jahr der Regentschaft der Minas Galis,
erster Tag des vierten Mondes,
zwei Stunden nach Sonnenaufgang,
Palast von Knossos

Aleka strich dem kleinen Burschen über den Lockenkopf. „Du hast recht, wunderschön sind die Blumen, Ikarus. Der ganze Palast ist heute geschmückt. Wir wollen ja die Krönung der neuen Minas feiern." So stolz sah sie aus, als sei Ikarus ihr leibliches Kind. Daidalos freute sich, bei der Wahl der Amme hatte er einen richtigen Glücksgriff getan.

„Wir sehen uns später", sagte er. „Ich bin auf dem Festplatz, falls Minas Galis oder Kalathe nach mir fragen." Er beugte sich zu Ikarus hinunter und küsste ihn auf die Stirn. „Nachher schaust du dir mit Aleka die Akrobaten an, ja?"

Die Augen des Jungen leuchteten auf. „Oh ja, wenn dann Kalathe die Krone von Minas Galis hat."

„Psst. Noch ist nichts entschieden. Zuerst kommt die Akklamation. Das Volk von Knossos muss abstimmen, wer die Nachfolgerin von Galis wird." Daidalos gab seiner Stimme einen belehrenden Ton, denn es ging ums Prinzip: Jede der drei Minastöchter bat das Volk von Knossos um Applaus. Diejenige, die den lautesten Beifall erhielt, wurde die neue Minas, so hielten es die Knossier seit Jahrhunderten. Und solange diese Akklamation nicht stattgefunden hatte, durfte man nicht davon reden, dass diese oder jene Prinzessin die Nachfolge antreten würde. Doch was die heutige Akklamation betraf, da musste Daidalos Ikarus recht geben: Nur Kalathe besaß das Format zur Herrscherin über Knossos, die mächtigste Stadt der ganzen Insel. Niemand konnte ernsthaft damit rechnen, dass eine der anderen beiden Prinzessinnen gewählt wurde.

Daidalos verließ Aleka und den Jungen, überquerte den Mittelhof und hielt auf das Hafentor zu, den nördlichen Ausgang des Palastes, der zu dem Festplatz führte. Auf dem Weg kam ihm im Laufschritt ein Mann entgegen. Er trug die rote Tracht der Hafenaufseher aus Amnissos.

„Zu Minas Galis, schnell!" Der Aufseher war so außer Atem, dass er kaum sprechen konnte. „Wo ist sie?"

„Was gibt es denn so Dringendes am Hafen?", fragte Daidalos. „Du kannst dir ja denken, dass man die Minas heute nicht wegen jeder Kleinigkeit behelligen kann. Sie bereitet die Akklamation vor."

„Zur Minas, Befehl der Hafenmeisterin." Der Aufseher wischte sich die Haare aus der verschwitzten Stirn. „Ein Schiff läuft ein."

Täglich liefen zig Schiffe in den Hafen ein. Doch wahrscheinlich meinte der Mann, dass eine hohe Persönlichkeit eintraf, die Regentin von Samos vielleicht oder ein thrakischer Herrscher. Daidalos führte den Hafenaufseher zum Westflügel, zu den Empfangsräumen. Noch vor Kurzem hatte er selbst dort, in dem gerade fertiggestellten Teil des neuen Palastes, an einer Besprechung teilgenommen. Es war natürlich um die Akklamation gegangen, die am frühen Nachmittag stattfinden sollte. Daidalos hatte die Sitzung vorzeitig verlassen, denn er war mit Vorbereitungen auf dem Festplatz betraut worden. Aber Minas Galis und ihre Töchter mussten noch im Versammlungsraum sein.

Daidalos stieg mit dem Hafenaufseher in den ersten Stock. Schon auf der Treppe hörte er Kalathes kräftige Stimme. Die Besprechung war also noch nicht beendet. Der Hafenaufseher lief mit großen Schritten voran. Auch er konnte hören, wo sich die Minasfamilie gerade befand. Mit vier kurzen Schlägen, dem Klopfzeichen für die höchste Dringlichkeit, pochte er an die Tür des Versammlungsraums.

Die hochgewachsene Kalathe öffnete ihm. Ihr Faltenhosenanzug sah noch immer so frisch aus, als hätte sie das empfindliche Kleidungsstück gerade eben erst angelegt.

Ein gereizter Zug lag um ihren Mund, die Unterbrechung passte ihr nicht. Doch der Ton ihrer Stimme war wie gewohnt höflich und ruhig. „Was gibt es?"

„Ein ägyptisches Schiff läuft in den Hafen ein, schneeweiß, mit goldenem Mast und rotem Segel!"

Ein rotes Segel hatte Daidalos noch nie gesehen. Und ein Mast aus Gold, das war geradezu unmöglich. Vielleicht war der Mann nicht bei Sinnen.

Der Hafenaufseher verneigte sich kurz. „Der Kapitän wünscht, die Minas zu sehen." Er war wieder zu Atem gekommen, und seine Stimme klang kräftig und klar.

„Das muss warten", antwortete Kalathe ruhig, „die Akklamation hat Vorrang." Sie wollte die Tür wieder schließen.

„Augenblick mal, was für ein Schiff soll das sein mit einem goldenen Mast?", sagte die Minas da im Versammlungsraum. „Kalathe, lass den Mann herein."

Der Hafenaufseher schlüpfte an Kalathe vorbei in den Raum. Sie runzelte die Stirn, bedeutete aber Daidalos mit einem Schulterzucken, ebenfalls einzutreten. Er dankte ihr mit einem Lächeln. In ein paar Stunden würde Kalathe die neue Herrscherin sein. Und Daidalos einer ihrer hochrangigen offiziellen Berater, obwohl er kein gebürtiger Kreter, sondern nur Athener war.

Die grauhaarige Zeremonienmeisterin hatte sich über den Planungstisch gebeugt, auf dem ein Holzmodell des Festplatzes und verschiedene Setzsteine lagen. Minas Galis saß auf einem Armlehnenstuhl am Tisch, ihre Töchter standen rechts und links an ihrer Seite. Pasiphaë wischte mit dem Ärmel an ihrem breiten Silbergürtel herum, auf dem eingravierte Stiere die Nacken senkten. Ychtymene, die jüngste, trug noch ihren eng anliegenden Turnanzug von der Akrobatik-Probe. Sie stellte sich nur der Form halber zur Wahl, denn ihre Initiation lag erst wenige Jahre zurück. Pasiphaë, die zweitgeborene, wäre sicher gern Minas geworden, aber sowohl in der Politik als auch in der Athletik war Kalathe ihr deutlich überlegen. Sie konnte nicht hoffen, die Wahl zu gewinnen.

Der Aufseher rang nach Atem. „Ein Handelsschiff ist es, mit zwei Mal zwanzig Riemen. Der Kapitän will Geschenke an die Minas abliefern. Das hat der Lotse gesagt. Der Hafenmeister hat mich geschickt, dass ich Ihnen die Nachricht überbringe."

„Wer ist denn der Kapitän?" Galis legte drei Setzsteine neben dem Festplatzmodell ab.

„Ich weiß es nicht, Hoheit." Der Aufseher senkte kurz den Kopf. „Als ich aus Amnissos losgelaufen bin, hatte das Schiff noch nicht angelegt. Aber es ist sehr prächtig. Mit einem goldenen Mast und einem Segel so rot wie Blut."

Geschenke für Minas Galis, mit diesen Worten bezeichneten die Kreter normalerweise die Tributzahlungen aus Übersee. Doch man erwartete zurzeit keine Abgaben. Und sowieso war Ägypten Kreta nicht tributpflichtig.

„Mutter, bitte, das müssen wir uns ansehen", sagte Pasiphaë. „Für die Akklamation haben wir doch alles besprochen."

„Ja, gut, gehen wir zum Hafen hinunter." Galis erhob sich ächzend von ihrem Stuhl.

Kalathe reichte ihrer Mutter den Arm. Ihr Blick streifte den von Daidalos, als sie zur Tür trat. Ihr Augenlid zuckte. Normalerweise konnte Kalathe nichts aus der Ruhe bringen. Aber selbst die disziplinierteste Frau ganz Kretas wurde anscheinend nervös, wenn es um ihre Wahl zur Minas ging.

Auf dem Hügel über der Bucht von Amnissos blieb Daidalos stehen. Dort unten hatte wirklich ein ägyptisches Hochseeschiff angelegt. Der Rumpf war aus sehr hellem Holz, der goldene Mast blitzte in der Sonne. Wahrscheinlich war er mit Messing beschlagen. Das rote Segel flatterte lose im Wind. Langsam setzte Daidalos seinen Weg fort. An einem anderen Tag wäre so ein Prachtschiff eine willkommene Kuriosität gewesen, heute störte seine Ankunft den Ablauf eines wichtigen Tages. Hinter ihm drängten die Leute in Richtung Hafen. Die Neuigkeit hatte sich schon verbreitet, alle wollten das rätselhafte Schiff sehen. Er musste sich beeilen, wenn er nicht von der Minas und ihrem Hofstaat getrennt werden wollte. Schnell lief er an den Menschen vorbei, bis er Galis auf ihrem Esel erreicht hatte. In ihrem grauen Haar glänzte die goldene Krone, um den faltigen Hals trug sie fünf feingliedrige Ketten. Mit beiden Händen hielt sich die alte Minas an dem edelsteingeschmückten Zaumzeug fest, ihre Töchter flankierten das Reittier.

Im Hafen lagen mehrere Dutzend Schiffe an den Pieren, doch das ägyptische Handelsschiff war mit Abstand das größte. An Deck zählte Daidalos drei Dutzend Seeleute, Männer und Frauen, die zum Schutz vor der Sonne ihre hellen Schifffahrts-Kopftücher von der Stirn bis in den Nacken auseinandergezogen hatten. Als er den Kai erreichte, brachten gerade vier von ihnen ein Fallreep, das Brett zum Entladen, herbei. Sie machten es zwischen dem Bootsdeck und der Pier fest. Galis ließ ihren Esel an der Pier vor dem ägyptischen Schiff halten. Ihre Töchter umringten den Esel, Daidalos ergatterte sich einen Platz zwischen Kalathe und einer Hofdame. Die Knossier waren zu zahlreich, um alle auf der Pier Platz zu finden. Viele mussten auf dem Kai bleiben, auf der Pier versammelten sie sich in einem Halbkreis um den Hofstaat herum. In der Menge klatschten ein paar Frauen in die Hände und stimmten ein Willkommenslied an. Eine mit einer besonders kräftigen Stimme machte die Vorsängerin, die anderen sangen den Kehrreim.

Ein Ägypter mit kholumrandeten Augen lief über das Fallreep hinüber auf die Pier. Kurz ließ er seinen Blick über die Prinzessinnen und den Hofstaat gleiten, dann trat er vor Minas Galis. Er reffte sein weißes, gefälteltes Gewand und warf sich vor Galis auf den Bauch. Die Sängerinnen verstummten.

Daidalos lächelte. Was für ein hündischer Schmeichler – er grüßte Galis, als wäre sie Pharao, der ägyptische König, der als Gott galt und vor dem sich die Ägypter im Staub wälzten. Die Knossier raunten leise. Sicher hatte kaum einer von ihnen diese ägyptische Geste der Unterwerfung zuvor gesehen. Die Kinder in den hinteren Reihen hüpften in die Höhe, sie wollten wissen, was auf der Pier geschah. Die Erwachsenen reckten sich, um besser sehen zu können. Ein Mann in der Menge mit einem dicken Haarknoten hob ein Kind auf seine Schultern.

Galis strich sich über ihre Halsketten. Ihr gefiel diese geschmacklose Demutsgebärde offenbar. Ychtymene verbiss sich sichtbar das Lachen, Kalathe runzelte die Stirn, und Pasiphaë sah so konzentriert aus, als würde sie eine akrobatische Figur ausführen. Leise rauschte das Meer, vom Möwenfelsen drang Vogelgeschrei herüber. Der Esel schlug mit dem Schwanz nach den Fliegen auf seinen Lenden. Der Ägypter drückte immer noch sein Gesicht auf die Pier. Er würde sich nicht von allein wieder aufrichten, sondern wartete auf Galis' Erlaubnis.

„Steh auf, Kapitän", sagte Galis schließlich. „Du willst mir etwas überbringen?"

Langsam erhob er sich. „Es ist die Wahrheit, Hoheit, Edelste Herrscherin unter der Sonne. Ich bringe Geschenke. Von Pharao, dem Wahrhaftigen Meri-ib-Re, dem Schützer-der-beiden-Länder, Reich-an-Erscheinungen, Mit-der-Vollkommenheit-des-Re."

Den ägyptischen Herrschern reichte ein Name nicht aus; hoffentlich hatte der Kapitän nicht vor, alle Titel seines Pharaos zu nennen, denn das konnte dauern. Die Zeremonienmeisterin zwängte sich neben Daidalos. Sie wischte sich die grauen Haare aus der Stirn. „Was soll der Unsinn?", sagte sie leise und schüttelte den Kopf.

„Auch der mächtige Kokalos, König der Sikaner, und Tegire die Große aus dem Ballenidenlande schicken ihre Gaben", fuhr der Kapitän fort.

Keiner der genannten Herrscher war Knossos tributpflichtig. Unaufgefordert wollten diese mächtigen Leute der Minas ihre Hochachtung erweisen? Das konnte sich Daidalos nicht vorstellen. Irgendetwas war hier faul. Pasiphaë neben Kalathe atmete tief ein, als wollte sie die Luft anhalten.

„Oh, Minas, heilige Königin der göttlichen Insel." Der Ägypter verneigte sich tief. „Orakel in vielen fernen Ländern weissagten, dass eine neue Herrscherin kommen würde, mächtiger noch als die große Galis und alle ihre Vorgängerinnen. Meri-ib-Re, Tegire und Kokalos wollen die ersten sein, die die Gunst erbitten von …" Er blickte in die Runde, wie um zu sehen, ob ihm auch alle zuhörten. „… von Minas Pasiphaë", rief er. „Und siehe da, Schu, der Gott des Windes, lässt mich am Tage der Krönung in Knossos landen."

„Was?", rief Ychtymene, doch im Raunen der Knossier ging das Wort unter. Pasiphaë schaute auf das Schiff, auf dem ein Seemann an Deck kniete und bereits die Hand nach der Ladeluke ausgestreckt hatte.

Orakel sollten vorausgesehen haben, dass Pasiphaë und nicht Kalathe Minas wurde. Das glaubte Daidalos nie im Leben. Und der geizige Kokalos würde keine Geschenke senden, wenn er nicht dazu verpflichtet war.

„Ruhe!" Kalathes kräftige Stimme schallte laut über den Kai. Das Raunen wurde schwächer.

„Kapitän", sagte Minas Galis. „Ägyptens Orakel sind für ihre seherische Macht bekannt, aber noch ist gar nicht entschieden, welche meiner Töchter Minas wird."

Der Ägypter schüttelte lächelnd den Kopf. „Diese Geschenke sind für Minas Pasiphaë von Kreta. Die Orakel haben gesprochen, Könige haben sie vernommen und schickten mich aus, diese Gaben zu überbringen. Mit Ihrer Erlaubnis, Hoheit, lasse ich ausladen." Er wandte sich zu Pasiphaë und warf sich nun vor ihr auf den Boden, nur ein paar Ellen vor Daidalos' Füßen.

Bei Athena, der Ägypter erkannte nicht nur Galis, sondern auch Pasiphaë! Die Minas, nun gut, die saß auf einem edlen Reittier, sie trug die Krone auf dem Kopf. Pasiphaë konnte zwar wegen ihrer kleinen, rundlichen Gestalt nicht mit der langbeinigen Kalathe verwechselt werden. Doch sie unterschied sich nicht wesentlich von den reich geschmückten Frauen des Hofstaates, die sich um die Minas scharten.

Das Kind auf den Schultern des Mannes mit dem Dutt jauchzte und winkte mit beiden Armen. Die Vorsängerin klatschte rhythmisch in die Hände, ein paar Frauen fielen ein. Kalathe presste die Lippen aufeinander. Wahrscheinlich ärgerte sie sich ebenfalls über die Frechheit des Ägypters, der so tat, als könnten Orakelsprüche die Akklamation ersetzen.

„Erhebe dich und lösch deine Ladung", rief Pasiphaë mit geröteten Wangen. Minas Galis blickte sie an.

„Mutter, ich will sehen, was Pharao uns schickt. Ob dieser Kapitän hier die Wahrheit spricht."

Minas Galis klatschte in die Hände. „Löschen!"

Der Kapitän sprang auf und gab dem Seemann an der Ladeluke ein Handzeichen. Dieser öffnete die Luke.

Ein Nubier stieg heraus. Er war nur mit einem Sklavenschurz bekleidet, seine eingeölte dunkle Haut glänzte in der Sonne. Auf seinen ausgestreckten Armen trug er einen Kasten aus poliertem Bein, geschmückt mit Intarsienarbeiten. Schwankend von der langen Überfahrt lief er über das Fallreep. Die Knossier begrüßten ihn mit Beifallsrufen. Auf der Pier öffnete er den Kasten. Im Inneren der Schatulle glitzerte es. Die Knossier reckten ihre Köpfe. Der Mann mit dem Kind auf den Schultern pfiff durch die Zähne.

Tja, das Volk ließ sich leicht beeindrucken, darin unterschieden sich die Kreter nicht von den Hellenen. Ein Kasten gefüllt mit einer ordentlichen Ladung Perlmutt, gemischt mit ein bisschen Gold, und schon taten die Leute, als wäre wer weiß was zu sehen.

Der Nubier hielt seine Schätze Pasiphaë hin, sie griff wahllos hinein. Eine silberne Kette und ein buntes Armband hob sie heraus. Bewunderndes Raunen drang aus dem Publikum. Ein paar Kinder schlüpften durch die Reihen der Erwachsenen bis in die erste Reihe. Daidalos verschränkte die Arme vor der Brust. Diese Geschenke kamen weder von Pharao noch von einem anderen Herrscher. Vielleicht war der Kapitän ein verkleideter Pirat, der sich mit ein paar Schmuckstücken das Hafenrecht auf Kreta sichern wollte, damit er seine Beute auf dem Markt von Amnissos feilbieten konnte. Doch er hätte die Geschenke besser Galis übergeben sollen. Im Augenblick war sie es noch, die als Minas Knossos und ganz Kreta repräsentierte.

Ein zweiter Sklave kam über das Fallreep gelaufen. Er trug feine Stoffe in leuchtenden Farben über seine Arme drapiert. Mit hocherhobenem Kopf schritt er im Halbkreis an dem Publikum vorbei und schwenkte die Tuche. Sie schillerten in der Sonne. Er verbeugte sich vor Pasiphaë und stellte sich neben den Kastenträger. Pfiffe waren zu hören, wie bei den Festspielen, wenn einer der Akrobaten sich besonders auszeichnete.

Es folgten weitere Sklaven, Männer und Frauen. Sie brachten Bernstein, blendend weiße Felle, Geschirr aus einem bunten Material, das selbst Daidalos nicht kannte, Gefäße aus edlen Metallen mit den Siegeln der königlichen Spender. Jeder Überbringer wurde mit Beifall begrüßt.

Nicht alles, was glänzte, musste pures Silber sein, doch diese Menge an Luxusgütern war viel wert. Sicherlich mehr, als ein Piratenkapitän für ein Hafenrecht ausgeben würde.

Nackte Kinder, auf deren rasierten Köpfen nur eine Haarsträhne, die ägyptische Jugendlocke, wuchs, führten dressierte Hunde aus dem Schiff. Die Schwänze der Tiere ringelten sich auf ihren Rücken, diese Rasse hatte Daidalos noch nie gesehen. Ihnen folgte eine junge Frau, die eine übergroße, schwarz gefleckte Katze an der Leine hielt. Die Leute jubelten so laut, dass das Tier unruhig wurde und Pasiphaë mit einem Handzeichen dem Lärm Einhalt gebot. Augenblicklich verstummte das Volk. Die Wellen klatschten leise ans Ufer, vom Möwenfelsen drangen ein paar Vogelstimmen herüber.

Als hätten sie nur auf einen Moment der Stille gewartet, sprangen zwei Frauen aus der Ladeluke. Vor ihrer Brust hingen an Schulterriemen Kästen aus buntem Holz, die mit Saiten bespannt waren. Mit kleinen Hämmern schlugen sie auf die Saiten. Ein feiner, vibrierender Ton erklang über dem Meeresrauschen. Die Töne wurden lauter, vermischten sich, zogen sich zart in die Länge. Mit kleinen, stampfenden Schritten liefen die Musikantinnen über das Fallreep auf den Kai. An ihren Fußgelenken klingelten Schellen im Takt.

Die Musik wurde lauter, rhythmischer. Die Musikantinnen schlugen schneller und schneller mit den Hämmern auf die Saiten, bis Daidalos weder die einzelnen Töne noch ihre Bewegungen unterscheiden konnte. Wie die Flügel eines Schwärmers, der scheinbar unbeweglich vor der Blüte schwebt, flatterten die Hämmer über den Saiten. Schmetternd endete die Musik.

In diesem Augenblick stieg ein riesiger Mann aus dem Laderaum: ein Nordländer, seine Haut war so hell, dass sie leuchtete. Glatte perlweiße Haare flossen ihm in feinen goldumbundenen Flechten über die Schultern. Er trug einen Bronzehelm mit langen, geschwungenen Hörnern auf dem Kopf. Auf seiner rechten Faust saß ein Beizvogel, ein weißer Falke, mit einer edelsteinbesetzten Haube. Mit nackten Füßen lief er über das Fallreep, auf dem Holz klangen seine Schritte wie dumpfe Trommelschläge. Er trat auf die Pier. Daidalos wich einen Schritt zurück. Noch nie hatte er einen so riesigen Menschen gesehen.

Mit erhobenem Haupt ging der Nordländer auf Pasiphaë zu. Er bewegte sich ungelenk wie ein junger Mann, der erst vor Kurzem sehr in die Höhe geschossen war. Pasiphaë sah ihm entgegen. Ihre Wangen wurden noch roter als zuvor.

Die Augen des Nordländers erstrahlten in einem hellen Blau, als hätte sich ein Stück Winterhimmel in ihnen verfangen. Sein Blick war stolz und wild wie der eines Bullen, den nur der Nasenring daran hindert, die ihn umstehenden Menschen niederzutrampeln. Ohne den Sklavenschurz hätte Daidalos ihn für einen jungen Prinzen aus den sagenumwobenen Eislanden gehalten. Mit den Hörnern auf seinem Helm, seiner Größe und der milchweißen Haut sah der Jüngling aus wie ein Fabelwesen.

Der Nordländer blieb vor Pasiphaë stehen und hielt ihr den Vogel vor die Brust. Pasiphaë blinzelte.

Kein Wunder, dass der Anblick dieses weißen Riesen sie erstaunte. Merkwürdig war eher, dass sie sich erst jetzt wunderte. Als der ägyptische Kapitän von „Minas Pasiphaë" gesprochen hatte, war sie ruhig geblieben. Sie hatte auch nicht reagiert, als er sich vor ihr zu Boden geworfen hatte. Doch! Sie hatte ihn aufgefordert, die Waren auszuladen. Natürlich, Pasiphaë wollte unbedingt Minas werden, da hatte ihr die Anrede natürlich gefallen. Bei jeder Versammlung in Knossos sprach sie zum Volk, da wollte sie Kalathes Klugheit imitieren. Doch während Kalathe auf Kreta herumreiste, sich die Sorgen der Stadtregentinnen anhörte und Abhilfe fand, vergnügte sich Pasiphaë mit ihrem hübschen Gatten Nethelaos im Palast. So etwas gefiel den Knossiern nicht, bei der Akklamation würde Pasiphaë nur einen verhaltenen Applaus ernten.

Der ägyptische Kapitän trat vor und hielt ihr einen Handschuh hin, wohl damit sie den Falken besser halten konnte. Sie nahm den Handschuh und nickte kurz. Diese Geste kannte Daidalos. So nickte sie ihren Akrobatik-Kameraden zu, bevor sie beim Stierspringen Anlauf nahm.

Oh, das gerissene Luder! Sie hatte diese Vorführung selbst inszeniert, um sich das Wohlwollen des Volkes zu sichern. Die Ankunft des Schiffes hatte sie geplant. Bei der Akklamation sollten die Knossier ihr mehr Beifall spenden als ihren Schwestern. Welch ein dreister Winkelzug! Daidalos tippte Kalathe an, doch sie starrte auf den ägyptischen Kapitän.

Wie dieser Kerl seine Brust herausstreckte! Er war von Pasiphaë mit diesem Schauspiel beauftragt worden, der Betrüger. Kalathe musste dieser Verschwörung etwas entgegensetzen. Daidalos wischte sich die feuchten Hände am Chiton ab. Sofort nach der Rückkehr in den Palast würde er sich mit Kalathe beraten, was zu tun sei.

Pasiphaë zog den Handschuh an. Vorsichtig übernahm sie den Falken. Sie blickte so stolz in die Runde, als trüge sie bereits die Krone.

Kalathe musste dem Kapitän sofort Einhalt gebieten, ihn fragen, wie er Pasiphaë erkannt hatte. Am besten, sie bezichtigte Pasiphaë des Komplotts und ließ die Akklamation verschieben. Gleich morgen könnte sie Boten zu Kokalos, Meri-ib-Re und Tegire schicken und fragen, ob sie von den Orakelsprüchen wussten.

Doch Kalathe presste beide Handflächen auf die kunstvoll festgesteckten Falten ihrer Hose, als wollte sie verhindern, dass ihre Hände sich zu Fäusten ballten. Ihre Gesichtszüge waren unbewegt, nur ihr Blick huschte über die staunenden Menschen, die nun so leise waren, als würden sie allesamt die Luft anhalten. Die Kinder in der ersten Reihe drückten sich an die Erwachsenen hinter ihnen. Die Vorsängerin öffnete langsam den Mund, doch kein Ton kam heraus.

Der Nordländer kniete nieder. Er senkte seinen behelmten Kopf mit den geschwungenen Hörnern, wie ein dressierter Stier es machte, damit die Akrobatin über den Nacken auf seinen Rücken springen konnte. Mit ausgestrecktem Arm hielt Pasiphaë den Falken in die Höhe.

Applaus brach los. Das Volk schrie und trampelte mit den Füßen. Der Mann mit dem Haarknoten hielt das Kind auf seinen Schultern fest und rief immer wieder Pasiphaës Namen. Mit Mühe ergriff der Kapitän den Falken, der trotz seiner Haube mit den Flügeln schlug. Pasiphaë ließ die Knossier eine Weile toben und hob dann beide Arme. Sofort verstummten die Rufe.

„Ich danke dem unsterblichen Meri-ib-Re, ich danke auch Tegire der Großen und dem mächtigen Kokalos", rief Pasiphaë und lächelte. „Aber ich darf diese Geschenke nicht annehmen. Weil ich noch nicht die Minas bin."

Der letzte Satz war wie ein Stichwort für die versammelten Knossier. Geschrei brach aus. „Geschenke nehmen!", riefen die Leute. „Pasiphaë soll Minas werden!"

Der riesige Nordländer stand langsam wieder auf und schaute mit seinen blauen Augen über das jubelnde Volk. Daidalos konnte nicht einschätzen, ob dem Mann bewusst war, was für ein Werk er gerade vollbracht hatte.

Die Rufe der Knossier formierten sich zu Sprechchören. „Heil Pasiphaë, Pasiphaë Minas!"

Pasiphaë reckte die Arme mit zusammengelegten Handflächen in die Höhe, das Dankeszeichen der Akrobaten. Ihre Augen blitzten. Das Volk hatte seine Wahl getroffen, und Daidalos konnte nichts tun.

Galis saß reglos auf ihrem Esel. Natürlich, selbst sie hatte hier nichts zu sagen. Heute war der Tag der Akklamation. Das Volk entschied. Eigentlich hätte die Akklamation erst am Nachmittag auf dem Festplatz stattfinden sollen. Doch nun hatten die Knossier sie auf den Vormittag vorgezogen.

Galis' Esel hatte die Ohren angelegt, und Kalathe klopfte ihm beruhigend auf den Hals. Wie gelassen sie wirkte. Wie perfekt ihre

Selbstkontrolle war. Diese Frau hätte das Zeug zur Herrscherin gehabt! Vom Möwenfelsen stieg ein Schwarm Vögel auf, sie kreisten über Daidalos und schrien lauter als die Knossier.

Der Kapitän ließ die Sklaven nochmals die Geschenke zeigen. Der Nordländer lief an der Pier auf und ab, er trug auf jedem Arm eine Sklavin, die ihrerseits mit Reichtümern beladen war.

Das Volk tobte, immer wieder riefen die Knossier Pasiphaës Namen. Nun stimmte auch Kalathe ein. Daidalos bekam kein Wort heraus. Dass sie es schaffte, wohlwollend zu lächeln und ihrer Schwester zu applaudieren. Nun tippte sie ihre Mutter an, die stumm dem Schauspiel folgte, und sagte leise etwas. Daraufhin überreichte ihr Galis die Krone. Augenblicklich trat Stille ein. Der Esel schnaufte leise.

Kalathe trat vor Pasiphaë. Der Hofstaat wich zurück. Die Zeremonienmeisterin nahm die Zügel von Galis' Esel und führte ihn an den Rand des großen Kreises, der sich um Kalathe und Pasiphaë bildete. Daidalos stellte sich neben Nethelaos, Pasiphaës Gatten. Nethelaos lachte leise wie ein verzücktes Kind. Vorsichtig, um die Schminke nicht zu verwischen, tupfte er eine Träne von seinem Unterlid.

Kalathe hob die Krone in die Höhe. Sie schaute Pasiphaë ins Gesicht, doch Pasiphaë blickte auf die Krone. Kalathe setzte sie ihr auf. Direkt auf den ungeschmückten Kopf, denn Pasiphaë hatte heute ausnahmsweise kein Diadem angelegt.

Das Gold der Krone leuchtete in der Sonne. Vom Felsen kreischten die Möwen. Mit bleicher Miene stieg Galis vom Esel und ging langsam auf Pasiphaë zu.

„Das Volk von Knossos wählte mich." Sie sprach den Spruch, der eigentlich über den Festplatz hätte schallen sollen. „Regentin von Knossos war ich. Nun gebe ich Pflicht und Würde weiter." Sie legte Pasiphaë beide Hände auf die Schultern. Im Geiste hatte Daidalos diese Szene schon ein Dutzend Mal gesehen, aber da hatte Kalathe vor Galis gestanden.

Pasiphaë schaute an ihrer Mutter vorbei auf den Möwenfelsen. „Das Volk von Knossos wählt mich. Pflicht und Würde nehme ich an." Ihre laute Stimme übertönte das Geschrei der Vögel. „Regentin von Knossos bin ich."

„Und somit Minas von Kreta", antwortete Galis mit kratziger Stimme.

Vier ägyptische Seeleute brachten ein Fallreep herbei. Von überall her streckten die Menschen ihre Hände aus. Sie ergriffen das Fallreep und hielten es so, dass Pasiphaë bequem hinaufsteigen konnte. Jubelnd hoben sie ihre neue Herrscherin in die Höhe.

Der Hafen, der ganze Strand war voller Menschen. Es mussten Tausende sein, die von der Stadt zum Meer gelaufen waren. Nun machten sie kehrt. Auf den Händen trugen die Knossier ihre Minas die Hafenstraße hinauf. Pasiphaë stand auf dem Fallreep, über den Köpfen ihrer Träger. Sie hatte ihre Arme erhoben, Zeigefinger und Daumen ausgestreckt. Die Geste war der Form der Füllhörner nachempfunden, dem Sinnbild für Reichtum und Macht. Pasiphaë war eine talentierte Akrobatin. Selbst auf einem Stier konnte sie das Gleichgewicht halten. Von dem Fallreep, das zum Gleitschutz mit Leisten ausgestattet war, würde sie selbst betrunken nicht herunterfallen. Daidalos wandte seinen Blick ab.

Wie eine riesige Raupe wälzte sich die Menschenmenge den Hügel hinauf. Der behelmte Kopf des weißen Sklaven ragte wie ein Fortsatz mit zwei Hörnern hervor. Am Kai stand der Ägypter vor seinem Schiff und schaute grinsend der neuen Minas hinterher.

Daidalos setzte sich vor eine Schenke am Hafen. Er war der einzige Gast, sogar der Wirt war verschwunden. Wahrscheinlich befand er sich in dem Tross, der sich in Richtung Knossos bewegte.

Der ägyptische Kapitän rief seine Mannschaft zusammen. Er ließ die Ladeluke schließen. Die Sklaven mussten ihre Lasten aufnehmen und wurden von den Seeleuten die Hafenstraße hinaufgeführt. Die Knossier waren bereits hinter der ersten Biegung verschwunden, doch Daidalos hörte sie noch immer singen und jubeln. Dann verklangen die Lieder. Nur die Wellen klatschten an die Kaimauern. Daidalos legte sein Gesicht in die Hände. Auch er musste nach Knossos zurück, das Fest der Krönung würde gleich beginnen. Doch seine Beine waren schwer. Sein Gesicht fühlte sich an wie eine starre Maske. Kalathe, die Besonnene, hatte ihre Mimik unter Kontrolle, aber ihm liefen die Tränen des Zorns über die Wangen.

Augenblick, vielleicht hatte Kalathe ihre Ergebenheit gegenüber Pasiphaë nur gespielt. Möglicherweise hatte sie einen Plan. Sie brauchte ihn bestimmt in Knossos. Er sprang auf. Schnell, wenn er sich beeilte, konnte er den Zug noch einholen, bevor der letzte Höfling den Palast betrat.

Am selben Tag,
drei Stunden nach Sonnenuntergang,
in einem Lichthof im Palast von Knossos

„Ich kann deine Ansicht der Dinge nicht teilen, Daidalos." Kalathe blickte in den Nachthimmel, in dem am Zenit die *Steckmuschel* stand. Die *Perle* in der Mitte des Sternbilds funkelte. Daidalos senkte den Kopf. Seine Füße und die Sandalen waren staubig, er hatte keine Zeit gehabt, sie vor der Krönungsfeier zu reinigen. Aus dem angrenzenden Megaron, in dem die Feierlichkeiten seit Einbruch der Dunkelheit in kleinem Kreis fortgesetzt wurden, tönte Musik.

„Die Geschenke sind mehr wert als alle Besitztümer meiner Schwester zusammen." Kalathes Stimme klang sachlich wie immer. „Die Siegel auf den Truhen sind wirklich die von Meri-ib-Re, Tegire und Kokalos, ich habe es selbst überprüft. Und der Kapitän, woher sollte Pasiphaë ihn kennen? Er ist noch nie bei Hofe erschienen." Sie fuhr sich mit beiden Händen über das Gesicht. „Die heutigen Vorkommnisse sind eine unglückliche Fügung. Oder es ist Asasaras Wille."

„Asasaras Wille?" Daidalos konnte mit dieser gestaltlosen Gottheit, die alles Leben beherrschte, nichts anfangen. Schicksal oder Gotteswille, das war alles Unsinn. „Ich finde, dass der Kapitän, dieser Ramassje, mit Pasiphaë sehr vertraulich tut." Immerhin saß der Mann gerade hinter ihnen im Megaron neben der frischgebackenen Minas und trank mit ihr auf ihren Sieg. Und Siegel konnte man fälschen.

„Schluss jetzt damit! Ich werde loyal zu meiner Schwester stehen, und von dir verlange ich das Gleiche." Kalathe wandte sich ab, überquerte den Lichthof und verschwand im Gebäude.

Daidalos blickte auf die funkelnde *Perle* in der *Steckmuschel*. Noch vor ein paar Stunden war er sicher gewesen, dass er bald der

Erste Berater von Minas Kalathe sein würde. Mit Kalathe zusammen hätte er die Regentin von Samos überzeugt, der Gemeinschaft von Kreta und Thira beizutreten – eine Trias der Schwesterinseln hätten sie geschaffen. Auf Samos gab es noch keine Paläste. Er hätte wunderbare Gebäude entworfen, all die Erfahrung, die er in Kreta gewonnen hatte, hätte er eingesetzt. Pasiphaë dagegen würde sich andere Ziele und ihre eigenen Berater suchen. Den Schlüsselbewahrer vielleicht oder diesen Kapitän, dem sie ihre Ernennung verdankte. Denen waren neue Bauwerke nicht wichtig. Sie würden Pasiphaë wahrscheinlich zu höheren Tributforderungen und verschärfter Piratenjagd raten.

Lautenklänge drangen in den Lichthof, Daidalos lauschte der Musik. Hier draußen klangen die Harmonien viel schöner als in dem vollbesetzten Megaron. Kalathe hatte wohl recht, man musste sich mit der Situation arrangieren. Er sollte hineingehen und auch ein wenig mit Pasiphaë plaudern.

Die Melodie verklang. Zurufe drangen aus dem Megaron. Jetzt waren wieder die Akrobaten an der Reihe. Oder die dressierten Hunde aus Ägypten.

Mit langsamen Schritten ging er in die Vorhalle, die den Lichthof vom Megaron trennte, lehnte sich an einen Türpfosten des Polythyrons und schaute in den großen Saal. Die Akrobaten waren dran. Auf der Spielfläche in der Mitte des Raumes jonglierten drei kretische Mädchen in bunt gestreiften Röcken. Zuerst mit Kegeln, dann mit hölzernen Bällen, die pfiffen wie Eichhörnchen, wenn sie durch die Luft sausten. Daidalos hatte sich einmal, beim Fest der Sonnenwende, heimlich in der Pause einen Ball angesehen. Die Luft wurde beim Werfen durch einen geschnitzten Spalt in den Bällen gepresst, wie bei einer Flöte, und erzeugte das Pfeifen.

Pasiphaë saß der Vorhalle gegenüber im hinteren Teil des Megarons auf einem Thron. Ihr Gesicht war gerötet, ihre Stirn glänzte im Licht der Lampen.

„Tauros." Schwankend erhob sie sich und stützte sich auf dem Beistelltisch neben ihrem Thron ab. „Ich will noch einmal seine Luftsprünge sehen." Der Becher auf dem Tisch wackelte.

Tauros, der Stier. Diesen Namen hatte Pasiphaë dem Nordländer gegeben. Passend, aber anzüglich, schon daran sah man, dass die

Frau keinen Stil hatte. Sie war schließlich verheiratet, Nethelaos saß direkt neben ihr auf einem Lehnstuhl. Er schlug seine dunkel geschminkten Augen nieder.

Die Jongleurinnen fingen ihre Bälle ein und zogen sich in einer Ecke des Megarons hinter einen Wandschirm zurück. Zwei Akrobaten mit brennenden Fackeln in den Händen brachten Tauros auf die Spielfläche. Schweiß bedeckte seine Brust, er sah erschöpft aus. Das war kein Wunder. Wieder und wieder hatte er seine Kunststücke vorführen müssen. Der Hofstaat, die Gäste, sogar die Bediensteten – alle wollten ihn sehen. Seine hohe weiße Gestalt überragte jeden Menschen. Muskulös und breitschultrig, mit Füßen, die fast eine Elle maßen, war er körperlich ein Mann. Aber seine Haut war noch mit einer weichen Fettschicht gepolstert wie bei einem Kind, die runden Wangen begannen erst zu schmelzen. Der breite, aber schmallippige Mund erinnerte an ein Raubtier, dazu passten die blauen Augen. Nun hatten sie den gleichen lauernden Ausdruck wie die der schwarz gefleckten Wildkatze, die abseits in einem Käfig saß.

Daidalos ging hinüber in den hinteren Teil des Megarons. Pasiphaë winkte ihn heran.

„Ist er nicht herrlich?" Sie deutete auf Tauros, der mit fünf Bällen jonglierte. „Wenn er erst richtig ausgebildet ist, wird es auf ganz Kreta nicht seinesgleichen geben."

„Zweifellos, Minas. Dann wird man Knossos nicht nur für seinen Wein, seine Fresken und seine Gärten loben. Auch Ihre Akrobaten werden dann die von Phaistos und Malia in den Schatten stellen."

„Du hast den Palast vergessen. Dein Werk, Baumeister." Pasiphaë strahlte Daidalos an.

Er neigte dankend den Kopf. „Das ist nicht mein Verdienst allein, Hoheit. Ihre Mutter hat mit ihrem vorzüglichen Geschmack meine Entwürfe geleitet."

„Du bist bescheiden, Daidalos. Einen besseren Baumeister als dich gibt es nicht. Weder in Kreta noch in Mykene, Milet, Alašija, Ägypten oder anderswo." Sie breitete ihre Arme aus, als wollte sie die ganze Welt umarmen. „Aber sieh, wie Tauros jonglieren kann!"

Daidalos nickte, obwohl der Sklave Kunststücke zeigte, die auf Kreta schon kleine Kinder beherrschten. Und natürlich waren es nicht die akrobatischen Fähigkeiten, die diesen Sklaven einzigartig machten. Nordländer waren für ihre Körpergröße bekannt, und einige dieser Menschen hatte Daidalos schon gesehen, doch noch nie einen so riesigen wie diesen Sklaven. Nun hatte er den Helm abgesetzt. Sein perlweißes Haar, glatt wie das Meer bei Windstille, fiel ihm schwer über den Rücken. *Tauros*. Ein Präsent, wie es noch niemand zuvor erhalten hatte. Natürlich zog er alle Blicke auf sich.

Die alte Galis war schon zu Bett gegangen; die meisten Gäste saßen auf den Teppichen, aßen, tranken, sahen der Vorstellung zu oder unterhielten sich. Daidalos hatte keine Lust, sich zu ihnen zu gesellen. Noch weniger mochte er sich mit Pasiphaë über ihren neuen Sklaven unterhalten. Er trat ein paar Schritte zurück und überließ seinen Platz der Zeremonienmeisterin, die sofort ihren Becher hob, um mit Pasiphaë auf die Krönung zu trinken.

Die stickige Luft stand im Megaron, obwohl alle Türen des Polythyrons zur Vorhalle geöffnet waren. Gleich neben Daidalos warteten die Fackelträger darauf, dass der nordländische Sklave seine Vorstellung beendete und sie ihn hinter den Wandschirm zurückführen konnten. Die Hitze der Flammen trieb Daidalos den Schweiß auf die Stirn. Er nahm etwas Abstand von den Fackeln. Auf der anderen Seite der Spielfläche stand Kalathe. Sie redete auf ihre jüngste Schwester ein. Ychtymene antwortete, dabei deutete sie mit ausladenden Gesten mal auf sich, mal auf Kalathe. Sie kam aus dem Gleichgewicht und musste sich mit einem Schritt nach vorn abfangen. Ganz offensichtlich hatte sie zu viel Wein getrunken. Heftig schüttelte sie den Kopf. Kalathe fasste sie an beiden Schultern und sagte nur ein Wort: *Nein*. Daidalos las es an ihren Lippen ab.

Der nordländische Sklave prellte einen bunt gestreiften Ball über die Spielfläche und verdeckte kurz den Blick auf Kalathe und Ychtymene. Als sie wieder zum Vorschein kamen, machte sich Ychtymene gerade von Kalathe los. Sie wandte sich dem Polythyron zu, offenbar wollte sie den Saal verlassen. Auch Daidalos ging Richtung Ausgang. Am Polythyron war die Luft sicher besser. Außerdem konnte er dort Ychtymene treffen und vielleicht erfahren, worüber sie mit Kalathe gesprochen hatte.

Doch schon nach ein paar Schritten blieb Ychtymene stehen und drehte sich zu dem nordländischen Sklaven um, der nun in der Mitte der Spielfläche im Handstand den Ball auf seinen Fußsohlen balancierte. Sie deutete auf Pasiphaë, die mit glänzenden Augen an dem Sklaven hing. „So etwas gefällt ihr", rief Ychtymene. „Das ist ein Fest, wie es meine Schwester liebt."

Daidalos verlangsamte seine Schritte, er hielt inne. Einige Gespräche verstummten, die Blicke richteten sich auf Ychtymene, die auf die Spielfläche wankte. Neben dem Sklaven blieb sie stehen. Kalathe schüttelte kaum merklich den Kopf.

„Na, Pasiphaë", rief Ychtymene, „da geht dir einer ab beim Anblick deiner *Geschenke*!"

Erst beim letzten lauten Wort merkte Pasiphaë auf. Langsam wandte sie sich Ychtymene zu. „Es freut mich, dass du den Wert der Gaben anerkennst. Wo du doch sonst immer etwas auszusetzen findest." Pasiphaës Stimme klang fest. Man hörte ihr den Wein nicht an. Gleich würde sie Ychtymene vor allen Gästen heruntermachen.

Dem Sklaven fiel der Ball von seinen Füßen. An Pasiphaës Seite zog der ägyptische Kapitän sein weißes Gewand zurecht. Das Pech der Fackeln zischte, Daidalos hörte es sogar im vorderen Teil des Megarons. Seit ihrer Kindheit stritten sich Pasiphaë und Ychtymene oft und heftig, und lange hatte Pasiphaë als Ältere die Oberhand behalten. Doch nun war ihre Schwester erwachsen geworden.

„Wertvoll sind sie vielleicht", rief Ychtymene. „Aber vor allem nützen sie deinen Plänen." Ihre Stimme wurde schrill. „Deiner Gier nach Macht!"

„Es reicht, Schwesterlein." Ein Lächeln erschien auf Pasiphaës Gesicht. Auf den ersten Blick sah es nachsichtig aus. Aber Daidalos kannte dieses Lächeln. Schon die Art, wie sie die Anwesenden ignorierte, als merke sie nicht, dass die Aufmerksamkeit aller auf sie gerichtet war, zeigte, wie gefährlich die Situation war. Daidalos hätte Ychtymene zum Nachgeben geraten. Die Zeremonienmeisterin neben Pasiphaë starrte Ychtymene an, als könnte sie sie mit ihren Blicken zum Schweigen zwingen. Der Sklave bückte sich langsam nach dem Ball, der vor die sitzenden Zuschauer gerollt war.

Mit schnellen Schritten lief Kalathe an den anderen Gästen vorbei durch den Raum. Sicher wollte sie Ychtymene zum Gehen bewegen und das Schlimmste verhindern.

Aber da schrie Ychtymene schon los: „Nur wegen dem Schiff und dem Tand sitzt sie da, an Mutters Platz!" Ihre Stimme hallte durch das Megaron. Die Wildkatze in dem Käfig fauchte und schlug mit der Tatze gegen die Gitterstäbe.

„Raus mit ihr." Pasiphaë gab dem Ersten Schlüsselbewahrer, der neben Nethelaos saß, einen Wink. „Bring sie aus dem Palast."

Der breitschultrige Mann erhob sich.

Schnell nahm Kalathe Ychtymene am Arm. „Komm." Sie versuchte, sie zum Ausgang zu ziehen. Vielleicht befürchtete sie, dass Ychtymene Pasiphaë auch tätlich angreifen könnte, wie sie es vor ihrer Initiation ein paar Mal getan hatte.

„Kalathe hätte Minas werden sollen!", schrie Ychtymene und riss sich los.

Am liebsten wäre Daidalos zu ihr gelaufen und hätte ihr die Hand auf den Mund gehalten, doch er wollte sich nicht einmischen und die Aufmerksamkeit auf sich ziehen. Aber Ychtymene hatte recht, das wussten alle hier auf dem Fest.

Pasiphaë sprang auf, offenbar hatte sie gemerkt, wie die Stimmung im Saal gegen sie kippte. Ihre runden Brüste wippten.

Der Schlüsselbewahrer trat zu Ychtymene. Er lächelte sie an und wollte ihr die Hand auf den Arm legen, doch sie stieß ihn vor die Brust. „Ohne deine Handlanger kommst du nicht weiter, was, Pasiphaë?", rief sie und lachte laut.

Pasiphaë schob ihre Krone auf dem Kopf zurecht. Sie zeigte mit ausgestrecktem Arm auf Ychtymene. „Ich verbanne diese Frau, die einmal meine Schwester war! Und ich verbanne jeden, der ihren Namen nennt."

Nethelaos schlug die Hand vor den Mund. Irgendwo hinter Daidalos zerbrach Keramik. Der Schlüsselbewahrer packte Ychtymene an den Armen. Doch so vorsichtig, wie er zugriff, wollte er ihr sicher nicht weh tun.

Der Sklave stand im Gegenlicht der Fackeln, nur schwach beleuchteten die Öllampen sein Gesicht. Seine große Gestalt war dunkel wie die eines Nubiers. Vor Anstrengung atmete er schnell und schwer mit halb geöffnetem Mund. Ein Schweißtropfen fiel von seinem Kinn auf den Ball in seinen Händen. Daidalos erinnerte sich, diesen gestreiften Lederball hatte Pasiphaë zu ihrer Hochzeit geschenkt bekommen.

„Verflucht seist du, Pasiphaë!" Ychtymene wehrte sich gegen den Griff des Schlüsselbewahrers. An ihrer Achsel platzte eine Naht des grünen Ärmels auf. „Keine Freude sollst du haben an all den Schätzen!" Der Schlüsselbewahrer ließ sie nicht los, sie schlug ihm die flache Hand ins Gesicht.

Er packte ihren Arm, dabei zerriss er ihre Halskette. Sie fiel zu Boden.

„Und dieses Tier …", sie wies auf den Sklaven, „… mit dem du dir den Thron erschleichst, dieser Stier soll dein Verderben sein!"

Der Sklave schaute von Ychtymene zu Pasiphaë. Sein dunkler Umriss glich einem Schatten, nur seine Haare leuchteten rot im Flammenschein. Er warf den Ball in die Höhe und ließ ihn auf seiner Fingerspitze landen. Der Ball drehte sich um sich selbst. Die Streifen flossen ineinander, es schien, als ob der Ball plötzlich die Drehrichtung änderte. Daidalos wurde schwindelig, er wandte den Blick ab. Natürlich verstand der Sklave nicht, was vor sich ging; wahrscheinlich traute er sich nicht, seine Vorführung zu unterbrechen.

Der Schlüsselbewahrer packte Ychtymene an den Hüften, hob sie hoch und trug sie aus dem Saal. Kalathe folgte ihm, im Vorbeigehen hob sie die Kette auf. Kurz blickte sie zu Daidalos herüber.

Mit einem Finger stupste der Sklave den Ball in die Höhe und fing ihn mit der Hand. Er schaute zu Pasiphaë und hielt ihr den Ball entgegen. Hinter ihm flackerten die Fackeln. Dunkle Schatten lagen auf seinem Gesicht. Nur seinen hellen Augen stachen heraus.

So musste der Dämon des eisigen Feuers aussehen, von dem die Legenden der Seefahrt berichteten. Daidalos schauderte. Gern hätte er das Megaron verlassen und wäre Kalathe gefolgt, aber die neue Minas sollte nicht denken, er würde sich von ihr abwenden.

„Ich verfluche dich, Pasiphaë! Schande über dich!" Ychtymenes Schreie drangen vom Lichthof ins Megaron. Sie verklangen in der Ferne. Der Sklave ließ den Ball sinken.

Pasiphaë seufzte und strich Nethelaos, der noch immer seine Hand vor den Mund hielt, zärtlich über die Haare. „Eifersucht. Aber sie soll uns das Fest nicht verderben." Sie klatschte in die Hände. „Musik! Lasst die Musikantinnen noch einmal ihre kleinen Hämmer schlagen."

Die Erste Akrobatin lief auf die Spielfläche und zog den Sklaven zur Seite. Gleichzeitig traten die Musikantinnen hinter dem Wandschirm hervor und begannen mit ihrem Spiel. Ramassje beugte sich zu Pasiphaë und sagte etwas zu ihr. Jetzt war ein guter Augenblick, um den Saal unbemerkt zu verlassen. Daidalos lief durch das Polythyron in die Vorhalle und von dort aus in den Lichthof. Doch der Hof war leer, Kalathe war fort.

Wieder im Erontas-Gemach,
elfte Stunde nach Sonnenuntergang

Vaters Stimme ist verklungen, im Lichthof rüttelt der Wind an den Büschen. Der Sturm ist stärker geworden. Hinter Ikarus knallt Holz auf Holz, er schreckt zusammen. Ein Türflügel des Polythyrons ist zugeschlagen.

Ikarus springt vom Diwan auf und läuft zum Polythyron. Auf dem Hof hinter der Vorhalle rauschen die Büsche, abgefallene Blätter wehen im Kreis herum. Er schließt die Türen, jetzt heult der Wind nur noch dumpf und wie aus weiter Entfernung.

Ikarus setzt sich auf die Truhe. „Du bist also überzeugt, dass Pasiphaë die Lieferung der Geschenke inszeniert hat, damit sie Minas wird?" Die Idee, dass sie sich den Thron erschlichen hat, kommt ihm ziemlich abwegig vor.

Doch Vater nickt. „Wahrscheinlich gehörten alle Waren auf dem Schiff Ramassje. Wäre der Plan nicht aufgegangen und Kalathe wäre gewählt worden, hätte Ramassje sicher seine *Geschenke* wieder eingeladen und wäre abgesegelt. Doch alles lief ab, wie die beiden es ausgeheckt hatten: Pasiphaë wurde Minas. Sie hat Ramassje zuerst zu ihrem Berater und dann zum Vorsteher der Handelsflotte ernannt, das war seine Belohnung, klare Sache."

Vaters letzter Satz klingt, als würde er einen Beweis anführen. Dabei ist auch er Berater der Minas und Erster Baumeister obendrein. Ikarus zuckt mit den Schultern. „Und die Siegel auf den Geschenken?"

Vater lacht auf. „Um ein Siegel zu fälschen, brauchst du nur einen echten Siegelabdruck. Den drückst du in feuchten Ton. Schon hast du einen Tonstempel mit dem Bild vom Siegelzylinder, so einfach ist das."

Ikarus senkt den Kopf. Manchmal ist Ramassje bei Vater zu Gast. Beim Essen erzählt er unterhaltsame Geschichten, von der Seefahrt und von fernen Ländern, die er bereist hat. Das Fälschen von Siegeln ist ein schweres Verbrechen, die Schuldigen werden enteignet und versklavt. Dass der gutmütige Ramassje ein Siegelfälscher ist, kann Ikarus sich nicht vorstellen. Doch nicht nur Vater, sondern auch Ychtymene hat geglaubt, dass Pasiphaë sich den Thron erschlichen hat.

„Ychtymenes Fluch", sagt er leise. „Was ist daraus geworden?"

„Ach, der Fluch. So ein Unsinn." Vater schüttelt den Kopf. Er streicht sich den Bart glatt. „Aber man könnte auch sagen, er hat sich erfüllt."

Sein Vater glaubt nicht an die Wirksamkeit von Beschwörungen und Flüchen. Wenn er krank ist, nimmt er nur die Medizin; *das Besprechen kannst du dir sparen*, sagt er immer zum Arzt. Damals, nach dem Unfall auf der Akropolis-Baustelle, hat Kalos' Mutter Perdix in ihrem Schmerz Vater verflucht. Vater hat es Ikarus schon öfter erzählt. *Wenn es ihr hilft, den Tod ihres Sohnes zu verwinden, kann sie mich verfluchen so viel sie will*, sagt er dann. Es ist großzügig von Vater, dass er Mitgefühl mit Perdix hat, anstatt für den Fluch Vergeltung zu fordern, wie es nach hellenischem Recht möglich ist.

„Als Ychtymene ihre Verwünschungen ausgestoßen hat", sagt Vater und lächelt, „da hat sie mit dem Finger auf den Sklaven gezeigt, du weißt, Tauros, den Stier." Das letzte Wort spricht er verächtlich aus, als wäre etwas Anstößiges dabei.

Ikarus kennt Tauros natürlich, er ist Leiter der Akrobaten. Noch nie hat er sich Gedanken darüber gemacht, wie der weißblonde Nordländer eigentlich nach Kreta gekommen ist. Ikarus fährt mit dem Finger über die Einlegearbeit des Truhendeckels, sie stellt eine Reihe von Dienern dar. Die Männer tragen wertvolle Dinge auf ihren Armen. Stoffe, Schmuck, Kleidungsstücke und Felle, viele verschiedene Gegenstände, die in der Truhe aufbewahrt werden können. Die Diener sind alle mit dem Sklavenschurz bekleidet, ihre Haare sind gelockt und hüftlang. Sie sehen alle gleich aus.

„Ich musste mich ja mit der neuen Situation arrangieren." Vater schenkt sich Wein ein. „Galis brauchte keinen Ratgeber mehr, denn sie hatte nichts mehr zu entscheiden. Nicht Kalathe war Minas geworden, sondern ihre Schwester. Pasiphaë ist sofort in ihre neue Rolle geschlüpft. Und sehr bald hat sie sich Sachen herausgenommen ..." Vater nimmt einen Schluck Wein und stellt den Becher auf den Tisch zurück. „Aber das war ein Geheimnis zwischen Pasiphaë und mir."

Zweiter Tag der Regentschaft der Minas Pasiphaë,
bei Sonnenuntergang auf dem Festplatz von Knossos

Ein Teil der vollbesetzten Tribüne lag bereits im Schatten, als die letzten Stierspringer den Festplatz verließen. Der Beifall verebbte und Daidalos reckte sich. Er saß seit Stunden auf den Stufen, mit der Zeit wurden sie unbequem.

„Pasiphaë ist sehr gut gesprungen", bemerkte neben ihm die Regentin von Phaistos, eine ältere Dame mit hängenden Brüsten. „Kalathe kann sich wirklich mit ihr messen."

Daidalos nickte, obwohl Kalathe die Kunst viel besser beherrschte als Pasiphaë. Groß und schlank wirbelte sie mit ihren langen Beinen über den Stier, nie fehlte es ihr an Kraft oder Eleganz. Da konnte die kurzbeinige Pasiphaë nicht mithalten.

Er erhob sich. „Es war ein ganz hervorragendes Springen." Er hielt der Regentin seinen Arm hin. „Aber auch die Darbietungen der Tänzer haben mir heute besonders gut gefallen."

Die Regentin ergriff seinen dargebotenen Arm und zog sich daran ächzend hoch. „Sicher, aber natürlich. Und der weiße Titan, ungemein beeindruckend." Sie fuhr sich mit der Zunge über die Unterlippe. „Diese nordischen Tänze habe ich noch nie gesehen. Kraft hat der Kerl. Und Geschicklichkeit. Ein paar Monate bei den knossischen Akrobaten, und aus dem Jungen wird ein richtiges Schmuckstück."

Daidalos zwang sich zu einem Lächeln. Die Regentin hatte den gestrigen Abend miterlebt, doch die Szene sprach sie mit keiner Silbe an. „Entschuldigen Sie mich bitte", sagte er, „ich möchte unserer neuen Minas zu ihrer Darbietung gratulieren."

Er lief hinunter auf das Spielfeld. Auf der gegenüberliegenden Seite, wo der Paradeweg auf den Platz mündete, nahmen Kalathe, Pasiphaë und einige andere Springer Glückwünsche entgegen.

„Daidalos." Pasiphaë winkte ihm zu. „Wie hat dir unser junges Talent hier gefallen?" Strahlend zeigte sie auf ein Mädchen, das bei einem Kunststück Ychtymenes Rolle eingenommen hatte.

„Beeindruckend." Daidalos vermied Kalathes Blick. „Eine ganz hervorragende Leistung, bravo." Er hob die Faust mit dem abgespreizten kleinen Finger, ein Zeichen der Anerkennung. „Die Damen begeistern mich jedes Mal aufs Neue."

„Übrigens, Daidalos." Pasiphaë wischte sich mit dem Schweißtuch über die Stirn. „Ich brauche dich morgen früh. Die Archive im Westflügel müssen unbedingt erweitert werden. Dazu will ich ein paar der benachbarten Räume einbeziehen, das sind größtenteils Schreibstuben. Die Schreiber müssen dann in einem neuen Komplex untergebracht werden."

„Gern, Minas. Soll ich eine Stunde nach Sonnenaufgang kommen?"

„So eilig ist es nicht, Baumeister. Zur dritten Stunde, das wird reichen." Sie lachte. „Noch sind die Feierlichkeiten nicht vorüber. Heute Abend wird es sicher wieder spät." Sie warf ihr Schweißtuch dem jungen Talent zu, das Mädchen fing es geschickt auf. „Wie hat dir Tauros heute gefallen? Es ist verrückt, wie viel er bei einer einzigen Übungseinheit gelernt hat. Was der Junge schon für Kraft hat. Er macht seinem Namen alle Ehre."

„Absolut, Hoheit", sagte Daidalos. Er spürte Kalathes Wut an seiner Seite wie ein Zittern der Luft bei Gewitter, doch ihr Gesichtsausdruck war freundlich interessiert. „Der Vergleich mit einem Stier liegt in der Tat nahe", fügte er hinzu, „obwohl er hellhäutig ist. Auf jeden Fall ist er begabt und wird ein starker und ausdauernder Akrobat werden." Er hoffte, dass seine Antwort nicht einstudiert klang. Pasiphaë war Minas, sie bestimmte, wer die wichtigen Ämter bei Hofe einnahm. Wenn sie sich für diesen Sklaven begeisterte, sollte sie glauben, Daidalos interessiere sich ebenfalls für ihn.

„Die Zeremonienmeisterin meint, dass er hervorragende Anlagen hat. Sie hat ihm schon eine persönliche Lehrerin zugewiesen. Wie gesagt, sie haben heute Morgen begonnen. Das Ergebnis konntest du ja sehen." Pasiphaë pustete ein paar Stierhaare von den Ärmeln ihres Akrobatenanzugs.

Wieder nickte Daidalos, als ob er beeindruckt sei. Dabei war es nur lächerlich, wie unverhüllt Pasiphaë ihren Stolz über diesen

Sklaven zur Schau stellte. Wie ein Kind, das sich an den ersten Kunststücken eines Welpen erfreut. „Ja, Sie haben ein echtes Juwel dazugewonnen."

Mit zwei Fingern klopfte Pasiphaë ihm auf den Oberarm. „Wir sehen uns sicher später noch." Sie drehte sich um und erwiderte den Gruß einer Dame, die, wenn Daidalos ihre Mundart richtig deutete, aus Malia kam.

„Gehen wir", sagte Kalathe an Daidalos' Seite leise. „Es wird kühl hier."

„So leicht friere ich nicht." Er lächelte sie an, doch ihr Gesicht blieb starr. Sie gab ihm ihre Holzreifen, nahm den Handstab in die Rechte, ein Netz mit Bällen in die Linke und ging über den Festplatz davon. Pasiphaë hatte die Dame aus Malia abgefertigt und lief ihrem Gatten Nethelaos entgegen, der von der Tribüne herabstieg.

Daidalos legte sich die Reifen über die Schulter und verließ den Platz.

Elfter Tag der Regentschaft der Minas Pasiphaë,
zur ersten Stunde, Palast von Knossos

Die Sonne war eben aufgegangen, als Daidalos den Ostflügel betrat. Im Palast herrschte noch Ruhe, nur die Vögel in den Lichthöfen zwitscherten aus voller Kehle. Um zu den Gemächern der Minasfamilie zu kommen, musste er zuerst dem Krokus-Gang folgen und dann über die Große Treppe bis in das fünfte, das letzte Obergeschoss steigen. Auf dieser Route bekam man viel zu wenig von den schönen Fassaden zu sehen. Er hatte einige Ideen, wie man den Palast noch weiter ausbauen und die Wegstrecken interessanter gestalten könnte.

Sicher wartete die Minas schon auf ihn. Es sei dringend, hatte der Bote gesagt. Seit der Krönung war er zu Pasiphaës Vertrauten aufgestiegen, und alle naselang verlangte sie nach ihm.

Es ehrte ihn natürlich. Er hatte der einflussreichste Ratgeber der Minas von Kreta werden wollen. Aber die Wahl war nicht auf Kalathe gefallen, sondern auf Pasiphaë, die wissen musste, dass er

Kalathe nah stand. Deswegen hatte er gemeint, seine Pläne seien gescheitert. Aber Pasiphaë hatte ihn in seinem Amt als Erster Baumeister bestätigt. Sie forderte allerdings nicht nur unbedingten, sondern auch sofortigen Gehorsam. Am besten machte er ihr möglichst schnell begreiflich, dass sie ihn mit mehr Würde behandeln sollte. Aber bei einer Frau, die ohne jede Gefühlsregung ihre eigene Schwester verstieß, musste er vorsichtig sein. Ychtymene war in die Berge geflüchtet, Kalathe hatte selbst ihm nicht verraten, wo genau sie sich aufhielt.

Hinter einer Holztür begann der Korridor, der zu Pasiphaës Schlafzimmer führte. Daidalos ging langsamer. Als er vor dem Gemach der Minas stand, räusperte er sich. Pasiphaë öffnete sofort, als hätte sie hinter der Tür auf ihn gewartet.

Mit betonter Ruhe trat Daidalos ein. Pasiphaë hatte gerötete Augen, doch verweint sah sie nicht aus. Vielleicht hatte sie bereits zu dieser frühen Stunde getrunken. Aber es lag kein Weingeruch in der Luft. Auf dem Schminktisch stand eine unberührte Waschschale.

Pasiphaë schloss die Tür mit einem Ruck. Sie packte Daidalos am Arm. „Baumeister, du hast meiner Mutter geholfen und diesen Palast erneuert. Du kennst das Gebäude besser als jeder andere."

Ihr Griff war zu fest. So unauffällig wie möglich machte Daidalos sich los. „Hoheit, ich bin mir sicher, dass wir die Arbeiten an dem neuen Komplex bald beginnen können. Aber wir sollten nichts überstürzen. Die Raumplanung muss sehr sorgfältig überdacht werden, denn …"

„Darum geht es nicht." Ihre Stimme klang gepresst. „Ich will mich mit jemandem treffen. Niemand soll das wissen. Keiner darf mich auf dem Weg dorthin sehen. Lass dir etwas einfallen."

Daidalos blickte auf die zerwühlten Kissen, die quer über den Diwan verteilt waren, so als hätte Pasiphaë dort die Nacht durchwacht, anstatt in ihrem Bett zu schlafen.

„Ich will, dass du einen Weg findest, auf dem ich ungesehen aus diesem Zimmer in ein anderes gelangen kann. In einen Raum, der sonst von niemandem genutzt wird. Ich darf nicht erkannt werden."

Aha, ein Liebhaber, von dem Nethelaos nichts wissen sollte. Und nicht nur Nethelaos, sondern niemand durfte etwas von diesem Mann erfahren, weil er nicht standesgemäß war. Ein Sklave zum

Beispiel, ein großer, hellhäutiger Nordländer. Eine Regentin konnte „heimliche" Geliebte haben, doch lächerlich machen durfte sie sich nicht, sonst blieb sie nicht lange Regentin. Aber vielleicht ging es auch um etwas ganz anderes. Er durfte jetzt nichts Falsches sagen. Langsam strich er sich über den Bart.

„Ja, ja, ja!", rief sie, bevor er sich für eine Antwort entschieden hatte. „Ich will mich mit einem Mann treffen, du hast schon recht verstanden. Und ich will dazu nicht durch den Palast spazieren. Du bist klug, du kannst listig und gerissen sein. Meine Mutter hat sich immer auf dich verlassen können. Ich vertraue dir." Sie starrte ihn an. Eine Perlenschnur in ihren Haaren hatte sich gelöst und hing herab. „Du weißt, dass ich nicht knauserig bin."

Der einflussreichste Ratgeber der Minas – wenn er Pasiphaë jetzt zufriedenstellte, hatte er sein Ziel erreicht. „Sie wünschen, dass ich Ihnen einen Weg schaffe, der von nirgendwo eingesehen werden kann. Ohne großartige bauliche Maßnahmen, denn der Weg soll so schnell wie möglich benutzbar sein. Habe ich das richtig verstanden?"

Pasiphaë nickte und zog ihn zu sich heran. Ihre Hand war kalt und feucht. „Lass uns jetzt gleich darüber reden. Was hast du für einen Plan?"

Der strenge Geruch ihres übermüdeten Körpers stach ihm in die Nase, Daidalos spürte ihren Atem auf seinem Gesicht. Unwillkürlich wich er zurück. Sie blickte ihn an, ihre Braue zuckte. Schnell griff er nach ihrer Hand und drückte sie. Dabei lächelte er auf eine Weise, die hoffentlich zuversichtlich wirkte.

„Über die Dächer wird es am leichtesten sein." Er wandte sich zum Fenster – erst jetzt ließ er ihre Hand los – und trat an den Rahmen. Von hier oben hatte man alles im Blick. Die Fenster der anliegenden Gebäudeteile waren zu dieser frühen Tageszeit noch geschlossen. Unten im Lichthof wuchsen Oleanderbüsche, die gerade Knospen bildeten. Auf den Dachkanten der tieferen Geschosse reihten sich weiße Füllhörner aneinander. Viele dieser steinernen Hörnerpaare erreichten monumentale Größe, denn sie sollten ja von Weitem erkennbar sein.

„Wenn Sie über die Dächer des fünften Stocks laufen, kann man Sie nur sehen, wenn Sie direkt am Rand stehen", sagte er in dem sachlichen Tonfall, den er sonst bei Vorträgen einsetzte. „Aber auch auf den flacheren Dächern gibt es Stellen, die von keinem Lichthof und keinem Fenster einsehbar sind."

Er drehte sich um. Pasiphaë saß auf einem Stuhl und knetete ihre Hände.

„Nämlich hinter den Füllhörnern." Er zeigte auf die Hörnerpaare. „Selbst die Basis ist noch so hoch, dass man dahinter gebückt laufen kann, ohne gesehen zu werden. Gebt mir ein, zwei Tage Zeit. Ich überprüfe alle Fenster der oberen Stockwerke. Von der Dachterrasse Ihres Schlafzimmers können Sie Ihre Gemächer unbemerkt verlassen. Wir müssen nur einen geeigneten Raum für Ihr Treffen finden. Ich lasse neue Füllhörner aufstellen oder versetze schon bestehende. Einen versteckten Weg baue ich Ihnen, auf dem Sie unsichtbar bleiben wie ein Stern bei Sonnenschein."

„Ja. Sehr gut, Daidalos." Pasiphaë lehnte sich zurück. „Was meinst du, könnte sich das Gemach mit den Erontas-Blüten für unser Vorhaben eignen?"

„Was, die Unterkunft im Gästeflügel?" Dort hatte Galis mehrmals hohe Persönlichkeiten eingesperrt, wegen nicht geleisteter Tributzahlungen meist, bis ihre Verwandten sie auslösten.

„Genau diese. Sie ist abgelegen, und im Lichtschacht gibt es nur ein einziges fremdes Fenster, das zudem zwei Stockwerke höher liegt. Den zugehörigen Raum lasse ich schließen, du kannst dir einen plausiblen Grund dafür ausdenken."

Aha. Pasiphaë hatte schon einen konkreten Plan geschmiedet. Deshalb sah sie also so unausgeschlafen aus. Aber eine Sache hatte sie nicht bedacht. „Wie soll Ihr Auserwählter in das Erontas-Gemach kommen?"

„Ich werde ihn dort einquartieren lassen. Dauerhaft." Sie klang, als sei dieser Punkt nebensächlich.

Wie gut, dass er nicht von Tauros gesprochen hatte. Es musste sich um jemanden handeln, der so hochrangig war, dass er die prächtige Unterkunft bewohnen konnte, ohne Anstoß zu erregen.

„Minas, darf ich wissen, wer es ist?"

„Das weißt du doch längst." Sie sah ihn mit halb geschlossenen Augen an. Die alte Schminke vom Vortag klebte dick in ihren Lidfalten.

„Ich dachte, mit Verlaub, Hoheit …“

„In der Position, die er ab morgen innehaben wird, kann selbst ein Sklave eine ordentliche Wohnung verlangen.“ Die lose Perlenschnur rutschte ihr in die Stirn.

Das musste er ihr ausreden. Sonst machte sie sich zum Gespött des ganzen Landes, und er selbst hing mittendrin in dieser Geschichte.

Er hob ein Kissen auf, das vom Diwan gefallen war. Ein Hahn mit einem stolz geschwollenen Kamm war darauf eingestickt. „Seit seiner Ankunft vor zehn Tagen haben Sie Tauros bereits zwei Mal befördert.“

Pasiphaë sprang auf. „Er ist stark wie ein Stier und technisch ein ausgezeichneter Akrobat. Zudem tanzt er fantastisch, trotz seiner Muskeln.“

„Verstehen Sie mich nicht falsch, Hoheit, es geht mir um Eifersüchteleien innerhalb Ihres Künstlertrupps. Einige Ihrer Lieblinge könnten sich zurückgesetzt fühlen.“ Er drehte das Kissen in seinen Händen.

„Was erwartest du, Daidalos? Niemand sieht sich gern von anderen überflügelt. Tauros ist ein Naturtalent. Sobald er Kretisch gelernt hat, gebe ich ihm die Leitung einer Gruppe.“

Pasiphaë musste verrückt geworden sein. Die Kreter waren noch standesbewusster als die Hellenen. Unfreie gelangten nur nach Jahren treuer Dienste in leitende Positionen, wenn überhaupt. Daidalos drückte das Kissen zusammen, die Füllung raschelte.

„Ich werde mich nicht in eine stinkende Kammer auf eine Strohschütte legen!“ Pasiphaës dunkle Brustwarzen standen hart ab.

Keinesfalls durfte er ihre Gunst verlieren. Er legte das Kissen zurück auf den Diwan. „Das Wichtigste ist, dass Sie nicht erkannt werden“, sagte er rasch. „Auch nicht von Tauros selbst.“

Pasiphaë lachte rau auf. „Ganz genau. Und du lässt dir etwas einfallen. Wenn von der Sache auch nur die kleinste Kleinigkeit ans Licht kommt, ist es aus mit dir, egal ob es deine Schuld ist oder nicht.“

Da war er in eine schöne Klemme geraten. Noch nicht einmal Kalathe konnte er zu Rat ziehen. „Selbstverständlich, Hoheit. Alles bleibt unter uns. Ich denke mir einen Schleichweg aus, auf dem Sie so geschützt sind wie ein Chamäleon in der Phrygana.“ Er musste ruhig und selbstbewusst wirken, damit sich Pasiphaë genau an seine Anweisungen hielt. Verstohlen wischte er den Schweiß von seinen Händen an seinem Himation ab. „Keine Lampen, kein Licht in den Räumen. Trotzdem werden Sie sich verkleiden. Wie eine gewöhnliche Dienerin müssen Sie aussehen, falls Mondlicht durch das Fenster fällt. Keine Schminke, unfrisiert. Und kein Parfüm. Am besten stellen Sie sich stumm. Dann kann Tauros Sie unmöglich erkennen."

Pasiphaë nickte. Sie setzte sich wieder und schob die Hände zwischen ihre Knie. Wie ein Kind sah sie aus, das gleich in Tränen ausbrechen könnte.

Daidalos wandte sich ab. So wie sie hatte sich sicher niemals eine Frau nach ihm verzehrt. Ikarus' Mutter hatte seinen Heiratsantrag angenommen, weil ein Architekt eine gute Partie war. Und Kalathe? Leidenschaft ließ sie nur beim Geschlechtsakt zu, weder davor noch danach.

„Es ist am besten, wenn Tauros meint, er habe mit seinesgleichen zu tun", sagte Daidalos. Er ging zum Polythyron und schaute durch die geöffnete Tür. Zistrosenbüsche wuchsen in Tonschalen auf der Terrasse vor der Vorhalle, Bienen umschwirrten die Blüten. Das Zwitschern der Vögel wurde schon leiser, der Tag würde sicher heiß werden.

Pasiphaë trat hinter ihn. „Du musst mein Gemach bewachen, während ich weg bin. Niemand darf es betreten und sehen, dass mein Bett leer ist."

Daran hatte er noch nicht gedacht. „Und wenn Nethelaos kommt?"

Pasiphaë lachte leise. „Dann schickst du ihn weg. Du lässt dir etwas einfallen. Ich schlafe, meditiere, bin krank, was weiß ich."

„Ja, aber …" Daidalos drehte sich zu Pasiphaë um. „Dann denkt Nethelaos doch, wir beide sind allein in Ihrem Gemach."

„Genau." Sie tippte ihm an die Brust. „Das soll er ja. Dir wird er vertrauen." Sie drehte sich um und trat zu ihrem Schminktisch.

Nethelaos war eifersüchtig wie ein Gockel. Aber Pasiphaë meinte, dass es ihn nicht störte, wenn sich Daidalos in der Nacht mit seiner Gattin einsperrte und ihn an der Tür abwimmelte. Vielleicht hatte Nethelaos einmal die Bemerkung gemacht, dass er Daidalos hässlich fand. Nein, wahrscheinlich war es andersherum gewesen. Pasiphaë hatte sich vor Nethelaos über Daidalos lustig gemacht. Sie hatte ihm erzählt, wie wenig anziehend er sei. Weil er sich nicht schminkte, sein Haupthaar kurz hielt, aber sich einen Bart stehen ließ. Er drehte sich zur Vorhalle um, damit Pasiphaë sein Gesicht nicht sah, und atmete tief durch.

Sie war eben nur eine Kuh, die sich mit einem Stier paaren wollte. Die Begierde quälte sie und quoll ihr aus allen Poren, aber sie durfte sie nicht ausleben. Wie peinlich musste es ihr sein, sich ihm zu offenbaren, nur um einige wenige Stunden ihre Befriedigung zu haben.

„Lassen Sie mich nur machen", sagte er. „Nehmen Sie einen Schlaftrunk und ruhen Sie sich aus." Seine Stimme hörte sich wunderbar fürsorglich an. „Ich lasse Ihnen einen Obstteller anrichten, der wird Sie erfrischen, wenn Sie erwachen."

Neun Monate später,
bei Sonnenaufgang,
auf der Giouchtas-Straße

Es war ein kühler, nebliger Morgen. Inmitten eines langen Zuges von Menschen lief Daidalos die Prachtstraße zum Berg Giouchtas hinauf. Das Ziel, das Gipfelheiligtum der Eleuthia, lag am Berghang. Doch den von Büschen verdeckten Eingang zur Höhle konnte Daidalos von diesem Teil der Prachtstraße aus noch nicht erkennen.

Vornan schritt Pasiphaë, ein dicker Wollmantel spannte sich über ihrem prallen Leib. Das rot-blau-weiß gestreifte Geburtskleid schaute unter dem Mantel hervor. Ihr folgten, wie das Protokoll es vorschrieb, ihre weiblichen Verwandten: die alte Minas Galis auf dem Esel, geführt von Kalathes Tochter Cilnia, deren Initiation kurz bevorstand. Dann Kalathe mit Ariadne an der einen und Phädra an der anderen Hand. Die Kinder rieben sich müde die Augen. Auch Daidalos wäre lieber im Bett geblieben. Ihm hätte es vollkommen gereicht, nach der Entbindung das Geschlecht und den Namen des Kindes zu erfahren. Aber die Kreter machten ein großes Aufsehen um die Geburt an sich. Natürlich wurde auch in Athen die Geburt eines Kindes gefeiert. Aber dort es ging um das Ergebnis, nicht um den Vorgang an sich. Nun kam Pasiphaë nieder und erwartete, dass Daidalos dem Ereignis beiwohnte. Darum marschierte er nun neben Nethelaos auf den Berg Giouchtas zu. Fahl ging die Sonne hinter den Hügeln auf.

Tausende Stadtbewohner hatten sich dem Zug des Hofes angeschlossen. Sie trugen Decken und Körbe mit Speisen und Getränken. Ein alter Mann hatte sich sogar einen Kochtopf auf den Rücken geschnallt. Offensichtlich wollten die Leute für den Fall ausgerüstet sein, dass die Geburt länger dauerte. Niemand sang oder sprach laut. Das Ungeborene durfte nicht erschreckt werden. Gewänder raschelten, Schritte tappten auf der steinernen Straße. Eine junge Frau mit bunten Holzperlen im Haar zog ihre Sandalen aus und lief barfuß weiter. Die leisen Geräusche verschmolzen zu einem Rauschen.

Daidalos seufzte. Es war Pasiphaës dritte Niederkunft, hoffentlich ging es schnell. Sonst würde er den langen kalten Tag an den Hängen des Giouchtas verbringen. Sie hatten das Tal von Knossos durchquert, und das Gelände stieg an. Der Nebel löste sich auf und die taubedeckte Phrygana glitzerte im Sonnenlicht. Zu rechter Hand lag der Tempel der Anemo. Die mannsgroßen Federplastiken, die den Eingang flankierten, waren aus echten Federn hergestellt. Sie sahen ziemlich mitgenommen aus. Gleich morgen würde er die Hohepriesterin, Kalathes Amtsgenossin, darauf ansprechen. Gebäude mussten gepflegt werden, und die Federplastiken gehörten nun einmal zu dem Tempel.

Es ging nun steiler bergauf. Das Gelände wurde steiniger. In der Ferne sprangen ein paar wilde Ziegen davon. Der Pfad führte wieder gen Süden. Daidalos schaute sich um und blickte in das Tal hinab. Ein langer Zug stummer Wanderer wand sich den Hang hinunter. Nethelaos lief mit gesenktem Blick neben Daidalos her, vielleicht meditierte er beim Gehen. Nun kam das Heiligtum in Sicht. Ein Kapernstrauch wuchs oberhalb des Eingangs. Seine blaugrünen Blätter hingen wie ein zerschlissener Vorhang herab. Auf dem Boden vor dem Eingang hatten die Priesterinnen ein paar Handvoll Blüten ausgestreut, mehr hatten sie in dieser Jahreszeit wohl nicht auftreiben können. Die Spitze des Zuges hielt an einer kurzen Treppe, vier Stufen nur, die zum Höhleneingang führte. Daidalos blieb stehen und klopfte Nethelaos aufmunternd auf die Schulter. Der sah ihn an, als erwachte er aus einem Traum. Er lächelte schwach.

Allein stieg Pasiphaë die Stufen zum Eingang hinauf. Sie drehte sich um und winkte strahlend ihrem Volk zu. Dafür, dass sie Wehen hatte, hielt sie sich erstaunlich gut. Sie drückte die Äste des Kapernstrauchs zur Seite und verschwand in der Tiefe der Höhle. Nach ihr erklommen zwei Hebammen die Treppe. Sie knüpften rote, weiße und blaue Bänder an die Zweige des Kapernstrauches, bevor auch sie die Höhle betraten. Was für ein Umstand.

Bedienstete aus dem Palast breiteten Decken für Pasiphaës Gefolge auf dem Boden aus. Zum Glück regnete es nicht. Daidalos setzte sich mit gekreuzten Beinen neben Nethelaos. Der sah trotz seines perfekt geschminkten Gesichts müde aus.

„Pasiphaë hat schon seit gestern Abend Wehen", sagte er zu Daidalos. „Aber sie wollte unbedingt bis Tagesanbruch warten. Ich hoffe, dass es jetzt schnell geht." Fröstelnd umschlang er mit den Armen seine Knie. „Bei Phädra hat es den ganzen Tag gedauert und bei Ariadne die halbe Nacht."

Zum Glück war Daidalos damals noch nicht auf Kreta gewesen. Dieser Kult, der um den Geburtsvorgang betrieben wurde, war völlig überflüssig. Solange die Frauen die Sache in einem geweihten Hausheiligtum tief im Inneren des Hauses erledigten, war der Aufwand noch vertretbar. Im Palast standen durchaus mehrere dieser geweihten Räume zur Verfügung. Aber hochgestellte Damen zogen die großen Heiligtümer vor. Und dann musste die ganze Geburtsfest-Gesellschaft mitziehen.

Die Leute packten ihre Körbe aus. Der Alte schnallte seinen Topf vom Rücken und sammelte Feuerholz. Eine kleine Frau mit roten Wangen breitete drei Mäntel nebeneinander aus, auf dem ein Dutzend Leute sich niederließen und ihren Proviant auspackten.

„Fisch? Brot, Daidalos?" Nethelaos reichte ihm einen Korb mit getrockneten Brassen und Zwieback.

Daidalos dankte und gab die traditionellen Geburtsfest-Speisen an eine Hofdame weiter. Es war nichts weiter als Schiffsproviant. So viel Hunger, dass er ledrigen Trockenfisch aß, hatte er nicht.

Die Sonne stieg höher, der Himmel klarte sich auf. Derweil weichten die Decken durch, auf denen sie saßen. Gestern hatte es kräftig geregnet.

„Es wird doch hoffentlich schneller gehen als bei Phädra", sagte Nethelaos noch einmal. Er rieb seine sauber enthaarten Hände gegeneinander. Eine schwarze Locke fiel ihm in die Stirn.

Die jüngeren Frauen stimmten eine Geburtsode an die Gottheit Eleuthia an, unter ihnen war auch die mit den Holzperlen im Haar. Ihre leisen Stimmen wehten über den Berghang. Kalathe saß mit den Kindern neben dem Eingang der Höhle, Phädra knabberte an einem Stück Brot. Daidalos streckte sich auf der feuchten Decke aus. Sein Mantel hielt die Nässe hoffentlich ab. Langsam zog die Sonne ihre flache Bahn. Die sanften Gesänge machten ihn schläfrig.

Ein Ruf, ein kehliger Schrei, ließ ihn aufschrecken. Inzwischen leuchtete die Sonne durch die herunterhängenden Äste in die Höhle hinein. Eine grob in den Stein gehauene Stiege führte in einen dunklen Krater. Doch kein Mensch war zu sehen.

Nethelaos sprang auf und starrte auf den Eingang. Seine dunklen Augen schimmerten feucht.

Auch Kalathe erhob sich. Phädra wollte nach vorn zu den Stufen springen, doch Kalathe hielt sie am Rock zurück.

Daidalos gesellte sich zu Ariadne, die ganz vorn an den Stufen stand. Sie hatte ihre kleinen Mädchenhände vor dem Körper gefaltet. Daidalos berührte ihre Schulter. Ariadne fuhr zusammen.

„Schau, wie tief es dort hinuntergeht", sagte er, weil ihm nichts anderes einfiel.

Ariadne blickte ihn ernst an. Vielleicht sogar vorwurfsvoll – Daidalos wich unwillkürlich einen Schritt zurück.

Da regte sich im Innern der Höhle etwas. Jemand kam die Treppe herauf. Ein Blumenkranz schmückte Pasiphaës schwarze Locken, sie erschien mit vorsichtigen, tastenden Bewegungen im Höhleneingang. Sie hatte den Mantel abgelegt und trug nur das gestreifte Geburtskleid; in der Armbeuge hielt sie das Kind, ein rotgesichtiges, faltiges Wesen. Ein Ärmchen hing herunter, die Haut war durchscheinend wie Lilienblüten. Silberhelle Haare standen von dem kleinen Kopf ab.

Pasiphaë hielt ihnen allen das Neugeborene entgegen. Sie lächelte. Ihre nackten Brüste sahen aus wie zwei halbe Melonen mit großen, dunklen Stängelansätzen. Der Säugling drehte den Kopf zu ihr, als wollte er sofort an ihre Brust. Sie warf ihn in die Höhe, sodass er sich überschlug. Vier Mal wirbelte sie das Kind durch die Luft, wie es für eine Minas Brauch war. Es spreizte seine dicken Beinchen vom Körper ab. Es war ein Junge. Seine weiße Haut leuchtete in der Sonne. Nur auf seinem Po stach ein dunkler Fleck hervor.

„Er leuchtet wie ein Stern", flüsterte Nethelaos neben Daidalos. Er lief los, die Stufen hinauf, er umarmte Pasiphaë und flüsterte ihr etwas ins Ohr.

Pasiphaë nickte. Sie legte das Kind an ihre Brust und bedeckte es mit dem Wickelkragen des Geburtskleides. „Er soll Asterion heißen, der hellste Stern an Kretas Himmel."

Nethelaos küsste den Säugling auf die Stirn, er sah so stolz aus wie ein brütender Zaunkönig auf dem Kuckucksei.

Daidalos senkte den Blick. Nethelaos musste völlig ahnungslos sein. Oder es war ihm egal. Allen war es egal. Ihn selbst brauchte es auch nicht zu kümmern. Er schaute in die Runde. Die Knossier hatten die Hände erhoben und summten das Willkommenslied. Phädra hopste auf und nieder. Sie wäre bestimmt zu Pasiphaë gelaufen, hätte Kalathe sie nicht daran gehindert.

Unbeweglich stand Ariadne vor Daidalos. Sie starrte ihre Mutter mit dem Säugling an und ballte die Fäuste.

Wieder im Erontas-Gemach,
elfte Stunde nach Sonnenuntergang

Die Nacht dauert schon so lang, bald muss sie doch vorbei sein. Noch immer stürmt es. Ikarus liegt auf dem Rücken auf dem Diwan, er dreht sich auf die Seite. Wenn der Wind nicht so wüten würde, wäre er vielleicht schon eingeschlafen. „Ychtymene", sagt er leise. „Was ist aus ihr geworden?"

„Sie hat sich versteckt", antwortet sein Vater. „In einem Dorf in den Bergen bei Phaistos. Kalathe hat sie dort hingebracht und ein oder zwei Mal besucht. Dann ist sie gestorben, am Leberstechen. Es ist schon lange her."

„Wusste Pasiphaë davon?"

„Sie ist sogar durch mich für die Totenfeier aufgekommen. Streng geheim natürlich, ich musste es so drehen, dass die Speisen als anonyme Spende vor Ychtymenes Hütte abgestellt wurden."

Eine Prinzessin in einer Hütte in den Bergen. Auf der Baustelle in Vathypetro wohnt Ikarus wie die Handwerker in einem Holzhaus, aber eine Hausverwalterin sorgt zumindest fürs Essen. Sicher war Ychtymenes Leichnam, wie in Kreta üblich, auf einem Hügel den Geiern überlassen worden. Dort liegen ihre Überreste bestimmt noch heute, unerkannt zwischen denen der Armen und Familienlosen, deren Knochen niemand einsammelt und auf den eigenen Feldern bestattet. Ikarus schaudert.

Vater klatscht in die Hände. „Wir waren bei Theseus stehengeblieben. Meine Ermittlungen."

Er hat wohl recht. Wenn sie alle Geheimnisse aufdröseln wollen, in die er verstrickt ist, reicht eine Nacht nicht aus. Früher hat Vater die Palastintrigen mit einem verächtlichen Kopfschütteln abgetan. Dabei hat er in Wirklichkeit mittendrin gesteckt. Wahrscheinlich ist das für einen Ratgeber der Minas unvermeidbar. Aber er hätte Ikarus doch einweihen können. Seit sechs Jahren gehört er zu den Erwachsenen; er hat oft mit Höflingen zu tun, da ist es wichtig, von den Machenschaften im Palast zu wissen, schon allein damit er nicht versehentlich etwas Taktloses sagt.

Der Vater erhebt sich und tritt vor die Truhe, auf der die Ölflasche und das Inselspiel stehen. Er greift in das Kästchen und holt ein paar Steine heraus. „Als Theseus zu Asterion gegangen ist, war der Prinz schon tot", sagt er mit seiner Vortragsstimme. „Theseus ist es also nicht gewesen. Wer kommt sonst in Frage?" Er setzt sich zu Ikarus auf den Diwan und legt vier Spielsteine auf den Tisch. „Phädra hatte die Gelegenheit und auch ein Motiv: Eifersucht. Asterion war Pasiphaës Liebling. Phädra konnte sich noch so abmühen und ihre Talente unter Beweis stellen, mehr als ein lauwarmes Lob hat sie von ihrer Mutter nie erhalten." Er legt die Steine in eine Reihe. Es sind drei weiße und ein rotbrauner.

„Solange Asterion noch ein Kind war, hat sich Phädra vielleicht eingeredet, dass Pasiphaë ihn deshalb verhätschelt. Doch im Frühjahr wurde Asterion initiiert – und Pasiphaë hat ihn weiterhin bevorzugt. Und dann hat sie ihn am Delfinfest zum Hafenmeister ernannt. Das muss Phädra gezeigt haben, dass sie immer hinter Asterion zurückstehen wird, egal wie viel Leistung sie bringt." Vater nimmt einen der weißen Spielsteine in die Hand. Er ist milchig und glänzt feucht wie eine kleine, zarte Qualle. „Phädra hat die Kraft, einem jungen Kerl den Hals zu brechen. Sie hätte Asterion töten, sich aus dem Zimmer schleichen, Theseus aufsuchen und ihn zu dem Gespräch bei Asterion überreden können. Keiner hätte geglaubt, dass Asterion schon tot war, als Theseus seine Gemächer betreten hat. Das perfekte Vertuschungsmanöver."

Vater denkt, Phädra wäre eifersüchtig auf Asterion gewesen, weil er neben Pasiphaë sitzen durfte und weil er Hafenmeister geworden ist. Aber Phädra interessiert sich gar nicht für ein hohes Amt bei Hof, sie ist lieber mit den Musikanten zusammen und spielt auf ihrer Leier.

Vater dreht den weißen Stein in seinen Fingern. „Aber hätte Phädra es dann nicht so arrangiert, dass Theseus beim Verlassen des Gemachs gesehen oder, besser noch, gleich gefasst worden wäre?"

Phädra war es ganz sicher nicht. Ikarus setzt sich auf, er holt Luft zu einer Antwort, doch Vater spricht schon weiter: „Außerdem mag Phädra Theseus, vielleicht ist sie sogar in ihn verliebt. Die Verfolger hätten ihn erwischen können. Und das wollte Phädra nicht."

Ikarus sieht das Bild der zusammengekrümmten, verweinten Phädra vor sich. Ein solch perfider Plan passt nicht zu ihr. Schon allein die Idee ist grässlich.

Der Vater legt den weißen Spielstein auf den Tisch zurück, aber etwas abseits der Reihe, die jetzt nur noch aus drei Steinen besteht, zwei weißen und dem einen rotbraunen. „Bei Ariadne ist das Motiv das gleiche wie bei Phädra: Eifersucht. Aber hätte Ariadne die körperliche Kraft gehabt? Sie ist weniger athletisch als Phädra und kaum größer als Asterion. Aber, sagen wir mal, auszuschließen ist es nicht."

Ikarus blickt auf seine Hände. Sie sind doppelt so groß wie die von Ariadne. Wenn Ariadne zum Stierspringen ihre Ringe ablegt, sehen ihre Hände wie Kinderhände aus. Nicht wie Mordwerkzeuge.

„Ariadne hatte Gelegenheit zu der Tat. Sie hat das Fest frühzeitig verlassen, und niemand hat sie danach mehr gesehen." Der Vater ergreift einen weiteren weißen Stein aus der Reihe. „Aber genau das ist es auch, was von der Logik her gegen ihre Schuld spricht.

Als Mörderin hätte sie nicht fliehen müssen. Der Streit mit Theseus reichte aus, um stattdessen ihn im höchsten Grade verdächtig zu machen. Deshalb habe ich auch Ariadne von meiner Liste gestrichen." Er legt Ariadnes Stein zu dem von Phädra.

Ikarus atmet auf. Natürlich glaubt Vater auch nicht an Ariadnes Schuld. Allerdings folgt daraus, dass ihr Schicksal ungewiss ist. Die beiden weißen Steine leuchten sanft im Schein der Laterne. Am liebsten würde Ikarus sie noch näher zusammenrücken, sodass sie sich berühren.

„Der Vollständigkeit halber habe ich auch an Kalathe gedacht", sagt der Vater.

Zu Kalathe soll also der dritte Weiße gehören, denn natürlich hält Vater auch sie für unschuldig, so vertraut wie sie insgeheim miteinander tun.

„Sie hätte mehrere Gründe haben können. Sie war enttäuscht, dass Cilnia weiterhin aufs Meer hinausmuss, anstatt Ramassjes Posten zu übernehmen. Vor allem aber hat sie befürchtet, dass Asterions Ernennung dem Ansehen von Knossos schadet. Eine durchaus begründete Annahme."

Ikarus betrachtet die beiden letzten Steine, die nebeneinander auf dem Holztisch liegen. Der helle strahlt leuchtend hervor, der braune ist auf dem dunklen Untergrund kaum zu sehen.

„Allerdings hätte Kalathe mit ihrem steifen Arm wohl kaum Asterions Genick brechen können. Aber als Hohepriesterin hat sie Zugang zu Giften, die sogar der Leibärztin unbekannt sind. Substanzen, die schnell und schmerzlos töten, die keine Krämpfe oder Blutungen verursachen." Der Vater hebt den Zeigefinger. „Gift. Das bedeutet ein geplanter Mord. Und hier haben wir den Punkt." Er tippt auf den dritten weißen Spielstein. „Hätte sie nicht lieber einen Dolch genommen, um Asterion umzubringen? Dann wäre der Verdacht ganz sicher auf Theseus gefallen, wieder wegen des Streits. Selbst wenn er die ganze Nacht auf dem Mittelhof in Gesellschaft der Palastwache verbracht hätte, wäre Pasiphaë von seiner Schuld überzeugt. Sie hätte dann geglaubt, dass er einen seiner Männer mit dem Mord beauftragt hat." Daidalos schnippt Kalathes weißen Stein zu den anderen beiden. Er trifft. Mit einem klirrenden Ton springen die Steine auseinander, doch keiner fällt zu Boden.

Langsam ergreift der Vater den letzten, den rotbraunen Spielstein und hält ihn zwischen Daumen und Zeigefinger hoch. „Aber noch jemand zieht Nutzen aus der jetzigen Situation. Er profitiert davon, dass Asterion tot ist. Und es kommt ihm sehr gelegen, dass ich im Gefängnis sitze. Wem gibt es Grund zum Feiern, dass ich in Pasiphaës Gunst so tief gesunken bin, dass sie mich einsperren lässt?" Er schaut Ikarus mit zusammengekniffenen Augen an. „Überlege. Wer ist der große Gewinner in dem Spiel?"

Das Wort „Spiel" hindert Ikarus am Nachdenken. Das ist kein Spiel. Was hier geschieht, ist weder nebensächlich noch amüsant. Wenn Pasiphaë Vater aus Knossos verbannt, muss auch Ikarus gehen. Wie damals Ychtymene müssten sie in einem Bergdorf leben.

Doch der Vater grinst. „Auch er war in der Nacht im Palast. Ich habe das Licht in seinem Zimmer gesehen, in seiner Gastresidenz."

Ikarus hebt den Kopf.

„Genau, es ist Ramassje. Seit er auf seinem Schiff nach Kreta gekommen ist, will der Ägypter mir den Rang ablaufen. Vor zwei Tagen ist ihm das begehrte Amt des Hafenmeisters durchs Netz gegangen. Und da ist Ramassje die Idee gekommen, wie er zwei Fische mit einem Wurm fangen kann: Er tötet Asterion – der Posten des Hafenmeisters ist wieder frei – und er dreht die Sache so, dass Pasiphaë mir die Schuld gibt. Und schon ist er der Erste Ratgeber der Minas."

Das kann der Vater nicht ernst meinen, Ramassje hatte keine Gelegenheit zu dem Mord. Aber kein Augenzwinkern, kein pfiffiges Lächeln huscht über Vaters Gesicht. Sein Gesicht ist so konzentriert, als würde er eine Rechenaufgabe lösen.

„Ramassje", fährt er fort, „könnte Asterion mit einem dieser ägyptischen Gifte ermordet haben, von denen Thiraëne erzählt hat. Er hat darauf gehofft, dass jeder Theseus für den Mörder hält. Und er wusste, dass Pasiphaë es mir anlasten würde, wenn ein Fremder in Asterions Gemächer eingedrungen ist." Vater legt den braunen Stein in die Mitte des Tisches zurück und verschränkt die Arme.

Ikarus rückt ein Stück von Vater ab, der Diwan knarzt. Die Idee, der joviale Ramassje könnte, sozusagen für alle Fälle, einen Giftschrank besitzen, aus dem er sich bei Bedarf bedient, ist Unsinn. Vater hat diesen Gedanken nur entwickelt, weil ihm nichts anderes einfällt.

„Wäre es nicht schlauer gewesen, als Mordwaffe einen Dolch zu nehmen?", fragt er. „Das hast du eben bei Kalathe gesagt."

Der Vater reibt sich die Hände und lächelt. „Vorsicht: Was ich für Kalathe gesagt habe, gilt nicht für Ramassje. Kalathe hätte so tun können, als wollte sie Asterion zur Ernennung gratulieren. Sie hätte ihn umarmen, küssen, was weiß ich, können. Aber vor Ramassje hätte Asterion sich in Acht genommen. Gerade hat er ihm das Hafenamt weggeschnappt. Er hätte Ramassje gar nicht in sein Gemach hereinkommen lassen." Vater setzt sich und schenkt sich den Becher wieder voll Wein. „Ramassje musste Asterion vergiften. Er hat sich ausgerechnet, dass die Schuld auf mich fallen wird. Auch dann, wenn der Mörder nicht ermittelt wird. Oder vielleicht gerade dann, weil ich als Baumeister für die Sicherheit im Palast verantwortlich bin." Er trinkt. Ein roter Tropfen läuft ihm aus dem Mundwinkel über das Kinn.

Der Vater irrt sich. Der Ägypter mit seinem runden Gesicht und den schelmischen Augen – so sieht kein heimtückischer Mörder aus. Und Vater hat selbst erzählt, dass Ramassje an dem Abend sturzbetrunken war. Da konnte er unmöglich einen so perfiden Mordplan entwickeln und ausführen.

„Mit dieser Beweisführung werde ich Pasiphaë auf unserer Anhörung überzeugen." Der Vater wischt sich den Wein vom Kinn ab. „Ramassje ist hinterhältig wie eine Spinne, das weiß Pasiphaë. Er hat Kalathe schließlich um die Krone gebracht." Er steht auf. „Bis zur Anhörung ruhe ich mich aus. Ich gehe drüben ins Bett. In dem hat Pasiphaë schon gelegen. Mal sehen, ob man darin auch schlafen kann." Er kichert und geht ins Schlafzimmer. Ganz sicher sind seine Schritte nicht mehr.

Die Luft im Empfangszimmer riecht säuerlich und nach verbranntem Öl. Draußen im Lichthof weht der Wind, dort könnte Ikarus einmal tief durchatmen. Seine Beine sind schwer vor Müdigkeit. Er stützt sich am Regal ab, und etwas Längliches fällt heraus, ihm direkt vor die Füße. Er bückt sich und hebt den Gegenstand auf. Es ist eine kleine Flöte. Das Projekt mit der monumentalen Windflöte fällt ihm wieder ein. Schon allein der Entwurf ist ehrgeizig. Und dann die Realisierung: fünf hohe Türme auf dem Gipfel des Giouchtas. Er wischt den Staub von der Flöte. Sie ist aus Knochen,

Ikarus fühlt die zarten Leisten, die Ansatzstellen der Muskeln. Lange ist es her, dass hier Haut und lebendiges Fleisch wuchs. Die Flöte hat drei Löcher. Das sind fünf Töne, genau die gleiche Anzahl wie bei seinem geplanten Bauwerk.

„Lass mal hören, welche Melodien der Wind mir spielen wird", flüstert Ikarus. Er setzt die Flöte an die Lippen. Vorsichtig bläst er hinein. Dann stärker. Nur ein leises Zischen, sonst kommt kein Ton aus der Flöte. Sie muss irgendwo einen Riss haben.

Ikarus legt sie wieder ins Regal zurück. Leise geht er hinaus in den Lichthof. Er lehnt sich mit dem Rücken gegen die Wand und schließt die Augen. Über ihm stürmt der Wind.

ZWEITER TEIL

Am Abend des Delfinfestes,
dritte Stunde nach Sonnenuntergang,
Palast von Knossos

Ariadne rannte den Korridor hinunter. Bloß weit weg von Mutter und Asterion und allen anderen, die den neuen Hafenmeister feierten. Selbst die gemalten Tänzer auf den Fresken hier blickten sie schadenfroh an. Hoffentlich begegnete ihr niemand. Die Tränen liefen ihr die Wangen hinunter, sie konnte sie einfach nicht mehr zurückhalten.

Asterion mit seinen vierzehn Jahren bekam den Posten, auf den ein halbes Dutzend erfahrene Notabeln spekuliert hatten. Hätte der eingebildete Ramassje das Rennen gemacht, hätte sie sich geärgert, auch auf Cilnia wäre sie eifersüchtig gewesen, na klar. Aber sie hätte sich sagen können: Gut, Ariadne, du bist eben erst dreiundzwanzig, die Zeit ist noch nicht reif, um Hafenmeisterin zu werden.

Asterion war vierzehn. Er war dumm wie Stroh, eingebildet und unfähig. Aber Mutter war in seine weißen Haare und seine kupferfarbenen Augen vernarrt. Er konnte sie mit einem Lächeln um den Finger wickeln.

Ariadne lief langsamer. Sie wischte sich die Tränen von den Wangen. Wenn jemand sie weinend vom Fest wegrennen sah, war das nur ein zusätzlicher Triumph für Asterion.

Das nördliche Tor war offen, es wurde nur im Winter oder bei Unwettern geschlossen. Sie trat hinaus auf die gepflasterte Hafenstraße. Raus aus dem Palast und raus aus Knossos. Ihr Weg führte sie durch die nächtliche Stadt, an Gaststätten und Läden vorbei. Um diese späte Tageszeit war hier alles geschlossen, selbst heute. Das Delfinfest wurde unter der Sonne gefeiert. Umso besser, so waren kaum mehr Menschen unterwegs.

Der Mond war noch nicht aufgegangen. Die Sterne leuchteten hell, doch ihr Licht drang nicht bis in die Gassen. Die steinernen Platten der Hafenstraße lagen im Dunkeln. In einer Nebenstraße wurde doch noch gefeiert. Musik erklang, eine laute, unsichere Stimme sang ein Lied. „Wie ein Fisch, so schwimmt er, wie ein Vogel fliegt er, Muttermilch gibt ihm die Kraft." Wahrscheinlich war es eine letzte Lobpreisung der Delfine, bevor der Sänger ins Bett torkelte.

Die Häuser waren hier am Stadtrand flacher, die Gärten größer. Auf der Hügelkette im Norden hob sich die Ruine des Zollhäuschens vor dem Sternenhimmel ab. Als Großmutter ein Kind gewesen war, hatten dort noch Abgaben für die Waren entrichtet werden müssen, die aus anderen Städten Kretas nach Knossos kamen. Doch diese Zeiten waren längst vorbei. Die Städte hatten sich vereinigt und bezogen ihren Zoll nur noch von ausländischen Handelspartnern, von ihnen aber in doppelter Höhe.

Die Straße führte den Hügel hinauf, durch Felder und Olivenhaine. Atemlos erreichte Ariadne die Ruine auf dem Sattel, sie blieb stehen und schaute den nördlichen Hang hinab. In der Ferne rauschte das Meer. Dort lag der Seehafen von Amnissos. Fünf Piere erstreckten sich ins Hafenbecken, in der Dunkelheit konnte Ariadne sie von hier aus nicht erkennen. Dort waren die knossischen Schlachtschiffe festgemacht, auch Handelsschiffe lagen am Kai, eigene und fremde. Das größte war Cilnias Schiff, die *Opulenz*. Bestimmt saß Cilnia noch im Festsaal und trank mit Todesverachtung auf Asterions Wohl. Ariadne ballte die Fäuste. Sicherlich wagte niemand, öffentlich an Mutters Entscheidung etwas auszusetzen.

Ein Käuzchen schrie, es schwang sich von der Ruine des Zollhäuschens in die Luft. Der laue Nachtwind umwehte Ariadnes Gesicht. Langsam lockerte sie ihre Hände. Kalathe hatte gesagt, sie solle sich nichts anmerken lassen. Selbstbeherrschung. Sei wie der Mond, der kühl über allem steht. Er weiß, dass er rund ist, auch in den Nächten, wenn die Menschen von ihm nur die schmale Sichel sehen.

Ariadne lief den Hang hinunter, auf den Hafen zu. Auf halber Strecke ging links ein Sandweg ab, er führte wieder aufwärts zu dem Potnia-Felsen, der das Hafenbecken überragte. Dort, in der heiligen Höhle der Gottheit, hatte Kalathe ihr gezeigt, wie sie ihren Geist öffnen und Ruhe finden konnte. Sie musste mit Asterion an ihrer Seite leben, daran änderte all ihre Wut nichts.

Links tauchte aus der Dunkelheit der hüfthohe Stein auf, der den Beginn des Weges zur Potnia-Höhle markierte. Schnell lief sie darauf zu. Vor dem Stein blieb sie stehen und strich über die verwitterte Oberfläche. Sie ertastete das vertraute Relief mit dem Buckel, dessen Form an eine Pfahlmuschel erinnerte. Sie atmete den Duft nach Thymian und Meerwasser ein. Am Strand, in der Stadt, auf den Feldern änderten sich die Gerüche je nach Jahres- und Tageszeit, aber hier roch es immer genauso wie damals, als Kalathe sie zum ersten Mal hergeführt hatte, nach Asterions Geburt.

Sie pflückte Thymianzweige, die hier in der Phrygana im Überfluss wuchsen. Und Gamander. Er war verblüht, Ariadne fühlte die Fruchtstände zwischen ihren Fingern.

Vor der Höhle zog sie ihre Sandalen aus und betrat mit gesenktem Kopf den heiligen Ort. Die weiche Asche auf dem Boden schmiegte sich um ihre nackten Füße.

Die Höhle war klein und rund. Der Altar in der Mitte des Raumes ragte aus der Asche der unzähligen Brandopfer heraus. Gegenüber dem Eingang befand sich eine zweite Öffnung, ein natürliches Fenster. Dahinter schimmerte das Meer in der Nacht, die Piere von Amnissos streckten sich wie ein grobzinkiger Kamm ins Hafenbecken.

Ariadne strich über die konkave Oberfläche des Opfersteins. Früher einmal, als sie beim Langlauf nur Dritte geworden war, hatte sie sich in diese Mulde gekuschelt, zusammengerollt wie eine Haselmaus. Der Altar hatte sich weich und warm angefühlt, obwohl er doch aus hartem Felsen war.

Ariadne legte die Kräuter in die Mulde. Sie drückte die Zweige zurecht, sie knackten vor Trockenheit.

In einem Loch im Felsen lagen Eisen, Stein und Flugsamen, die jetzt, im Herbst, als Zunder benutzt wurden. Ariadne schlug Feuer. Die glimmenden Samen entzündeten das trockene Kraut. Würzig duftender Rauch stieg auf. Ariadne setzte sich an das nördliche Fenster. Von hier aus konnte sie den Strand und den ganzen Hafen überblicken. Doch sie wendete dem Meer den Rücken zu. Ein leichter Wind strich über ihre Schultern, die Rauchschwaden zogen träge durch den Eingang ab. Die dürren Ästchen glommen rot und zerfielen schnell zu Asche. Die dickeren Zweige brannten noch hell und gleichmäßig, sie knisterten in den Flammen. Von Zeit zu Zeit knackte ein Samenkorn. Dann verlosch die letzte gelbe Flamme, und nur schwarzrote Glut blieb zurück. Ariadne senkte den Kopf. Allmählich öffnete sich ihr Geist. Ruhe breitete sich in ihr aus, die Welt um sie herum verlor ihre Bedeutung.

Fernes Hundegebell drang an Ariadnes Ohr, sie öffnete die Augen. Das Feuer war ausgegangen. Ein kühler Luftzug wehte durch Potnias Heiligtum. Ariadnes Glieder waren angenehm schwer. Sie würde zurückgehen, sich in ihr Bett legen und ruhig schlafen. Morgen früh würde sie Asterion gratulieren. Sie könnte sagen, dass sie Kopfschmerzen gehabt hatte und deshalb so früh gegangen sei. Asterion würde bald ganz von allein zeigen, wie untauglich er für das Amt des Hafenmeisters war. Mutter würde ihren Fehler einsehen. Eine andere Gelegenheit würde kommen, und dann konnte Ariadne zeigen, was sie wert war.

Sie lehnte sich an den Felsen und blickte aus dem Fenster hinaus. Am Strand, direkt unter ihr, saßen ein paar Seeleute im Kreis. In ihrer Mitte hatten sie ein Feuer entzündet. Es waren nur Männer, bestimmt gehörten sie zu Theseus' Leuten, die waren in Amnissos einquartiert.

Sie schaute in den Himmel. Die Schildkröte stand schon im Westen, es war nach Mitternacht. So spät schon – im Rauch des Feuers musste sie weggenickt sein.

Die Männer am Strand unterhielten sich, doch aus der Entfernung klangen ihre Stimmen nur wie ein leises Raunen. Ein Weinschlauch machte die Runde. Da zeigte ein Seemann ins Landesinnere. Die anderen wendeten die Köpfe. Ariadne beugte sich vor, bis sie durch den Eingang auf der gegenüberliegenden Seite der Höhle schauen konnte. Auf der Hafenstraße kamen vier Männer gelaufen. Auf den Schultern des ersten schimmerte ein breites Pektoral im Sternenschein, der Kerl hinter ihm hatte eine Glatze. Das waren Theseus und sein Steuermann. Sie verschwanden aus dem Blickfeld des Eingangs, kurz darauf tauchten sie unten am Strand auf. Sie gestikulierten und redeten, dabei blickte Theseus immer wieder hinter sich, zur Straße, die nach Knossos führte. Ariadne lief zum Höhlenausgang. Die Hafenstraße war leer, nur die Zollhausruine stand dunkel auf der Hügelkuppel.

Erneut trat Ariadne zum Fenster. Die Seeleute erhoben sich einer nach dem anderen. Der Steuermann ließ seinen Blick über den Hafen schweifen. Auch zur Höhle schaute er hinauf. Aber Ariadne stand verborgen im Dunkeln.

Theseus und zwei Seeleute liefen zu dem Kai, an dem das athenische Lastschiff lag. Der Steuermann folgte mit den anderen. Die Männer drehten sich immer wieder um und schauten zurück wie Diebe, die Angst hatten, erwischt zu werden. Schnell schlüpften sie in die Kabine und zogen sie zu. Kein Licht wurde entzündet. Unten am Strand lag noch der Weinschlauch.

Irgendetwas stimmte da nicht. Die Hellenen versteckten sich in der Nacht auf ihrem Schiff.

Vielleicht war das schon die ersehnte Gelegenheit, bei der Ariadne ihren Wert beweisen konnte. Während Asterion betrunken in seinem Bett lag, fand sie heraus, was die Athener vorhatten.

Eigentlich war es verboten, die Initiationstreppe des Heiligtums zu betreten. Nur die Jünglinge, die im Frühjahr in den Kreis der Erwachsenen aufgenommen wurden, durften die Stufen hinunter zum Strand benutzen. Aber die Athener planten vielleicht ein Verbrechen, sonst müssten sie sich nicht auf ihrem Schiff verstecken.

Barfuß tastete Ariadne sich die enge Treppe abwärts. Die ungleichen Stufen waren rutschig und ausgetreten. Ein Geländer gab es nicht. Mit beiden Händen hielt sie sich an den steinernen Wänden fest und kletterte hinunter bis zum Strand. Direkt unterhalb des Heiligtums trat sie ins Freie, auf weichen, trockenen Sand. Sie stand im Schatten des Felsens.

Nur ein Stadion weiter begann der Hafen. Der athenische Lastkahn lag an der ersten Pier. Theseus' Leute verschwanden gerade in der Kabine, einem quaderförmigen, mit wasserfester Persenning bespannten Aufbau auf dem Deck. Der Steuermann schaute noch einmal über den Strand, dann zog er das Seitenteil zu.

Es wäre interessant, zu erfahren, was die Hellenen zu besprechen hatten. Sicher ging es um etwas Vertrauliches, vielleicht hatte Theseus auch etwas dabei, das er zeigen wollte. In jedem Fall wollten die Hellenen nicht bei ihrer Zusammenkunft gesehen werden. Aber sie rechneten bestimmt auch nicht damit, dass sich jemand auf ihr Schiff schlich und von außen an der Kabine lauschte.

Die Pier war nicht weit entfernt, aber Ariadne wollte kein Risiko eingehen. Falls jemand aus der Kabine schaute, würde er sie auf dem hellen Strand sogar jetzt in der Nacht entdecken. Im dunklen Meer war sie besser vor Blicken verborgen.

Mit der Fußspitze berührte sie das Wasser. Es war noch warm vom Sommer. Die glatten Wellen schäumten erst auf dem Strand ganz zart an den Rändern, als wären sie mit Spitze gesäumt. Ariadne watete ins Wasser, bis es ihr an die Knie reichte. Sie legte sich der Länge nach hinein, in ihrem Festkleid, das sie für das Delfinfest angezogen hatte, und robbte weiter ins Tiefe. Ihre Kleidung wogte sacht in den Wellen, der Sand unter ihren Handflächen war fein und fest. Mit den Fingern stieß sie sich ab und tauchte nun vollends unter. Sie hielt auf die Pier zu. Ihre Bluse blähte sich im Wasser wie eine Seegurke, der Rock wickelte sich um ihre Schenkel. Zum Glück war es nicht weit bis zu Theseus' Schiff. Die kurze Strecke konnte sie wie ein Delfin schwimmen, sie bewegte einfach beide Beine gleichzeitig auf und ab. Kurz vor der Pier ließ sie sich treiben. Das Meer trug sie ganz von allein bis zur *Aigeus' Stolz*.

An der Pier waren in regelmäßigen Abständen hölzerne Fender festgemacht, damit die Boote nicht an den Stein stoßen konnten. Von einem Fender hing eine Leine herab. Ariadne ergriff sie und stützte sie sich gegen die Pier ab. Die Mauer war glitschig vor Algen, das leere Schiff lag hoch im Wasser.

Zuerst musste sie ihre Beine freibekommen. Sie winkelte die Knie an und zerrte mit einer Hand an ihrem Rock, mit der anderen hielt sie sich an der Leine fest. Der verwickelte Stoff löste sich, sie zog ihn hoch und schob den Saum oben in ihren Gürtel. Vorsicht, dass sie dabei den Amethystbesatz nicht beschädigte.

Und sie atmete viel zu laut bei dieser Turnerei. Sie hielt inne und lauschte.

In der Kabine wurde so leise gesprochen, dass das Platschen der Wellen die Stimmen überdeckte. Sie musste an Bord klettern, um etwas zu verstehen. Sie sollte sich bloß gut verstecken, denn irgendwann würden die Athener wieder aus der Kabine aufs Deck treten. Am sichersten konnte sie im Laderaum lauschen. Dort könnte sie sich genau unter die Kabine stellen, wo sie nur die Planken von den Athenern trennten. Und wenn die Männer das Schiff wieder verließen, würde sie einfach eine Weile warten, bevor sie in den Palast laufen und Mutter erzählen konnte, was hier vor sich ging.

Sie holte Schwung und drückte sich mit dem Oberkörper hoch aus dem Wasser. An dem zylinderförmigen Fender fand sie zusätzlichen Halt. Ihre goldenen Fingerringe drückten schmerzhaft, als sie sich am Fender abstützte und ein Knie nach oben zog. Das Wasser lief aus ihren Gewändern und rann plätschernd ins Meer. Ariadne unterdrückte ihr Keuchen. Hoffentlich lauschten die Athener nur Theseus' Worten und konzentrierten sich auf die Planung ihres Anschlags oder was immer sie sonst ausheckten.

Eine Hand am Kai, die andere am Kahn, schöpfte Ariadne Atem. Leise gluckerte das Wasser unter ihr. Inzwischen war der Mond aufgegangen. Die quaderförmige Kapitänskabine hob sich schwarz vom Himmel ab. Zum Glück war sie durch die Persenning geschlossen, und keine Wache stand an Bord. Ariadne zog sich am Bootsrand nach oben und ließ sich aufs Deck gleiten. Leise lief sie zur Ladeluke, öffnete sie und trat auf die kurze Leiter, die unter Deck führte. Unten lagen Bunschen aus aufgeschossenem Tauwerk herum, weiter reichte das Mondlicht nicht. Beim Hinunterklettern schloss sie die Luke. Sofort war es so dunkel, dass sie die Hand vor ihren Augen nicht sehen konnte. Der Laderaum war niedrig, nur gebückt konnte sie stehen. Aber es war sowieso sicherer, sich auf allen Vieren voranzubewegen, falls hier Sachen herumstanden, die sie umstoßen könnte. Vorsichtig kroch sie nach achtern. Ihre Armreifen klirrten leise. Es roch säuerlich nach schlecht getrocknetem Tauwerk und nach Pech. Sie ertastete prall gefüllte Häute, die Wasserschläuche von der Notration, die auf jedem Schiff geladen sein musste. Auch leere Säcke lagen hier und das Ersatzsegel, aber keine

Ladung. Schließlich stieß sie auf das untere Ende des Masts. Die Stimmen aus der Kabine waren jetzt besser zu hören. Gleich würde sie erfahren, was die Athener vorhatten.

Die Planken über ihr knarrten. Eine Stimme hob sich deutlich hervor, vielleicht die von Theseus, doch noch waren die Worte unverständlich. Ariadne kroch weiter. Nun kam die Stimme genau von oben, sie hörte sich aufgeregt an. Aber das einzige Wort, das Ariadne verstand, war der Name der Mutter: Pasiphaë.

Verdammt, die Hellenen berieten sich in ihrer Muttersprache! Ariadne sprach kein Hellenisch, von oben ertönte nur fremdländisches Gebrabbel. Da, noch einmal nannte der Sprecher Mutters Namen, kurz darauf sagte er: „Asterion."

Zumindest hatte sich Ariadne nicht getäuscht, Theseus führte etwas im Schilde. Möglicherweise plante er einen Anschlag gegen die Minasfamilie oder sogar gegen ganz Kreta.

Ein anderer Mann sprach. „Was bedeutet das letzte Wort? Das kenne ich nicht", fragte er auf Luwisch, einer Sprache, die auf Kreta und in allen großen Häfen häufig benutzt wurde.

„Das heißt: eine Falle stellen", antwortete ein Dritter, ebenfalls auf Luwisch.

Aha, da war wohl ein Söldner unter dem Gesindel, der nicht gut Hellenisch verstand. Mit Glück musste dem Kerl noch mehr übersetzt werden.

Das Gespräch ging weiter, leider wieder auf Hellenisch. Es drehte sich um Mutter, das war ganz sicher, ihr Name fiel immer wieder. Wie blöd, dass die da oben sich nicht auf Luwisch, Akkadisch oder Hethitisch verständigten. Diese Sprachen hatte Ariadne gelernt. Aber nie hätte sie gedacht, dass es nützlich sein könnte, Hellenisch zu verstehen. Auf ganz Kreta beherrschte nur eine Handvoll Gelehrter die Sprache des westlichen Festlandes, dieses Kauderwelsch der Athener, Tirynser, Mykener und wie sie sonst noch alle hießen.

Schließlich wurde wieder Luwisch gesprochen. „Er meint damit, dass es schnell gehen muss", sagte dieselbe Stimme wie vorher, der Übersetzer.

Vielleicht sollte sie lieber das Schiff verlassen und Verstärkung holen. Aber vielleicht fragte der Söldner dort oben noch ein paar

Mal nach; es wäre gut, wenn sie richtige Beweise hätte oder zumindest etwas Konkretes wüsste. Wie stolz würde Mutter auf sie sein, auf Ariadne, die kaltblütigste und gerissenste aller Prinzessinnen.

Besser, sie harrte noch aus. Schlimmstenfalls verschwendete sie ihre Zeit. Wenn die Hellenen das Schiff wieder verließen, konnte sie immer noch in den Palast laufen und Mutter Bericht erstatten. Dann musste Theseus Rede und Antwort stehen, noch in dieser Nacht, und da sollte er mal sehen, wie er sich aus dieser Sache rausredete.

Oben entfernten sich Schritte, die Männer verließen die Kabine. Anscheinend war die Versammlung beendet. Gleich konnte sie loslaufen, vielleicht war das Fest im Palast sogar noch im Gang. Alle sollten hören, was sie geleistet hatte.

Die Hellenen trampelten oben hin und her. Es waren nicht nur Schritte, es hörte sich an, als ob sie sich in einen Kreis setzten. Vielleicht handelte es sich um einen besonderen Ritus, und sie machten sich für einen Kampf bereit. Nein, sie waren ja nur ein knappes Dutzend. Da konnten sie nichts gegen die Palastwachen ausrichten.

Nun wurde es ruhiger an Deck. Etwas platschte in rhythmischen Abständen. Eine tiefe Stimme gab gedämpft den Takt. Diese Geräusche hatte Ariadne jedes Mal gehört, wenn sie auf einem großen Schiff auf Fahrt gegangen war. Unverkennbar hatten die Hellenen die Ruderplätze eingenommen. Die Riemen tauchten ins Wasser. Die da oben legten tatsächlich ab.

Ariadne musste runter von Bord, sofort. Sie könnte ins Wasser springen, an Land schwimmen. Schnell kroch sie durch die Dunkelheit zur Leiter zurück. Bis Theseus und seine Mannschaft an den Rudern wussten, wie ihnen geschah, wäre sie längst auf und davon. Sie fühlte den Holm der Leiter und griff zu.

Aber die Athener würden sie sehen, wenn sie ins Wasser sprang. Sie konnten sie an ihrem Festkleid erkennen. Leider schien ja der Mond so hell. Vielleicht würde Theseus ihr sogar nachschwimmen und sie einholen. Ariadne, die ungeschickte Horcherin. Wie peinlich.

Die Ruderblätter schlugen einen schleppenden Takt. Augenblick mal – Theseus verließ Kreta mit einer Handvoll Männer. Da stimmte etwas nicht. Warum sollte Theseus nach Athen zurückfahren? Nein, das wollte er ganz sicher nicht. Er fuhr nur aufs Meer hinaus. Direkt vor Kreta gab es keine Inseln, also wollte er ein anderes Schiff treffen. Das war Teil seines Plans. Ein Schaudern überlief Ariadne bis in die Zehen und Fingerspitzen. Ja, es war riskant, wenn sie im Laderaum blieb. Wenn sie auf See entdeckt würde, konnte sie nicht fliehen. Theseus würde sie vielleicht als Geisel nehmen, besonders wenn sie bis dahin seine Verbündeten bei der Verschwörung erkannt hätte. Doch hier im Laderaum gab es Verstecke. Zwar keine Kisten oder andere Ladung, aber unter dem Ersatzsegel, den leeren Säcken oder hinter den Bunschen aus dicken Tauen. Wenn sie sich dort verbarg, würden die Hellenen sie nicht sofort sehen, wenn sie tatsächlich von Deck herunterkamen.

Ariadne nahm die Hände von der Leiter. Hier unten konnte sie alles belauschen. Weder Theseus noch sonst jemand ahnte, dass sie mit an Bord war. Bald würde sie wissen, worum es bei dieser Verschwörung ging. Sie musste nur eine gute Gelegenheit abwarten, dann konnte sie aus der Luke spähen. Ein winziger Spalt reichte ihr schon. Der helle Mond war gefährlich, aber auch nützlich. Keiner vermutete sie hier im Laderaum. Mit etwas Glück konnte sie das andere Schiff sogar erkennen. Es würde sie nicht wundern, wenn Theseus ein Schlachtschiff von König Aigeus treffen wollte. Deshalb hatte der Alte also den Tribut von seinem Sohn überbringen lassen. Damit einer seiner wichtigsten Befehlshaber vor Ort war.

Ariadne zog sich in den hinteren Bereich des Laderaums zurück. Wieder stieß sie auf die Wasserschläuche. So ein Glück, sie war wirklich durstig. Sie tastete nach einem der kleineren Schläuche, öffnete ihn und nahm ein paar kräftige Schlucke. Auf ein paar Bunschen Tauwerk machte sie es sich bequem und zog das Ersatzsegel über sich. Wenn sie nach diesem Abenteuer Mutter weckte und ihr Bericht erstattete, das würde ein Triumph! Die *Aigeus' Stolz* müsste jetzt den Hafen verlassen haben. Lange konnte es nicht mehr dauern.

Einen Tag später,
siebte Stunde nach Sonnenuntergang,
nördlich von Kreta auf dem offenen Meer

Ariadne späht vorsichtig durch die Ladeluke. Es ist Nacht. Seit mehr als einem Tag hat sie im Laderaum gehockt und konnte nicht riskieren, die Luke mehr als nur einen kleinen Spalt zu öffnen. Doch jetzt steht der Mond hell am Horizont, und der schwarze Schatten des Segels fällt genau auf die Luke. Seitlich, unter den Ruderbänken, befinden sich die Kojen. Aber da müsste schon jemand vor einem Lüftungsschlitz lauern, um sie in der Dunkelheit zu entdecken. Vorsichtig, damit kein Geräusch sie verrät, hebt sie die Luke an.

Der Mann am Steuer hat das Gesicht zum Himmel erhoben. Vielleicht schaut er zum Nordstern, der backbord leuchtet. Also fahren sie nicht nach Athen, denn dann müsste der Nordstern steuerbord stehen.

Links vom Schiff liegt eine Insel im Meer, ein hoher Felsen ragt in den Himmel. Das ist der Kalamos, ein riesiger Berg aus Marmor an der Küste der Insel Anafi. Dann muss vorn, hinter dem Horizont, Astypalea und jenseits davon Kos und das luwische Festland liegen.

Der Steuermann tritt einen Schritt zurück und dreht sich etwas zur Seite. Schnell schließt Ariadne die Ladeluke wieder über ihrem Kopf. Undurchdringliches Dunkel umgibt sie, die Planken knarzen leise. Noch immer versteht sie nicht, was Theseus plant. In der letzten Nacht hat er kein anderes Schiff getroffen. Aber er hat Segel setzen lassen. Seitdem fahren sie. Wenn sie diesen Kurs halten, landen sie noch in Luwien.

In Luwien! Aber natürlich! Theseus will sich tatsächlich mit einem Verbündeten treffen, aber nicht auf dem offenen Meer, sondern auf dem Festland. Er macht mit einem der luwischen Fürsten gemeinsame Sache. Sein Vater jammert regelmäßig über den hohen Tribut. Das kretische Hafenrecht müsste er so teuer bezahlen, dass es sich für Athen gar nicht lohnen würde, die Insel anzulaufen. Dass die Kreter ihre Häfen das ganze Jahr über instand halten müssen, vergisst Aigeus dabei gern. Und die Luwier sind noch frecher, seit einem Jahr drücken sie sich um ihre Abgaben. Im Frühjahr hat

Mutter gedroht, ihnen das Hafenrecht auf Kreta zu entziehen, wenn sie ihren Tribut nicht entrichten.

Ariadne kriecht in ihr Versteck, das sie sich aus dicken Bunschen und dem Ersatzsegel gebaut hat. Hier können die Seeleute sie nicht sehen, wenn sie einen Wasserschlauch oder Proviant aus dem Laderaum holen. Bestimmt hat Theseus gestern in Knossos eine geheime Nachricht empfangen. Irgendetwas muss passiert sein, das ihn zum schnellen Handeln zwang. Er hat ja fast seine ganze Mannschaft zurückgelassen. Mit seinem überstürzten Aufbruch ist er ein hohes Risiko eingegangen. Seit gestern muss Mutter wissen, dass Theseus und sein Schiff Kreta verlassen haben. Aber damit rechnet der Gauner. Ariadne schiebt sich einen Leinenbunsch in den Nacken und streckt die Beine aus. Allerdings ahnt er natürlich nicht, dass auch Ariadne verschwunden ist. Mutter und Kalathe werden sich denken, dass da eine Verbindung besteht.

Vielleicht glauben sie an eine Entführung. Sicher sind schon Suchtrupps unterwegs. Wenn Theseus bei seiner Ankunft in Luwien von knossischen Schlachtschiffen verfolgt wird, wagt es keiner der dortigen Machthaber, sich mit ihm zu verbünden. Sein ursprünglicher Plan wird scheitern. Ariadne lächelt in die Dunkelheit. Wie dumm Theseus gucken wird, wenn er die knossische *Okeanos' Kind* oder die *Schaumkron* sieht. Leise lacht sie auf. Dann hat sie ihr Ziel doch noch erreicht, wenn auch nicht ganz so triumphal, wie sie sich das gestern Nacht ausgemalt hat.

Falls sie irgendwo landen, vielleicht auf Kos, muss sie sich von Bord schleichen. Dann benachrichtigt sie Mutter, damit die *Aigeus' Stolz* möglichst schnell gefunden wird. Kos hat keine Regentin, sondern einen Ältestenrat. Die Leute leben in Hütten aus Holz und Stroh. Jeden Neumond feiern sie zwei Nächte und einen Tag lang. An einem dieser Feste hat Ariadne im letzten Jahr teilgenommen und durfte mit der Ältesten von Kos, einer weißhaarigen Greisin, in einem Kreis speisen. Sicher wird der Ältestenrat ihr gern helfen. Auf Kos gibt es Tauben, die fliegen bis nach Knossos.

Noch eine Nacht später

Eine steife Brise weht. Wolken jagen über den Himmel. Dazwischen funkeln die Sterne. Endlich entdeckt Ariadne den Nordstern, er steht steuerbord. Das gibt's doch nicht, die *Aigeus' Stolz* fährt jetzt nach Westen, in Richtung Athen. Sie sind irgendwo inmitten der Kykladen.

Die Persenning der Kajüte wird von innen zurückgeschlagen, jemand tritt aufs Deck. Schnell zieht Ariadne sich wieder in den dunklen Laderaum zurück. Sie kriecht an den Bunschen vorbei, an den Wasserschläuchen, den leeren Säcken, dann am Mast. Die Strecke ist ihr mittlerweile vertraut wie einem Käfigvogel der Weg von der Stange zum Futternapf. Eben ist sie noch so froh gewesen, dass sie die Geduld bewahrt hat. Dass sie in dem stinkenden Schiffsbauch geblieben ist und nicht aufgegeben hat. Theseus hat den Kurs gewechselt. Offenbar wollte er doch nicht ans luwische Festland. Oder er hat sich umentschieden. Aber ein Kurswechsel ist ein lautstarkes Manöver. Bei einem so großen Lastkahn wie der *Aigeus' Stolz* kann Ariadne es nicht überhört haben. Oder es ist am Tage geschehen, als sie geschlafen hat. Verdammt, so muss es gewesen sein! Sie hat es verpennt! Wie damals, als sie auf Cilnias erstem Boot beim Fischen eingenickt ist und ihre Angel verloren hat. Mit einer Goldbrasse dran. Ariadne, die Träumerin.

Die See wird immer unruhiger. Das Schiff stampft auf und nieder, die Planken knarren, Ariadne hört, wie das Tauwerk und die Wasserschläuche hin und her rutschen.

Nun ist sie schon die dritte Nacht auf See. Wie eine Meeresschnecke, die in der Gezeitenzone auf die Flut wartet, sitzt sie hier fest. Wie blöd wird das erst aussehen, wenn sie im Athener Hafen aus der Ladeluke kriechen muss. Ihr Kleid hat einen Riss unter dem Ärmel und einen im Rock. Die Flecken kann sie in der Dunkelheit nicht sehen, aber sicher ist das Kleid völlig verschmutzt. Alle werden spotten über die verdreckte Prinzessin in Festtagskleidung, die sich Tage und Nächte zusammengekauert im Laderaum versteckt hat. Ein großes Gelächter wird es geben wie damals, als sie bei ihrer eigenen Schwimmfeier in einer Weinlache ausgerutscht ist. Sie war vier Jahre alt, es ist ihre erste Erinnerung überhaupt.

Die *Aigeus' Stolz* arbeitet immer schwerer. Oben brüllen Männer im steifen Wind. Der Unterschlupf, den Ariadne sich gebaut hat, rutscht auseinander. Das schmierige Segel fällt auf sie hinab, das Tuch klatscht auf ihr Gesicht. Es stinkt nach gammligem Fisch. Ariadne zieht es zur Seite. Sie will sich am Bunsch festhalten. Doch der Bunsch rutscht über die Planken, obwohl er aus schwerem Tauwerk ist, und zieht sie hinter sich her. Ihr Rock bleibt irgendwo hängen, der Stoff reißt. Und wieder rutscht sie über die Planken, jetzt in die entgegengesetzte Richtung. Der Sturm spielt mit dem Schiff wie eine satte Katze mit einer Eidechse. Wenn sie sich nicht irgendwo festhalten kann, ist sie bald grün und blau geschlagen.

Das Boot hebt sich, einen kurzen Augenblick steht es fast still. Ariadne tastet die Planken ab. Da ist die Leiter, die nach oben führt, der Mast ist weiter achtern. Doch bevor sie loskriechen kann, kippt das Schiff nach vorn. Schnell lässt sie die Leiter los, die Verankerung würde den Zug nicht aushalten und sich lösen. Sie legt sich flach auf den Boden und rutscht nur eine Elle weiter bugwärts. Hoffentlich verstehen die Seeleute oben ihr Handwerk gut; bei diesem Seegang kann das Schiff leicht kentern, wenn eine Welle von der Seite kommt. Aber viel gefährlicher sind die Riffe. Wenn das Schiff leck schlägt, wird sie im Laderaum ertrinken.

Das Boot bäumt sich auf, Ariadne schlittert nach achtern. Sie stößt gegen Holz, das ist der Mast! Schnell schlingt sie die Arme um den Baumstamm. Jetzt auch die Beine. Sie klammert sich fest. Vielleicht dauert es nicht mehr lang, bis das Boot kentert oder von Klippen zertrümmert wird, aber zumindest kann sie jetzt die Stöße der Wellen besser abfedern.

Der Sturm tobt mit ungebremster Kraft. Die Rufe oben an Deck werden leiser. Die Männer haben keine Kraft mehr zum Schreien. Cilnia hat einen Schiffbruch im Sturm miterlebt; sie hat erzählt, dass die Menschen stumm im Meer versinken, weil sie vor Erschöpfung keinen Laut mehr über die Lippen bekommen.

Ariadnes Arme schmerzen, lange kann sie sich nicht mehr festhalten. Soll der Kahn doch untergehen. Dann ist wenigstens ihre Ehre gerettet. Niemand wird auf die Idee kommen, dass sie sich auf ein fremdes Boot geschlichen und aus Versehen damit aufs Meer hinausgefahren ist. Mutter wird an eine Entführung glauben. Sie wird vermuten, dass Theseus Ariadne heimtückisch überwältigt und auf sein Schiff gebracht hat. Vielleicht wird jemand ihre Leiche finden. Man wird sie erkennen. An der Kleidung, am Schmuck und vor allem an ihrem Siegelzylinder, den sie an einer Kette am Hals trägt. Mutter wird eine Trauerfeier ausrichten für ihre tapfere Erstgeborene. Lieber eine tote Heldin als ein lebendiger Dummkopf.

Die Planken unter ihr heben und senken sich. Der Geruch von Trockenfisch ist mal stärker, mal schwächer, so als würde die Luft im Laderaum der Bewegung der Wellen folgen. Ariadne lässt den Mast los und rollt sich auf den Planken zusammen. Nun rutscht sie mit dem Tauwerk hin und her. Sie legt ihre Hände vors Gesicht.

Die Handflächen duften ganz schwach nach Thymian. Das ist nicht möglich. Nachdem sie die Ästchen zerbrochen und verbrannt hat, ist sie im Meer geschwommen und hat zwei Tage und Nächte in diesem Schiff verbracht. Wieder schnuppert sie an ihren Händen. Vielleicht ist es nur Einbildung, aber sie riecht den Thymian vom Heiligtum.

Sie darf jetzt nicht aufgeben. Sie hat immer noch keinen Beweis dafür, dass Theseus einen Anschlag plant, aber eins ist sicher: Er hat kein reines Gewissen. Wahrscheinlich hat er bereits etwas verbrochen, deshalb ist er abgehauen. Einen Riesenbogen Richtung Osten ist er gefahren, weil er befürchtet, dass Mutter ihn verfolgen lässt. Und da hat er recht: Auf dem direkten Weg nach Athen hätte ein knossisches Schlachtschiff seinen lahmen Kahn längst eingeholt. Wenn es so ist, muss Ariadne unbedingt herausbekommen, warum Theseus geflüchtet ist.

Unvermittelt fährt das Schiff ruhiger. Der Mast knarzt nicht mehr. Ariadne kann sich aufsetzen. Das Schiff muss in einen Hafen eingelaufen sein. Theseus will an einer Insel anlegen. Schnell kriecht Ariadne unter das Ersatzsegel. Das Segel oben am Mast knattert, Schritte bollern über die Planken, die Männer rufen sich in ihrem Hellenisch Worte zu. Nach einer Weile werden die Rufe und die Schritte leiser. Regen trommelt auf das Deck. Wunderbar, das ist die Rettung, sie haben das Segel eingeholt. Gleich werden sie den Anker werfen. Und da poltert es auch schon, schwere Schritte, ein lautes Platschen, der Anker ist im Wasser.

Wenn die Insel bewohnt ist, kann Ariadne heimlich verschwinden, denn wo Leute sind, gibt es auch Boote. Genügend Tauschwerte hat sie, ihre Ringe, die Armreifen und der amethystbesetzte Gürtel sind einiges wert. So braucht sie sich zumindest Theseus gegenüber keine Blöße zu geben. Zu Hause wird sie alles erklären. Mutter wird vielleicht sogar froh sein, dass ihre Tochter heil zurückgekehrt ist. Vater ... Vater macht sich immer große Sorgen. Er hat schon Angst um sie, wenn sie nur am Stierspringen oder am Nachttauchen teilnimmt. Lieber denkt sie an Mutters Zorn als an Vaters Tränen.

Sie schaut nach vorn, in die Richtung, in der die Ladeluke liegt, doch durch die Ritzen dringt kein Licht. Es ist beschlossene Sache: Sobald oben alle schlafen, wird sie hinaufsteigen und an Land schwimmen.

Da öffnet sich die Ladeluke. Der Wind pfeift herein, Stimmen rufen durcheinander, jemand lacht. Die Beine eines Mannes erscheinen in der Luke, er trägt eine Laterne. In ihrem Licht kann Ariadne den Laderaum das erste Mal sehen. Die Wasserschläuche sind mit weißen Eulen bemalt, die leeren Säcke tragen runde schwarze Stempelabdrücke. Doch zum Gucken ist jetzt keine Zeit, schnell duckt sie sich unter dem Segel zusammen. Einer nach dem anderen trampeln die Seeleute herunter. Sie unterhalten sich, natürlich wieder auf Hellenisch. Einer lacht kurz auf. Bestimmt sind sie froh, dass sie den sicheren Hafen heil erreicht haben. Immer zahlreicher werden die Stimmen.

Es ist doch wie verhext! Jedes Mal, wenn sie sich einen Plan zurechtlegt, wird er durchkreuzt. Sie hätte nie die Initiationstreppe im Heiligtum benutzen sollen. Vielleicht hat sie dabei Potnias Segensgeister verärgert.

Quatsch. Bei diesem Sturm dringt der Regen durch die Lüftungsschlitze in die Kojen, und nun suchen die Seeleute Schutz im Inneren des Schiffes. Durch einen Spalt zwischen Segel und Taubunsch wagt Ariadne einen Blick. Mit gebeugten Rücken wühlen die Seeleute in dem niedrigen Laderaum herum. Jeder versucht, einen halbwegs bequemen Platz zu finden. Zum Glück hat sich der Kerl mit der Laterne gleich neben der Leiter niedergelassen. Doch ein anderer Seemann kommt näher. Vor dem flackernden Licht hebt sich dunkel sein Umriss ab. Der Schädel ist bis auf einen Zopf im Nacken kahl rasiert, das ist die Haartracht der Luwier. Er streckt die Hand nach dem Segel aus.

Er soll sie nicht zusammengekauert in ihrem Versteck finden. Schnell setzt sie sich auf. Zum Stehen ist nicht genug Platz. Hauptsache, ihr Rücken ist gerade und ihr Kopf hoch erhoben.

Der Luwier schreckt zurück. Sein Gesicht liegt im Schatten, doch sein Zopf zuckt wie ein Aal.

„Bring Theseus her." Ihr wird schon eine Anschuldigung gegen Theseus einfallen, die so vage ist, dass sie nicht falsch sein kann, und auf die alle ihre Beobachtungen passen. Wie ein Dieb hat er Kreta verlassen, das soll er erst einmal rechtfertigen!

Einen Augenblick verharrt der Luwier in seiner Position, seine Arme sind wie zur Abwehr erhoben. Dann ruft er den anderen etwas zu, sie versteht nur Theseus' Namen.

Sofort verstummt das hellenische Geschnatter. Der Kerl mit der Laterne kommt herbei, aber niemand macht Anstalten, Theseus zu rufen. Die Kerle ignorieren einfach ihren Befehl. Soll sie Theseus etwa selber aus seiner Kabine holen? Langsam, als fürchteten sie eine Gefahr, bewegen sich die Seeleute auf Ariadne zu.

Sie erhebt sich. Eine würdevolle Haltung ist unter der niedrigen Decke nicht möglich. Nur schnell zur Leiter und raus hier. Den Luwier muss sie zur Seite schieben, von selbst bewegt er sich nicht. Die Männer stehen da und starren sie an. Das Licht der Laterne fällt auf ihr Gesicht. Es werden ein paar einzelne Wörter gesprochen, darunter ihr Name – *Ariadne*.

Da endlich weichen die Männer auseinander. Jemand ruft nach Theseus. Gebückt, so schnell es geht, läuft sie zwischen den Männern hindurch am Mast vorbei, Richtung Vorschiff bis zur Leiter. Die Luke ist geöffnet, hier kann sie aufrecht stehen. Das ist wenigstens etwas. Hinter ihr tuscheln die Hellenen, jemand kichert. Sie drückt die Schultern nach hinten. Nun sagt eine dunkle Stimme etwas, nur einen kurzen Satz. Sofort verstummt das Getuschel. Langsam steigt sie nach oben.

Frische Luft umweht ihre Nase und kühlt ihr Gesicht. Die Persenning der Kabine bläht sich im Wind. An einer Seite werden von innen die Riemen, die die Persenning an den Stäben halten, gelöst. Sanftes Licht dringt aus dem Spalt. Ein Mann tritt hindurch. Das breite Pektoral schimmert auf seiner Brust.

Ariadne geht auf ihn zu. „Schön, dich zu sehen, Theseus."

Zur gleichen Zeit im Erontas-Gemach im Palast von Knossos

Ikarus läuft im Lichthof auf und ab. Wenn er still sitzen bleibt, kribbeln ihm die Knie. Er setzt seine Schritte immer in die Mitte einer Fliese. Das ist kindisch, natürlich, aber es ist eine Beschäftigung. In seinen Ohren summt es leise, als hätten sich Mücken dort eingenistet.

Kein Grund zur Aufregung, das ist nur die Müdigkeit. Er würde sich gern ausruhen, aber das Kribbeln in den Knien hindert ihn am Einschlafen. Seine Hände kleben vor Schweiß.

Ramassje ist der Mörder, sagt der Vater. Er will die Minas von seiner Hypothese überzeugen. Das wird gar nicht so leicht werden, denn Pasiphaë vertraut ihm nicht mehr. Vielleicht wird sie sich nicht einmal die Zeit nehmen, Vater anzuhören.

In der Höhe fegt der Wind über den Lichthof, doch er kommt nur selten bis nach unten. Manchmal greift er in Ikarus' Haare.

Ramassje ist kein Giftmischer, der stets tödliche Pillen bei sich trägt. Einer, der so tut, als sei er betrunken, um dann wie ein Zauberkünstler unbemerkt jemandem das Gift in den Wein fallen zu lassen. Das spürt Ikarus genau. Vater biegt sich die Tatsachen zurecht, wie es ihm passt. Pasiphaë wird merken, dass Vater nur seinen Kopf retten will.

Ikarus hockt sich an die Wand und kratzt über seine kribbelnden Knie, bis die Haut brennt. Vielleicht lässt Pasiphaë sich ja doch überzeugen. Dann wird Ramassje eingesperrt.

Ein kurzer, kehliger Ruf dringt durch den Wind, er kommt von oben. Ikarus schaut die weißen Mauern des Lichtschachts hinauf, drei Stockwerke ist der Schacht hoch. Am Rand des Daches kniet jemand. Ein großer Mann mit langen, hellen Haaren. Eine Strickleiter fällt in Schlangenlinien an der Wand herunter. Nun hängt sie zwischen zwei Lilienkübeln.

„Vater!" Ikarus läuft ins Haus, ins Schlafzimmer. „Da ist jemand oben auf dem Dach."

Der Vater schwingt die Beine aus dem Bett, langsam erhebt er sich, zieht sein Himation zurecht und schreitet so ruhig in den Lichthof, als hätte er erwartet, dass sie Besuch über die Dächer bekommen.

Die Strickleiter hängt herunter, auch ihre Sprossen sind aus Seilen, nicht wie üblich aus Holz. Sie endet ein paar Ellen über dem Boden.

Der Vater winkt nach oben, es ist eine knappe, befehlende Geste: Der Mann soll herunterkommen. Und wirklich setzt dieser sich auf die Dachkante und klettert auf der Strickleiter herab. Er ist sehr groß, seine weißblonden Haare fallen ihm lang über den nackten Oberkörper. Tauros.

„Sei still jetzt", flüstert der Vater Ikarus zu. „Ich erledige das."

Die Leiter ist zu kurz, Tauros lässt sich das letzte Stück fallen. Trotz seines riesenhaften Körpers gleicht er einem geschmeidigen Wiesel. Fast lautlos setzt er auf dem Boden auf.

„Die Wachen kommen, sie holen euch." Tauros ist außer Atem, als sei er gerannt. „Die Minas hat ihr Urteil gefällt."

Ikarus weicht zurück, mit dem Hinterkopf streift er ein Lilienblatt. Das darf Pasiphaë nicht, zuerst muss eine Anhörung stattfinden.

„Reden wir drinnen weiter", sagt der Vater ganz ruhig, als ob er hier in der Unterkunft zu Hause wäre.

„Ich habe ein Boot, es liegt im Hafen, in Amnissos", sagt Tauros, während sie ins Empfangszimmer gehen, wo noch die Öllampe brennt. „Es ist ausgerüstet. Wasser, Lebensmittel, ist alles da. Ich bringe Sie hin, aber nur, wenn Sie mich mitnehmen."

Der Sklave denkt wohl, dass sie fliehen wollen. Dass sie wie Strauchdiebe das Weite suchen. Niemals würde Vater eine solche Schande ertragen. Er wird auf der Anhörung bestehen. Auch Pasiphaë muss sich an die Gesetze halten.

Der Vater setzt sich auf den Stuhl. Auf dem Tischchen liegen noch die Spielsteine. Er nimmt sie einen nach dem anderen auf und schließt sie in der Faust ein. „Du willst also einfach abhauen. Und uns willst du bei der Flucht helfen. Weshalb?" Er presst die Steine in der Hand, sie knirschen leise zwischen seinen Fingern.

„Zum Segeln brauche ich Leute." Tauros' schmaler Mund zuckt. „Man kann nicht alleine bis aufs Festland fahren, es ist zu weit weg. Zu zweit geht es. Einer steht am Ruder, der andere übernimmt das Segel."

Wenn sie Pasiphaë verraten, dass Tauros fliehen will, steigt Vater bestimmt wieder in ihrer Gunst, und das ist wohl sein Plan. Ikarus setzt sich auf den Diwan, er streicht über seine Knie. Das Kribbeln ist schwächer geworden. Seltsam nur, dass Tauros, der immerhin die Akrobatentruppe leitet, Kreta verlassen will. Er hat doch ein hohes Amt inne. Das will er einfach aufgeben. Wenn Pasiphaë erfährt, dass er heimlich Kreta verlassen wollte, wird sie ihm das Amt entziehen. Vielleicht darf er noch nicht einmal mehr Akrobat sein.

„Einverstanden", sagt Vater.

Was? Ikarus hebt den Kopf.

Tauros sinkt vor Vater auf die Knie. Er legt kurz seine Stirn an Vaters Füße, dann springt er wieder auf und läuft in den Lichthof hinaus. Vater wirft die Spielsteine auf den Tisch, sie kullern über das Holz und fallen zu Boden. Nur der rotbraune bleibt am Rand liegen, der Spielstein, der vorhin für Ramassje stand. Doch Vater schaut nicht mehr hin.

„Bring den Tisch raus", sagt er zu Ikarus und folgt Tauros in den Lichthof, ganz so, als ginge er tatsächlich auf den Vorschlag ein. Draußen spricht Vater leise mit ihm, schließlich tritt Tauros zu den Lilienkübeln, springt und packt die unterste Sprosse der Strickleiter. Mit den Beinen an der Wand arbeitet er sich hoch.

Es wäre bestimmt besser, sofort Alarm zu geben. Aber das geht nicht, ohne dass Tauros es merkt. Ikarus nimmt den braunen Spielstein vom Tisch und legt ihn auf die Truhe. Sicherlich wird Vater sie auf dem Weg aus dem Palast an Wachen vorbeiführen, die auf seinen Wink hin Tauros ergreifen können. Vater kennt sich schließlich im Palast aus wie kein Zweiter. Dass Tauros wirklich glaubt, dass sie mit ihm fliehen wollen! Als seien sie entlaufene Sklaven wie er.

Ikarus trägt den Tisch in den Lichthof. Vater klettert hinauf, Ikarus hilft ihm dabei. Von der Tischplatte steigt Vater auf seine Schultern. Nun kann er sich an der Leiter festhalten und seinen Fuß in die unterste Seilsprosse stecken. Wenn sie jetzt entdeckt würden, sähe es so aus, als wollten sie wirklich ausbrechen. Dann würde Pasiphaë sie wohl auch zu Sklaven machen.

Langsam folgt Vater Tauros die Wand empor. Ikarus steigt auf den Tisch, ergreift die Leiter und hangelt sich hoch. Wenn sie gleich auf Wachen treffen, müssen sie ihnen sofort klarmachen, dass nur Tauros fliehen wollte.

Tauros ist oben angekommen und schiebt sich aufs Dach. Seine Haare wehen im Wind. Ein paar Sterne blitzen zwischen den Wolken hervor.

Vater erklimmt die Leiter langsam, Sprosse für Sprosse, und Ikarus folgt ihm. Tauros ist nicht mehr zu sehen.

Vater hält inne. „Der Sklave läuft voraus. Er sieht nach, ob das Hafentor unbewacht ist, und holt uns nach. Wir spielen das Spiel mit, bis wir auf hoher See sind. Er soll zuerst das Segel übernehmen, dann das Ruder."

Das Spiel. Welches Spiel? Was hat der Vater vor? „Du willst auf das Schiff steigen und …"

„Natürlich. Du meinst doch nicht, dass ich hier herumsitze und warte, bis Pasiphaë mich Poseidon opfert?"

„Du meinst, sie will uns töten?" Ikarus' Stimme zittert. Die ganze Zeit hat er versucht, nicht an eine Todesstrafe zu denken. Nur ehrlose Schwerverbrecher wie Piraten werden hingerichtet.

„Ikarus, ich will auch nicht für den Rest meines Lebens Fische ausnehmen oder Oliven ernten. Unsere Zeit auf Kreta ist vorbei." Ächzend zieht sich Vater die nächste Sprosse hoch und wieder die nächste. Die Leiter schlingert unter seinen Bewegungen.

Ikarus schließt auf und schaut nach unten in den Lichthof. Leb wohl, Gefängnis, leb wohl, Kreta. Hier auf der Insel hat er sein erstes Ruderboot gebaut, seine erste Wasserleitung verlegt. Als Kind hat er Alekas Bruder geholfen, einen Hühnerstall zu errichten, das ist sein erstes Gebäude gewesen. Wie der Bruder ausgesehen hat, weiß er nicht mehr, aber der Stall hatte drei Sitzstangen und eine Doppeltür wie ein Polythyron. Tränen schießen Ikarus in die Augen. Ehrlos wie gemeine Diebe müssen sie sich davonschleichen, und niemals können sie in die Heimat zurückkehren. Er wird Ariadne nie mehr wiedersehen, er wird Aleka für immer verlassen. Für den Vater scheint das keine große Sache zu sein. Vielleicht, weil es nicht das erste Mal ist, dass er seine Heimat aufgibt. Seine Geburtsstadt Athen hat er schon seit zwanzig Jahren nicht mehr gesehen.

„Pass genau auf", flüstert Vater von oben.

Ikarus wischt die Tränen fort.

„Der Sklave soll zuerst ein paar Stunden Schiffsdienst verrichten, dann lassen wir ihn schlafen. Wir sprechen nicht über unseren Plan, auch nicht in Andeutungen. Vielleicht ist er gerissener, als er aussieht. Verstanden?"

Ikarus versteht gar nichts. Er nickt trotzdem in die Dunkelheit. „Fahren wir nach Athen?"

„Bist du verrückt?" Vater hält sich an der Leiter fest, doch er hat ihm das Gesicht zugewandt. Sein Atem riecht nach dem Wein. „Das wäre wie ins Meer springen, um dem Regen zu entgehen."

„Aber wieso …"

„Stell keine Fragen. Tu, was ich dir sage." Er klettert weiter.

Ikarus ergreift die nächste Sprosse. Wo sollen sie denn hin, wenn nicht nach Athen? Hat der Vater Angst vor Theseus? Oder etwa vor der Familie des verunglückten Kalos? Vaters Unschuld ist doch erwiesen. Vor Perdix, die ihn damals verflucht hat, fürchtet er sich bestimmt nicht.

„Wenn der Sklave schläft, setze ich ihn außer Gefecht. Du brauchst dir keine Gedanken darüber zu machen", flüstert Vater zu ihm herunter.

Eben hat er doch gesagt, er wolle Tauros nicht ausliefern. Der Wind wird stärker, je höher Ikarus klettert. Über ihm verblassen langsam die Sterne, der Morgen naht.

„Der Bursche ist bekannter als die Schwarze Zwergenfrau von Phaistos. Mit dem dürfen wir uns nicht sehen lassen. Wir fesseln ihn und lassen ihn über Bord gehen. Schnell, hörst du? Nur darauf kommt es an. Wenn ich dir ein Zeichen gebe, muss es schnell gehen. Hände und Füße fesseln, mit festen Knoten."

Die bleichen Sterne fangen an zu tanzen. Dem Vater muss man gehorsam sein. Er besitzt Erfahrung. Er weiß, was richtig ist. „Nein, das geht nicht", sagt Ikarus. Widerspruch dem Vater gegenüber ist ehrlos.

„Natürlich geht das, wir segeln zu zweit weiter. Das schaffen wir schon, mit dem Wind kenne ich mich aus. Und jetzt kein Wort mehr darüber." Vater kommt an der Dachkante an und dreht sich zu Ikarus um. „Vergiss nicht, Hauptsache schnell. Und jetzt Mund halten!" Er zieht sich nach oben aufs Dach.

Ikarus ist nun allein auf der Leiter. *Hauptsache schnell.* Seine Handflächen schmerzen. *Hauptsache schnell.* Vater will, dass Tauros ihnen bei der Flucht hilft, aber *mit* ihm fliehen will er nicht. Tauros soll ins Meer stürzen, so wie Kalos damals vom Gerüst gestürzt ist.

Er weiß nicht, wie Kalos ausgesehen hat, und der Mann, den er sich vorstellt, hat kein Gesicht. Aber er schreit, dieser Mann, er schreit, als er fällt.

„Komm hoch."

Vaters Stimme klingt rau, als wäre sie ein Teil des Sturms. Der Tod eines anderen kann das eigene Leben retten. Nur in diesem Sinne darf er den Plan des Vaters verstehen. Sicher hat Vater auch so einen wichtigen Grund gehabt, Theseus zu helfen. Vater erklärt ihm bestimmt alles, wenn er jetzt gehorcht. Ikarus schaut auf seine Hände. Schwach sind sie nicht. Auf den Baustellen kann er ordentlich zupacken. Aber was der Vater von ihm verlangt, das schafft er nicht.

„Vater, das … wenn du … das wird nicht gehen." Er braucht ein Argument. „Tauros ist drei Mal so stark wie wir beide zusammen."

„Verflucht, ich habe dir gesagt, lass das meine Sache sein!" Der Vater kniet auf dem Dach und beugt sich nach unten. Der schwindende Halbmond steht am Himmel, bald wird die Sonne ihm folgen. Sein Licht fällt auf Vaters Gesicht. Die Haare hängen ihm in die Stirn. Sie sehen ungepflegt aus, staubig wie alte Teppichfransen.

Ikarus erschaudert. „Nein, wir sollten …"

Vater schüttelt den Kopf. Seine schlaffen Wangen erzittern. „Mein Sohn wird mir keine Lehren erteilen", zischt er ihn an.

Speichel sprüht auf Ikarus' Stirn. Er kann nicht anders, er muss ihn wegwischen.

„Du wirst deinen Vater nicht das Meucheln lehren." Vaters Flüstern dringt kaum durch das Stöhnen des Windes. „Umgekehrt wird ein Rock daraus. Und jetzt komm endlich hoch."

Ikarus setzt den Fuß auf die nächste Sprosse. Er drückt das Knie durch. Das Kribbeln ist zurück, und sein Bein zittert so stark, dass er fast abrutscht. Mit Mühe zieht er das zweite Bein nach. Er muss dazu die ganze Kraft seiner Arme einsetzen. Noch zwei Sprossen, dann ist es geschafft.

Er muss sich etwas ausruhen, jetzt zittern ihm auch die Arme. Er krallt sich an den Seilen fest. Sein Vater kauert am Dachrand und starrt zu ihm herunter. Hinter ihm taucht ein weißer Schemen auf. Seine silbrigen Haare schimmern im Mondlicht. Asterion. Der Geist des Prinzen leuchtet so hell wie die Wahrheit, Ikarus' Augen tränen davon. Nein, das Meucheln muss sein Vater nicht mehr lernen.

Die helle Gestalt kommt näher. Vater, der Mörder, bemerkt sie nicht. Er streckt Ikarus seine Hand entgegen. Eine knochige Hand mit fleckiger Haut, sie sieht aus wie die der Aussätzigen in den Bergen.

„Komm."

Der Mörder greift nach Ikarus' Arm. Damit er auch so fleckig wird. Kalos. Asterion. Und jetzt ist Tauros dran.

Gleich berührt der Mörder ihn. Ikarus spürt die schrundige Haut schon an seiner. Irgendwie muss er entkommen. Er reißt die Arme hoch.

Als würde er oben an der Dachkante stehen, sieht Ikarus sich fallen. Seine Arme sind ausgebreitet, für einen Moment schwebt er frei in der Luft. Langsam gleitet er in den Lichthof hinab. Er streift den Boden. Dort zerbirst die Welt in ein Lichtermeer.

Daidalos kniet auf dem Dach. Unter ihm krallt sich Ikarus an der Leiter fest. Er sieht bleich aus, seine Wangen wirken eingefallen. Es ist nicht nur das Mondlicht. Ikarus ist sicher müde und überanstrengt. Er muss sehr aufgeregt sein. Der Junge ist immer behütet worden, Gefahr und Anfeindungen ist er nicht gewohnt. Aber darauf kann Daidalos jetzt keine Rücksicht nehmen, sie müssen sich sputen.

Der Wind weht ihm die Haare vor die Augen. Er streckt einen Arm nach unten. Ikarus soll sich beeilen. Aber er ergreift seine Hand nicht. Er hängt an der Leiter und umklammert die Seile. Die weiß gekalkten Wände des Lichtschachts reichen so weit in die Tiefe, dass der Grund vor Daidalos' Augen verschwimmt. Das Geheul des gefangenen Windes erinnert ihn an Meeresrauschen im Sturm. Kein Wunder, dass Ikarus so verschreckt schaut, als hätte er einen Wiedergänger erblickt. Selbst Daidalos läuft es kalt den Rücken hinunter. Diesen Schacht müssen sie so schnell wie möglich hinter sich lassen. Seine Knie schmerzen, trotzdem beugt er sich noch weiter vor.

Ikarus starrt ihn an, als wäre er ein Fremder. Nein, er hat nur keine Kraft mehr und traut sich nicht, die Strickleiter loszulassen, um Daidalos' Hand zu ergreifen.

Jemand tippt ihm auf die Schulter, der Sklave ist zurück. Aber Daidalos dreht sich nicht zu ihm herum. Erst soll Ikarus in Sicherheit sein. Vielleicht hat er einen Anfall von Höhenangst. Das kann selbst erfahrenen Baumeistern passieren. Daidalos beugt sich noch weiter nach unten. Mit den Fingern berührt er den Ärmel von Ikarus' Bluse. Da hebt Ikarus die Hände, löst beide gleichzeitig von den Seilen. Doch er greift nicht nach Daidalos, er reißt die Arme in die Höhe. Seine Finger sind wie zur Abwehr gespreizt. Die aufgerissenen Augen, der zum Schrei geöffnete, stumme Mund, sein Kindermund mit den weichen Lippen und weißen Zähnen. Eine Ecke vom Schneidezahn fehlt. Abgebrochen beim Seilspringen. Ikarus' Zahn.

Aber diesen entsetzten Blick hat Daidalos schon einmal gesehen. Nicht bei Ikarus, sondern bei Kalos, damals, vor ewigen Jahren, auf der Akropolis. Kalos, wie er den letzten Halt verlor. Als er erkannte, dass sein Tod entschieden war. Dass Schreien ihn nicht retten würde.

Doch dieses Mal springt Daidalos nicht zurück. Nein, dieses Mal greift er nach den Händen des Fallenden. Er verliert dabei fast selbst das Gleichgewicht.

Viel zu schnell kippt Ikarus nach hinten. Mit den Füßen stößt er gegen die Wand, die Leiter schwingt nach hinten. Daidalos greift in dünne Luft, Ikarus schaut noch nicht einmal zu ihm hin. Die leere Strickleiter schlägt an die Wand und schleift fauchend über den Kalkputz.

Das Gesicht gen Himmel fällt Ikarus. Wie ein Vogel mit weit gespannten Flügeln segelt er davon. Für einen Moment ist es, als würde Daidalos auf dem Erdboden stehen, und Ikarus schwebt nach oben in den hellen Himmel.

Ein dumpfer Aufprall, Ikarus' Beine verdrehen sich auf den weißen Fliesen. Er liegt tief unten im Lichthof zwischen dem Tisch und einem Lilienkübel. Daidalos kniet auf dem Dach im Wind.

Er hält sich an der Dachkante fest. Der Putz ist warm und trocken. Aber das Dach schwankt wie ein klappriges Baugerüst. Der Wind drückt auf seinen Rücken. Die weißen Wände des Schachtes kommen näher. In seinen Ohren dröhnt es wie das Meer in einer Felsenhöhle, wenn die Flut kommt.

Mächtige Arme schieben sich unter seine Achseln und ziehen ihn nach hinten. Der verrenkte Körper versinkt hinter dem Horizont.

Währenddessen auf dem Kykladischen Meer,
zwölfte Stunde nach Sonnenuntergang

Ein Wolkenfetzen gibt den Mond frei, und das nasse Deck der *Aigeus' Stolz* glitzert im weißen Licht. Es sieht aus, als wären die Sterne vom Himmel gefallen. Hinter Ariadne steigen die Seeleute aus der Ladeluke. Von vorn schaut Theseus ihr entgegen.

„Ariadne?" Er nähert sich, sie bleibt stehen. Von oben bis unten schaut er sie an. Sie ist dreckig, ihre Kleidung ist zerrissen, na klar. Aber sie schaut absichtlich nicht an sich hinunter, sondern mustert ihn genauso wie er sie.

„Ariadne!" Theseus hebt die Hände, lässt sie wieder sinken. „Was machst du hier?"

Mit dieser Frage hat sie gerechnet. Theseus ist so einfach gewebt wie die Decke eines Bergbauern. „Genau dasselbe würde ich gern von dir wissen, Theseus. Warum bist du nicht in Knossos?"

Der Steuermann tritt aus der Kabine. Er hält die flatternde Persenning fest und schaut zu ihnen hinüber. Theseus verzieht den Mund. Es soll wohl ein Lächeln sein, aber er sieht aus wie ein Hund, der unsicher die Zähne fletscht.

„Komm in die Kabine." Er macht eine einladende Bewegung, mit dem ganzen Arm holt er aus. Ariadne dankt mit einem Nicken und folgt ihm.

Der Steuermann zieht Theseus zu sich heran und flüstert ihm schnell etwas zu. Theseus nickt. Er hält für Ariadne die Persenning auf.

Auf einem Tisch zwischen zwei Bänken ist eine Laterne festgesteckt. An der Stirnseite des Tisches steht eine breite Truhe. Holzstifte verbinden die Möbel fest mit den Planken. Trotz der Persenning ist es in der Kabine so nass wie an Deck. Theseus nimmt auf einer Bank Platz und bietet Ariadne mit einer Handbewegung die Bank gegenüber an. Sie setzt sich. Das Holz ist klamm, die Feuchtigkeit dringt sofort durch den Stoff ihres Rockes, aber wenigstens ist die Luft frisch. Theseus starrt sie an, als hätte er eine Hornotter vor sich. Das ist eine gute Ausgangsposition. Sie legt ihre Handflächen auf den Tisch, neigt sich nach vorn und betrachtet Theseus mit ernster Miene, wie Mutter es macht, wenn sie mit Ariadnes Leistungen nicht zufrieden ist.

„Nun mal raus mit der Sprache. Warum hast du Knossos verlassen, mitten in der Nacht?"

Theseus' kurze Locken kringeln sich auf seiner Stirn, ein Regentropfen läuft ihm die Schläfe hinunter bis in seinen kurzen Bart. Er blinzelt. Seine Wimpern sind lang und dicht, die vom Unterlid fast genauso wie die vom Oberlid.

„Nun sag schon, warum bist du abgehauen?"

Theseus räuspert sich. „Du bist hier auf meinem Boot, und ich habe dich zuerst gefragt: Was machst du hier, Ariadne?"

Er macht einen schmalen Mund, er möchte wohl autoritär wirken, aber die Worte kommen stockend aus seinem Mund. Der Junge ist unsicher, sie kann einen Angriff wagen.

„Du warst unser Gast. Aber du hast Kreta nicht wie ein Freund verlassen, sondern wie ein Dieb, mitten in der Nacht, ohne ein Wort des Abschieds." Sie lehnt sich zurück. „Und deine Mannschaft? Du lässt deine Leute auf Kreta zurück?" Genau wie Mutter es immer macht, runzelt sie die Stirn und schaut ihn starr an, doch er regt sich nicht. „Und das, nachdem du meine Mutter vor aller Ohren danach ausgefragt hast, wie die Kreter sich vor feindlichen Angriffen schützen." Das stimmt nicht genau, ist aber auch nicht völlig erfunden. Darauf muss er reagieren.

Theseus wischt sich die nassen Locken aus der Stirn. „Du meinst also, ich muss mir jede Beleidigung gefallen lassen, wenn sie nur von einem Knossier kommt."

Niemand hat Theseus jemals direkt beleidigt, das wüsste sie. Vielleicht hat er einmal mitbekommen, wie sie sich über ihn lustig gemacht hat. Oder er sagt es nur so, weil er alles abstreiten will.

„Wer hat dich beleidigt? Ich, weil ich dich verdächtige? Absolut lächerlich."

„Nein. Ich meinte nicht dich." Theseus holt Luft, als wollte er zu einer Erklärung ansetzen. Doch er schüttelt nur den Kopf. „Ich habe es nicht verstanden. Was habe ich deiner Meinung nach verbrochen?"

Das ist natürlich schlau von ihm. Er weiß, dass sie ihm nichts Konkretes nachweisen kann. „Du willst dich rausreden. Erst erzählst du mir etwas von Beleidigung, dann tust du so, als wäre es ganz normal, in der Nacht Hals über Kopf abzureisen."

Theseus kneift die Augen zusammen, als hätte er Essig geschluckt. „Du warst doch dabei, beim Delfinfest."

Was soll das nun wieder? Mutter hat Asterion zum Hafenmeister ernannt, na und ob sie da dabei war. Zu gut erinnert sie sich daran, wie Asterion gegrinst und in die Runde geblickt hat, die gelbe Federkrone hat gewippt wie die Haube bei einem Wiedehopf. Sein Blick, der kurz an ihrem hängengeblieben ist, ein Zwinkern: Damit hast du nicht gerechnet, Schwesterlein. Sie konnte ihm nicht zuprosten, ihm nicht lauthals Glück und Erfolg wünschen, wie Kalathe es gemacht hat. Sogar Cilnia hat den Becher gehoben, obwohl beide mit Sicherheit lieber Pisse gesoffen hätten. Bei der ersten Gelegenheit hat sie sich aus dem Saal geschlichen. Ein Becher war zerbrochen und alle Aufmerksamkeit hatte sich auf dieses Ungeschick konzentriert. Richtig, es war Theseus' Becher gewesen, und Asterion hatte irgendeinen Kommentar abgegeben, genau in dem Augenblick, als sie die Tür hinter sich schloss.

Die Flamme in der Laterne auf dem Tisch leuchtet durch die zartgelben Hornplatten, das Licht gibt Theseus' Gesicht einen goldenen Schimmer.

„Du meinst die Sache mit deinem Weinbecher?", sagt sie, weil Theseus nicht weiterspricht.

„Weinbecher ist gut. Wenn du willst, ja, dann also die Sache mit dem Becher."

Bei Asasara, Theseus spricht in Rätseln. Sie hat keine Ahnung, um was es bei dieser Sache gegangen ist. Wenn sie sich nicht blamieren will, gibt sie lieber zu, dass sie von der Bechergeschichte keine Ahnung hat. „Ich habe das Fest vorzeitig verlassen."

Jetzt wird Theseus verschlagen grinsen und eine Bemerkung zu Asterions Ernennung machen.

Aber Theseus senkt nur den Blick. „Das hätte ich besser auch getan." Als er wieder aufschaut, wirken seine Lippen voller als zuvor, seine Augen entspannter. Dieser Gesichtsausdruck steht ihm viel besser. „Asterion hat schlecht von meinem Vater gesprochen. Für ihn sind die Athener nur ein Haufen ungehobelter Bauern, und ihr König ist nur ein Bauernkönig. Niemand im Raum hat uns verteidigt. Ich war wütend und bin unhöflich geworden." Sein kantiger hellenischer Akzent wird immer stärker. „Noch nie hat man mich so behandelt."

Ach so, Asterion hat seine scharfe Zunge an Theseus gewetzt, wie er es sonst mit den Hofdamen macht. Bei denen lässt er gern Bemerkungen zu ihren Gatten fallen, bei Theseus hat er dessen Vater heruntergeputzt. Natürlich betrachtet niemand König Aigeus als gleichwertig mit der knossischen Minas. Aber nur Asterion wäre so unhöflich, diese Meinung in der Öffentlichkeit zu äußern. Trotzdem kann Theseus unmöglich aus diesem Grund geflohen sein.

„Und deshalb lässt du deine Mannschaft zurück?", fragt sie.

Theseus fährt sich durch seine Locken, das bronzefarbene Licht der Laterne spiegelt sich in seinen Augen. „Sicher, das muss dir übertrieben vorkommen, weil du mich ähnlich einschätzt wie dein Bruder. Aber ich kann dir sagen, ich wäre sogar geschwommen, hätte ich kein Schiff gehabt." Mit der flachen Hand schlägt er auf den Tisch, die Laterne klirrt leise. „Ich hätte meine Ehre verloren, wenn ich geblieben wäre." Er blinzelt.

Wie er mit seinen dichten Wimpern klimpert. *Ich wäre sogar geschwommen*, wie rührend. Aber dass er aus purer Eitelkeit die diplomatischen Beziehungen zwischen Kreta und Athen gefährdet, das lässt sie sich von ihm nicht weismachen. Der alte Aigeus hat seinen eigenen Sohn extra mit der Tributzahlung nach Knossos geschickt. Zweifelsohne hat er die Freundschaft der beiden Städte betonen wollen. Die Bande enger knüpfen. Theseus sollte sie umgarnen, das hat Ariadne sofort gemerkt. Und nun will er angeblich alles in den Sand gesetzt haben, nur weil ein Vierzehnjähriger frech zu ihm war.

Ein Vierzehnjähriger, aber immerhin der Hafenmeister von Knossos.

„Ich mache dich nicht dafür verantwortlich", sagt Theseus leise.

Die Flamme der Laterne flackert, Schatten tanzen auf seiner glatten Stirn. Er ist sicher nur ein paar Jahre älter als Asterion. Die Aufgabe, vor die sein Vater ihn gestellt hat, überfordert ihn. Vielleicht ist er wirklich davongelaufen wie ein beleidigtes Kind.

Aber der Nordostkurs. Der passt überhaupt nicht zu seiner Geschichte. „Warum bist du nicht direkt nach Athen gefahren?"

„Bin ich zuerst. Aber dann ..." Er dreht ein paar Barthaare zu einem kleinen Zopf zusammen. „Wenn ich fast ohne Besatzung in Athen einlaufe, merkt mein Vater sofort, dass etwas passiert ist. Auf Naxos kann ich Männer anheuern, damit alle Riemen besetzt sind."

Er geht also nicht davon aus, dass Aigeus stolz auf ihn ist. Entweder weil er sich nicht mit Asterion geprügelt hat, oder weil er es nicht geschafft hat, sie, Ariadne, zu verführen.

Draußen klatscht es, als ob das Beiboot zu Wasser gelassen wird. Verdammt, in Knossos suchen sie nach ihr, seit Tagen, womöglich mit Schlachtschiffen aus ganz Kreta. Die Nachricht von ihrem Verschwinden hat bestimmt schon die Schwesterinsel Thira erreicht. Die kalte Nässe in der Kabine lässt Ariadne frösteln. Theseus war beleidigt, nichts weiter. Es gibt keinen Anschlag, nicht einmal einen Plan dafür. Da hat der Kerl sie ja in eine schöne Klemme gebracht. Bloß nicht an Mutter denken.

„Ich fahre jetzt mit Hesehu an Land. Wir sind hier nur in einem kleinen Hafen. Aber am Strand gibt es ein Haus, der Hausherr kennt viele Seeleute." Er erhebt sich und hält ihr wieder die Persenning auf. „Ich besorge ein Boot für dich und zwei Seemänner. Dann fährst du zurück nach Knossos. Da kannst du erzählen, dass ich zwar ungehobelt, aber großzügig bin." Er senkt den Kopf, als sie an ihm vorbeigeht.

Ariadnes Rock ist durchweicht, ihre Beine eisig. Wenn sie mit dieser Geschichte zurück in den Palast kommt, wird sich Asterion halb totlachen. Theseus hat es gut, offenbar ist sein Vater ein leichtgläubiger Mann. Aber Asterion wird so lange fragen, bis alles herauskommt. Der Wind bläst ihr nass ins Gesicht, als sie aufs Deck tritt.

Zur gleichen Zeit im Palast von Knossos
auf dem Dach des Gästeflügels

Daidalos kniet auf dem Dach, der Sturm zerrt an seinen Haaren. Innerhalb einer einzigen Nacht haben die Götter ihm alles genommen: Ansehen, Macht, Reichtum. Und nun auch noch Ikarus und mit ihm die Nachkommenschaft. Langsam wird das Dröhnen in seinen Ohren schwächer. Eine Stimme dringt zu ihm durch.

„Herr Daidalos." Jemand rüttelt ihn an der Schulter. Helle Augen in einem fahlen Gesicht, das ist der Sklave. Er packt Daidalos am Arm und zieht ihn hoch. Sein Griff ist hart, aber Daidalos wehrt sich nicht.

Der Sklave legt den Zeigefinger auf den Mund und deutet hinunter in den Lichthof. „Sie geben bestimmt gleich Alarm."

Schritte hallen im Lichthof. Eine Tür wird geschlagen. „Hier ist der Alte nicht", ruft jemand.

„Schrei nicht so", antwortet eine zweite Stimme. „Hol den Jungen rein, ich sichere die Tür. Dann sehen wir weiter."

Der Wind bläst nur noch verhalten, er sammelt sich irgendwo über den Wolken und holt neuen Atem. Nun sind die Geräusche aus dem Schacht gut zu hören. Jemand läuft herum, keucht, mühsam und stoßweise. Etwas Schweres wird über den Boden geschleift. Ikarus' Leichnam, die Wachleute machen sich nicht einmal die Mühe, ihn zu tragen.

„Wir haben keine Zeit mehr." Wieder packt ihn der Sklave an der Schulter, Daidalos spürt seinen Atem. Sein bleiches Gesicht ist ganz nah. „Verstehen Sie, was ich sage?"

Sie müssen hier weg, natürlich, und zwar schnell. Daidalos will loslaufen, doch seine Knie geben nach. Die Kreter werden seinen Sohn den aasfressenden Vögeln überlassen. Zumindest dieses letzte Unglück muss er abwenden. Geistesgegenwärtig muss er sein, die Trauer kommt danach.

„Ja, wir müssen uns beeilen." Daidalos macht einen Schritt, es klappt. Er kann seine Beine wieder gebrauchen. Und er hat ein Ziel. Alles andere muss warten. Der Wind über ihnen nimmt wieder an Fahrt auf.

„Halt. Dort geht's entlang." Der Sklave zeigt mit einem Arm nach Norden. Unter dem anderen trägt er die zusammengerollte Strickleiter.

Daidalos schüttelt den Kopf. „Zuerst holen wir Ikarus."

„Aber … er ist tot. Ich habe von oben gesehen, wie zwei Wachleute ihn gefunden haben." Das Gesicht des Sklaven wird vom Mond beleuchtet. Seine Züge sind ernst und reglos, nur ein Augenlid zuckt.

Der Wind bauscht Daidalos' Himation auf wie ein Segel. „Die Kreter bestatten noch nicht einmal ihre eigenen Toten anständig. Was meinst du, was sie mit dem Leichnam meines Sohnes machen werden?" Er läuft weiter über das Dach nach Süden.

„Sie erwischen uns, wenn wir nicht schnell nach Amnissos kommen." Der Sklave überholt ihn, er stellt sich ihm in den Weg.

„Sie werden erst nachfragen, was zu tun ist, das ist doch klar." Daidalos läuft an ihm vorbei. „Sicherlich hält einer die Stellung, der andere holt Verstärkung. Uns bleibt genug Zeit."

Nun widerspricht der Sklave ihm nicht mehr, sondern folgt Daidalos bis an die Dachkante. Ein Stockwerk tiefer erstreckt sich das nächste Dach des Gästeflügels.

Der Sklave schlingt sich das Ende der Strickleiter um die Arme. „Von Ihrem Gewicht kann ich zwei halten."

Rückwärts, mit dem Gesicht zur Wand, klettert Daidalos an der Strickleiter hinunter. Seine Knie zittern wieder. Ach was, auf seinen Baustellen hat er schon oft solch eine Leiter benutzt. Als Architekt gehört das Klettern zum Beruf dazu. Und schon fühlt er das Dach unter seinen Sohlen.

Der Sklave wirft die Leiter einfach hinunter. Er selbst hält sich mit seinen langen Armen an der Kante fest und lässt sich vom oberen Dach zum tieferliegenden gleiten.

Sie laufen quer über das mit Füllhörnern gesäumte Dach. Genau diese Hörner hat Daidalos vor fünfzehn Jahren für Pasiphaë aufstellen lassen. Direkt unter ihnen ist der Säulengang der Hühnervögel, Daidalos hat den Bauplan genau im Kopf. Am südwestlichen Ende öffnet sich der Gang, dort geht er in eine Außentreppe über. Sie könnten vom Dach aus auf die Treppe springen und direkt ins Erontas-Gemach laufen. Leider sind an dieser Stelle Wachen stationiert, er selbst hat Pasiphaë dazu geraten. Doch hier, unter ihnen, gibt es keine Wachen.

Er tippt dem Sklaven an den Arm. „Direkt unter unseren Füßen ist ein Säulengang, hier ist er unbewacht", flüstert er. „Ein Akrobat wie du kann sich bestimmt von Dach aus hineinschwingen. Wenn du drin bist, hilfst du mir, und ich komme nach."

Der Sklave nickt. Zwischen zwei Füllhörnern lässt er sich von der Dachkante hinab. Mit den Beinen holt er Schwung. Am Ende der Pendelbewegung springt er nach vorn und schwingt sich in den Säulengang.

Nun ist Daidalos an der Reihe. Er legt sich bäuchlings aufs Dach und rutscht mit den Füßen voran über die Dachkante. Drei Stockwerke geht es hier in die Tiefe. Direkt unter ihm grenzen Füllhörner eine Terrasse ab. Eine Steinspitze steht neben der nächsten, er hat sie selbst aufstellen lassen. Daidalos rutscht weiter nach unten, mit den Knien erreicht er die Dachkante. Genau dreizehn Füllhornpaare ragen unten in die Höhe, ein und drei Viertel Ellen hoch, das ist eine der mittleren Größen.

Auf dem Bauch schiebt er sich weiter nach unten. Fünfhundertsiebenundachtzig Füllhornpaare zählt der Palast insgesamt, das größte misst sechs Ellen in der Höhe. Daidalos' Beine hängen in der Luft. Das Himation flattert im Wind um seine Waden. Ab jetzt muss er sich ganz allein auf die Kraft seiner Arme verlassen. Wenn die versagen, fällt er auf die Hörner unten. Wie verrenkt Ikarus ausgesehen hat, als er mit ausgestreckten Gliedern im Lichthof lag.

Doch jetzt muss er die Leiche bergen und für ein würdiges Begräbnis sorgen. Der Geist seines Sohnes soll sicher an den Anderen Ort geleitet werden. Er packt die Dachkante und lässt sich vollends nach unten gleiten. Nun hängt er vor dem Säulengang, zwischen zwei Kapitellen. Bis unter den Chiton bläst der Wind. Direkt unter ihm stehen die Füllhörner. Wenn dem Sklaven die Sache doch zu brenzlig wird, könnte er jetzt einfach wieder in sein Zimmer laufen und morgen wie gewohnt mit den Akrobaten für die nächste Vorstellung üben. Zeugen für seinen Fluchtversuch gibt es nicht.

Doch da greift Tauros ihm um den Leib, mit einem Ruck zieht er ihn in den Gang hinein. Daidalos taumelt, er kommt im Gang zum Stehen. Auf dem Fresko an der Wand scharren Rebhühner unter den Zweigen eines Ginsterbusches.

Er drückt Tauros die Hand, seine eigene zittert noch.

Hier, im obersten Säulengang des Gästeflügels, gibt es mehrere Treppen, die bis ins Erdgeschoss führen. Die kleine im Inneren des Gebäudes wird selbst am Tag selten genutzt. Dort gehen sie das geringste Risiko ein. Sie müssen sich beeilen. Hoffentlich haben die Wachen den Leichnam im Erontas-Gemach liegen lassen.

Daidalos läuft den Hühnergang entlang und biegt nach dem schwarzen Hahn in den Korridor ein, der zur Innentreppe führt. Der Sklave folgt ihm. Hinter der Ecke stiebt eine Katze davon, ein dünner Mäuseschwanz hängt ihr aus dem Maul. Mit ein paar Sprüngen flüchtet sie zum Treppenhaus. Als Daidalos und der Sklave die Stufen erreichen, ist sie verschwunden.

Selbst am Tag dringt kaum Licht in das schmale Treppenhaus. Jetzt ist es pechschwarz hier. Daidalos nimmt den Sklaven an die Hand. Sie ist so groß, dass er sie kaum umfassen kann. Die Haut ist hart und trocken wie die von Kalathes Schlangen. Daidalos greift fester zu. Er tastet mit dem Fuß nach der ersten Stufe. Kalathe wird er wohl nicht wiedersehen. In der Dunkelheit schließt er die Augen. Um Kalathe kann er sich später Gedanken machen. Jetzt muss er auf die Stufen achten.

Vorsichtig läuft er die Treppe hinunter. Vierzehn Stufen pro Stockwerk, für den Sklaven zählt er sie leise rückwärts ab. Der lässt sich führen und stolpert nicht ein einziges Mal. Natürlich, als Akrobat ist er es gewohnt, den anderen Mitgliedern der Truppe blind zu vertrauen.

„Letzte Stufe", flüstert Daidalos, als sie das Ende der Treppe erreichen. Tauros meistert auch den Übergang in den ebenen Korridor, ohne zu straucheln. Daidalos drückt ihm wieder zur stillen Anerkennung die Hand. Tauros erwidert den Händedruck.

Das Erdgeschoss des Gästeflügels gehört organisatorisch gesehen zu den Werkstätten. Es beherbergt einige Unterkünfte, aber im inneren Teil befinden sich hauptsächlich Lager für die Exportwaren. Um diese Tageszeit hält sich hier niemand auf, es brennt allerdings auch nirgends Licht.

Seit der Fertigstellung des Palastes hat Daidalos diesen Bereich nie wieder betreten. Den Grundriss hat er selbstverständlich noch genau im Gedächtnis. Er streicht mit der freien Hand an der Wand des Korridors entlang. Es ist der vordere Warengang, der zu den Lagerräumen für die schweren und sperrigen Waren führt. Er tastet nach den Trennwänden und zählt sie. Fünf bei den Krügen und Steinwaren, dann geht es um die Ecke, danach kommen sieben mit mannshohen Pithoi und noch einmal fünf mit den knossischen Korbwaren.

Er eilt den Korridor hinunter. Seine Finger streifen die Trennwände. Mit der Rechten zieht er den Sklaven hinter sich her.

Nach den Korbwaren ändert der Korridor abermals die Richtung. Am Ende, kurz bevor die Treppe ins erste Untergeschoss führt, liegt das Erontas-Gemach. Der Korridor ist so schmal, dass sie hintereinander gehen müssen. Vor der Tür brennt eine Lampe. Gedämpfte Stimmen sind zu hören. Die Wachen sind offenbar noch da.

Daidalos bleibt stehen. Im Gemach wird gesprochen, aber die Worte sind unverständlich. Da öffnet sich die Tür. Mit schweren Schritten kommt ein dickbäuchiger Wachmann heraus. „Ach was, davongeflogen. Den Schwachsinn behältst du lieber für dich."

„Wenn du eine bessere Erklärung hast", sagt ein junger Mann im Gemach. „Beeil dich und lass mich hier nicht so lange warten."

„Soll ich dich einschließen?"

„Nein! Nein. Lass die Tür ruhig auf. Dann kann ich den Korridor und das Zimmer überwachen."

Der Dicke zuckt mit den Schultern. Er schaut den Korridor hinauf. Prüfend kneift er die Augen zusammen. Doch Daidalos und Tauros stehen viel zu weit im Dunkeln, unsichtbar für den Wachmann im Licht. Nun läuft er in die entgegengesetzte Richtung davon.

Der Sklave gibt Daidalos die Strickleiter, stemmt seine Hände und Füße an die Wände des engen Korridors und drückt sich in die Höhe. Er versetzt immer nur einen Fuß oder eine Hand und stützt sein Gewicht mit den anderen Armen und Beinen ab. Auf diese Weise steigt er höher, bis er unter der Decke hängt. Rückwärts bewegt er sich auf das Gemach zu. Gegen das Licht sieht er wie eine vierbeinige schwarze Spinne aus. Nun hockt er über der Tür und gibt Daidalos einen Wink. Der Plan ist so klar, als hätten sie ihn miteinander abgesprochen.

Daidalos marschiert auf die Tür zu. Dabei setzt er die Hacken fest auf den Boden auf; es soll sich anhören, als würde der, der kommt, nichts zu verbergen haben. Fast hat er den Eingang zum Erontas-Gemach erreicht, da tritt der Wachmann aus der Tür. Es ist ein junger Mann mit einer Stupsnase, er hält sein Kurzschwert in der Hand. Als er Daidalos erkennt, bleibt er abrupt stehen, direkt vor der Tür.

Der Sklave lässt sich fallen, er landet auf dem Rücken des Wachmanns. Der bricht unter dem Gewicht zusammen. Sein Kopf schlägt auf den Boden, der Helm rollt davon, das Schwert schlittert den Korridor entlang. Der Sklave verschließt ihm mit seiner großen Hand den Mund. Doch diese Vorsichtsmaßnahme ist unnötig, der Junge rührt sich nicht mehr. An seiner Stirn bildet sich eine Beule. Sie wächst und platzt auf. Blut rinnt ihm übers Gesicht.

Der Sklave reißt Daidalos die Strickleiter aus den Händen und läuft ins Zimmer.

Da liegt Ikarus auf dem Boden. Sein Gesicht ist unverletzt, doch die Augen starren ins Leere. Graubraune Schmiere klebt in seinem Haar.

Der Sklave mit seinem breiten Rücken schiebt sich vor den Leichnam. Daidalos wendet sich ab. Auf dem Korridor liegt der junge Wachmann, genau unter der Wandlampe. So kann man ihn schon von Weitem sehen. Daidalos hebt die nackten Beine des Wachmanns an und zieht. Die Haut seiner Waden ist glatt, die Beine rutschen Daidalos aus den Händen. Der Wachmann mag jung sein, aber er wiegt mehr als ein nasser Sandsack. Daidalos packt fester zu. Seine Knie werden wieder weich, verdammt!

Da schiebt der Sklave ihn zur Seite. Er packt den Wachmann an den Schenkeln und schleift ihn in den Raum. Dort liegt inzwischen ein langes, schmales Paket, das wie ein unordentlich aufgerollter Teppich aussieht. Ikarus. Der Sklave hat ihn in Decken gewickelt und mit der Strickleiter verschnürt.

Das Kurzschwert liegt noch vor der Tür. Daidalos hebt es auf, fest schließt er seine Hand um das Heft. Aber er braucht auch die Scheide für das Schwert, auf der Flucht muss er beide Hände frei haben. Wichtig ist auch, dass der Wachmann den Sklaven nicht erkennt. Denn der bewusstlose Mann soll gleich, wenn die Wachen kommen, sie auf eine falsche Fährte lenken.

Daidalos nimmt die letzte Decke, die übrig geblieben ist. Er legt sie dem Wachmann um Kopf und Schultern, damit er nichts sehen kann, wenn er erwacht. Der Mann stöhnt leise, als Daidalos seinen Schwertgurt löst und ihn sich um seine eigenen Hüften bindet.

„Schnell, wir müssen weg." Der Sklave steht in der Tür und schaut den Korridor hinauf. Das Paket trägt er auf der Schulter. Er wendet sich Daidalos zu. Sein Blick bleibt an dem Wachmann hängen, der schwach die Beine bewegt.

Daidalos steckt das Schwert in die Scheide und legt den Zeigefinger an die Lippen. „Wenn der Kerl bewusstlos bleibt, brauchen wir ihn nicht zu töten", sagt er laut. „Bis Verstärkung kommt, sind wir längst über den Pass." Die letzten Wörter spricht er besonders deutlich aus.

Die Beine des Wachmanns regen sich nicht mehr. Sicher hat er jedes Wort gehört.

Schnell verlassen sie das Gemach, Daidalos legt von außen den Riegel vor. Mit einem Zeichen schickt er den Sklaven nach links, in Richtung der Werkstätten. Er selbst poltert die Treppe auf der rechten Seite hinunter. Trotz der geschlossenen Tür müsste der Wachmann seine Schritte im Gemach gut hören können. Leise macht Daidalos kehrt und schleicht an dem Gemach vorbei weiter den Korridor hinunter.

Der Sklave wartet hinter der ersten Ecke; er atmet schwer, nur deshalb läuft Daidalos in der Dunkelheit nicht in ihn hinein.

„Ihr Sohn wiegt zu viel", keucht er. „Bis Amnissos ist es eine Wegstunde. Wir müssen schnell sein, rennen, wir ..."

Hinter ihnen nähern sich Stimmen und schnelle Schritte. Ein Türriegel wird aufgeschoben, das kann nur der vom Erontas-Gemach sein.

„Habt ihr sie nicht gesehen?", erklingt eine Stimme. „Sie sind die Treppe hinunter. Über den Pass wollen sie, in die Berge. Weit können sie noch nicht sein."

Wunderbar, der junge Wachmann ist auf die Finte hereingefallen, das verschafft Daidalos einen kleinen Vorsprung. Er tastet sich an dem Sklaven vorbei. Am Arm zieht er ihn mit sich den Korridor hinunter. „Wir nehmen ein Boot am Binnenhafen", flüstert er. „Folge mir."

Der Korridor ist lang, der Sklave stöhnt immer lauter unter seiner Last. Endlich erreichen sie die Gabelung, wo es rechts zu den Werkstätten geht. Im Korbmacheratelier, einem überdachten Hof, wirbelt der Wind den Staub auf. Die Wasserbottiche und gebündelten Weidenruten liegen noch im Schatten der Nacht. Sonst stehen nur ein paar Schemel herum, das Atelier ist ordentlich aufgeräumt. Dahinter befindet sich die Töpferei. Auch hier ist die Vorderfront offen, das Dach wird nur von Säulen getragen.

Der Sklave lässt sein Paket zwischen zwei Tontrögen auf den Boden gleiten. Keuchend setzt er sich auf einen Trog. Es hilft wohl nichts, er braucht eine Pause. Er atmet stoßweise wie ein überladener Ziegenbock. Sehr weit trägt das Geräusch nicht, es wird vom Sturm überdeckt. Doch die Wachen werden bald ihren Fehler bemerken und auch in diesem Teil des Palastes nach ihnen suchen. Schon sickert grau die Dämmerung in die Töpferwerkstatt.

Der Sklave hebt den Kopf, als könnte er Daidalos' Gedanken erraten. Das schwache Licht des neuen Tages schimmert in seinen Augen. „Haben Sie ein Boot am Binnenhafen?"

„Nein. Wir werden uns eins nehmen." Daidalos' Stimme klingt nicht ganz so beiläufig, wie er es gern hätte. „Bei Nacht ist da niemand." Hoffentlich weiß der Sklave nicht, dass heute auch der Binnenhafen bewacht wird. „Wir rudern den Keratos hinab bis nach Amnissos", spricht Daidalos schnell weiter. „Dort steigen wir in deinen Segler, wie du es geplant hast."

Das Gesicht des Sklaven liegt im Schatten, es ist schwer zu sagen, ob er Daidalos glaubt. Langsam schultert er das Paket wieder.

Hinter der Töpferei liegt die Schmiede, kurz davor befindet sich ein Warentransportkanal, der direkt in den Keratos mündet. Der Kanal hat kein Gefälle, sein Wasser ist nur kniehoch.

„Wir waten durch den Kanal." Daidalos läuft um die Tontröge herum und auf die Vorderfront zu, wo ein paar halbfertige mit Planen bedeckte Pithoi stehen. „Es ist nicht mehr weit."

Der Sklave stapft hinterher. Schon nach ein paar Schritten strauchelt er. Aber sie dürfen nicht langsamer werden. Es ist schon zu viel Zeit vergangen. Bald werden alle Wachen im Palast im Einsatz sein. Der Kanal ist nur noch ein paar Schritte entfernt.

„Sie kommen", flüstert der Sklave hinter Daidalos. Er ist stehen geblieben. Seine Haare hängen ihm ins Gesicht, im Halbdunkel sieht das Paket auf seiner Schulter wie ein Buckel aus. „Sie sind hinter uns."

Daidalos lauscht. Die Planen über den Pithoi klatschen im Wind gegen den feuchten Ton. Eilige Schritte von zahlreichen Füßen kommen näher, zielstrebig marschieren sie voran. Die Wachen müssen schon bei den Korbmachern sein.

Die Zeit ist zu knapp, um den ganzen Warentransportkanal zu durchqueren. Wenn sie im Kanal stecken, reicht ein Blick, um ihre Umrisse vor dem dämmrigen Himmel zu erkennen. Die Schritte ihrer Verfolger klingen trotz des Windes so deutlich, dass sie sicher gleich um die Ecke kommen.

In der Töpferei gibt es ein Hausheiligtum. Ein paar Handwerkerinnen haben hier ihre Kinder zur Welt gebracht, aber eigentlich hat Daidalos es einbauen lassen, damit die Töpfer ihre Rhyta, die Mischkrüge für die Trankopfer, direkt im Palast weihen können.

„Komm, ins Hausheiligtum, hier entlang." Daidalos läuft in den hinteren Teil der Töpferei. Hier irgendwo muss es sein. Ja, dort neben den Krügen, die in mehreren Reihen zum Trocknen aufgestellt sind, führen ein paar Stufen in den unterirdischen, aber leider deckenlosen Raum. Das Hausheiligtum hier ist nur drei Ellen tief. Keine Zwischenwand trennt die Treppe vom Allerheiligsten, wo die Opfergaben für die Gottheiten abgelegt werden. Doch im Zwielicht des frühen Morgens bietet es ihnen hoffentlich genügend Sichtschutz.

Die Schritte der Verfolger kommen ins Stocken, im Nebenraum werden Gegenstände verrückt. „Weiter, weiter!" Die gebieterische Frauenstimme ist unverwechselbar. Pasiphaë. „Wenn sie hier unten sind, dann haben wir sie in der Falle. Alle Ausgänge sind bewacht."

Daidalos zieht eine Feuchthalteplane von einem unvollendeten Pithos und läuft damit die Treppe ins Hausheiligtum hinab. Der Sklave stolpert hinter ihm her. Zum Glück gibt sich Pasiphaë keine Mühe leise zu sein, und das Geräusch der strauchelnden Schritte des Sklaven geht im Getrampel der Wachen unter. Gleich müssen sie um die Ecke kommen.

Auf dem Boden des Heiligtums kauert sich der Sklave zusammen. Daidalos kniet sich neben ihn und zieht das Tuch über sich, über den Sklaven und das Paket. Der feuchte Stoff legt sich auf seinen Kopf und seine Schultern.

„Ikarus muss schwer verletzt sein", sagt eine männliche Stimme.

„Immerhin hat er es geschafft, Elia niederzuschlagen", antwortet eine andere.

Die Plane riecht nach Ton und saurer Fäulnis. Daidalos hält die Luft an. Die kleinste Bewegung kann sie verraten. Oder die Sonne, wenn sie in einer halben Stunde das Hausheiligtum erreicht.

„Schaut im Kanal nach." Pasiphaës Stimme klingt schrill. „Und in der Schmiede. Sucht in der Weberei, zwischen den Wollspulen und den Flachsballen."

Menschen entfernen sich im Laufschritt. Nur noch das gemächliche Klatschen eines Sandalenpaares ist zu hören.

„Was ist denn noch, Ramassje?" Pasiphaës Stimme kommt schon aus einiger Entfernung.

Das Schlurfen der Sandalen wird leiser, nun faucht nur noch der Wind im Lichthof. Wenn Ramassje, Pasiphaë und ihre Leute die Werkstätten bis hin zur Weberei durchsucht haben, werden sie zurückkommen.

Vorsichtig lugt Daidalos unter der Plane hervor. Noch immer liegt die Töpferwerkstatt im Zwielicht. Niemand ist zu sehen. Auf allen Vieren kriecht er Stufe für Stufe die Treppe hinauf. Hinter ihm keucht der Sklave, als er seine Last auf die Schulter hebt. Von den anderen ist nichts mehr zu hören.

Daidalos schleicht an einer Reihe von Krügen entlang, durchquert die Werkstatt und erreicht die halbfertigen Pithoi an der Vorderfront, der Sklave folgt ihm mit dem Paket über der Schulter. Hinter großen Körben mit Ausschussware erstreckt sich im Schatten die hölzerne Rampe, die zum Wasser hinunterführt. Weil das Gelände hier an der Ostseite des Palastes stark abschüssig ist, musste Daidalos den Beginn des Kanals unterirdisch anlegen. Erst auf halber Strecke zum Keratos tritt er ans Tageslicht.

Über die Rampe läuft Daidalos ins Wasser. Am Ausgang des Kanals formt der Himmel einen grauen Halbkreis im Dunkel. Er watet in den Kanal hinein, das Wasser steht ihm schon fast bis zum Knie. Der Sklave folgt ihm mit dem Paket auf der Schulter.

Am Ausgang bewegt sich etwas, ein Schatten ragt in den grauen Halbkreis. Verdammt, da überprüft ein Wachposten den Kanal. Daidalos hebt die Hand. Doch der Sklave ist schon von selbst stehen geblieben. Er lässt das Paket von seiner Schulter gleiten, mit einem Glucksen versinkt es. Leise schiebt er sich an Daidalos vorbei und läuft im Trab auf den Ausgang zu. Seine Schritte im Wasser sind laut.

Wie gut, dass der Sklave wie ein dressierter Hund an einer Handbewegung erkennt, was sein Herr von ihm erwartet. Pasiphaë und die Wachen suchen nach einem alten Mann und einem Verletzten, sie ahnen nichts von diesem Kämpfer, der Daidalos gehorcht.

Langsam watet er dem Sklaven hinterher. An einem Seilende zieht er das Paket mit sich. Der Chiton und das Himation werden nass, schwer hängen sie von seinen Schultern. Da beugt sich eine Gestalt von der Seite in den Kanal. Der Sklave hat den Ausgang fast erreicht.

„Hier ist auch niemand", ruft er. „Die Minas sucht weiter hinten in den Werkstätten. Du sollst Bericht erstatten gehen."

Die Antwort kann Daidalos nicht verstehen, aber die Gestalt neigt sich noch weiter in den Kanal hinein. Offenbar will die Wache von einem Sklaven keine Befehle entgegennehmen, auch wenn es Tauros ist.

Der Sklave klettert aus dem Kanal. Daidalos hat nun fast den Ausgang erreicht. In der Ferne hebt sich die Hügelkette mit dem runden Krähenstein gegen den violetten Himmel ab. Weiter kann er nicht, sonst tritt er in die Morgendämmerung. Tauros steht am Ufer und redet mit zwei Wachen. Die Böen reißen ihre Stimmen fort. Einer der Wachleute trägt einen Helm, der andere hat lockige Haare. Sie neigen sich zu Tauros, als hätten sie Schwierigkeiten, ihn zu verstehen. Da packt er sie beide an den Kragen und schlägt ihnen die Köpfe zusammen. Der Lockige sinkt sofort nieder. Der andere taumelt, er greift sich an den Helm. Tauros umfasst seinen Kopf. Offenbar verschließt er ihm mit der Hand den Mund, denn Daidalos hört keinen Laut.

Er lässt das Paket los und steigt aus dem Kanal. Tauros beugt sich über den Behelmten, der am Boden liegt.

Vorhin, als Daidalos und Ikarus zum Palast geführt wurden, stand ein Wachmann mit einem Speer am Hafen. Bestimmt dreht er dort noch seine Runden. Geduckt schleicht Daidalos zu dem Sklaven.

Der reißt gerade einen Streifen vom Rock der Wache, es ist eine Frau. Er will sie fesseln, also lebt sie noch. Das geht nicht. Niemand darf von Daidalos' Begleitung erfahren. Sie haben noch einen weiten Weg vor sich. Irgendwann wird Pasiphaë dahinterkommen, dass ihr Erster Akrobat verschwunden ist, aber diesen Zeitpunkt muss Daidalos so weit wie möglich hinauszögern.

„Tauros." Er zeigt zu den Büschen, die den Blick auf den Fluss verdecken. „Am Steg müsste noch ein Wachmann mit einem Speer herumlaufen. Überwältige ihn, aber so, dass er dich nicht sieht."

Der Sklave nickt, er windet einen Stoffstreifen um die Handgelenke der Frau und zieht den Knoten fest.

„Lass nur." Daidalos klopft ihm auf den Rücken. „Ich mach das hier fertig." Zum Glück funktioniert sein Verstand besser als seine elenden Knie, die schon wieder zittern. Er hockt sich neben die Frau. Sie schaut auf. Verflucht, sie ist nicht nur lebendig, sie ist bei Bewusstsein.

Vorsichtig stopft der Sklave ihr noch ein Stoffknäuel in den Mund, dann läuft er gehorsam am Kanal entlang zum Fluss und verschwindet hinter den Büschen.

Die Frau liegt ruhig vor Daidalos, obwohl ihre Beine frei sind. Tauros hat ihr wohl versprochen, dass sie am Leben bleibt, wenn sie sich fesseln und knebeln lässt.

Daidalos rollt die Frau auf den Bauch, sie wehrt sich noch immer nicht. Erst als er sich rittlings auf sie setzt, bäumt sie sich auf. Vielleicht macht es das leichter.

Er zieht ihr den Helm vom Kopf, wirft ihn zur Seite. Sein Herz schlägt so hart in der Brust, dass er kaum Luft bekommt. Er greift in ihre Haare, lange schwarze Flechten, sie ringeln sich um seine Finger. Die Frau ruckt mit dem Kopf, erstickte Laute dringen hinter dem Knebel hervor.

Daidalos packt sein Schwert. Kurz verkantet es sich in der Scheide, dann rutscht es doch heraus. Die Frau rollt sich zur Seite. Fast wirft sie ihn ab, dieses Scheusal. Er hat keine Wahl, ihr Leben oder seines. Wenn Pasiphaë ihn fängt, wird sich niemand um Ikarus' Begräbnis kümmern. Er holt aus und sticht in ihren Hals. Sie bäumt sich auf. Im Zwielicht erkennt er nicht, wie stark sie verletzt ist. Er wirft sich ihr mit seinem ganzen Gewicht in den Rücken. Fest drückt er sie auf die Erde. Sein Sohn hat ein anständiges Grab verdient. Bei der ersten Gelegenheit würde dieses Biest ihn verraten, wenn er sie am Leben lässt. Wieder sticht er in ihren Hals. Er muss dafür sorgen, dass sie nichts ausplaudern kann. Ein Strahl Blut schießt ihm entgegen. Athena sei Dank, er hat die Schlagader getroffen. Speichel sammelt sich in seinem Mund, er kann ihn nicht schlucken. Nochmals drückt er die Klinge in den Hals, bis sie auf Knochen trifft. Die Frau bewegt sich nicht mehr.

Jetzt muss er sich doch übergeben. Einen Schwall von Wein und Halbverdautem würgt er auf die Erde neben der Toten. Mühsam kommt er hoch. Er spuckt noch einmal aus und wischt das Schwert an einem der Stofffetzen ab. Fesseln braucht er nicht mehr.

Wie gern würde er sich hinsetzen, nur ganz kurz. Aber er muss sich um den Wachmann mit dem Lockenschopf kümmern, der bewusstlos neben dem Kanal liegt. Daidalos stolpert auf dem Weg zu ihm, doch er kann sich fangen. Der Mann muss ins Wasser. Er packt ihn bei den Füßen und klemmt sie sich in die Seiten, als wäre er ein Hammel vor dem Pflug. Er zieht mit aller Kraft. Der reglose Körper rutscht mit dem Gesicht nach unten Stückchen für Stückchen auf das Wasser zu. Wieder muss Daidalos würgen, doch er konzentriert sich auf seine Arbeit. Er muss es schaffen. Bloß nicht noch einmal das Schwert benutzen. Das Blut klebt ihm überall an den Armen.

Jetzt steht er direkt am Kanalrand. Er legt die Beine ab, sie hängen vom Ufer hinunter, die Füße zeigen auf das Paket, das noch im Wasser schwimmt. Schnell steigt er ins Kanalbett. Er stößt das Paket nach vorn und greift wieder nach den Beinen. Die Schienbeine des Wachmanns sind glatt und eingeölt. Noch einen Ruck. Und noch einen. Endlich kommt der schlaffe Körper ins Rutschen. Mit einem Glucksen gleitet er in den Kanal und treibt ausgestreckt im Wasser, mit dem Rücken nach oben. Luftblasen steigen auf.

Daidalos drückt den Mann tiefer unter Wasser. Seine Beine zittern, alle Kräfte verlassen ihn. Er stützt sich auf den warmen Rücken und versinkt selbst bis zur Brust. Zum Glück ist das Wasser nicht tief, sonst würde er hier ersaufen. Auf seinem Opfer. Und neben seinem Sohn. Ikarus. Das Morden wenigstens hätte ein Ende.

Die große Gestalt des Sklaven erscheint zwischen den Büschen am Fluss. Er winkt und läuft auf Daidalos zu.

Mit letzter Kraft drückt Daidalos die wackeligen Knie durch. Geschafft, er steht. Er wischt sich über sein klebriges Gesicht. Der Boden schwankt, die Konturen der Welt verschwimmen. Aber der Sklave darf nicht bis zu den Leichen kommen. Daidalos muss ihm entgegengehen, bevor der Sklave sieht, dass die Wachleute tot sind. Wenn er entdeckt, dass Daidalos sie getötet hat, schlägt er vielleicht doch noch Alarm.

Die Beine müssen laufen. Vorwärts. Waten. Paket ziehen. Schritt auf Schritt, nicht anhalten. Schritt auf Schritt, vorwärts.

Zur selben Zeit vor der Insel Naxos

Ariadne sitzt mit Theseus und Hesehu, dem Steuermann, im Beiboot. Das Boot schlingert, denn selbst hier in der Bucht ist das Meer noch aufgewühlt. Aber dem Sturm, der auf der offenen See die Wogen hochpeitscht, ist Ariadne entkommen. Hinter ihr schaukelt die *Aigeus' Stolz* am Anker, der Himmel im Osten glänzt bronzefarben. Die Luft ist frisch, Ariadne streckt ihren Rücken durch. Es ist herrlich, so aufrecht sitzen zu können. Ihr Magen knurrt, aber bestimmt gibt es gleich etwas zu essen und zu trinken. Und sie wird mit Theseus über ihre Rückkehr nach Kreta verhandeln. Er hat zugegeben, dass er Angst vor seinem Vater hat, das schwächt seine Position.

Hesehu rudert beidhändig, er legt sich ordentlich ins Zeug. Der Regen hat nachgelassen. In der Bucht gibt es keine Molen oder Anleger wie in den beiden großen naxischen Häfen, die dunklen Umrisse der Felsen ähneln auch nicht den drei kleineren Anlegestellen auf Naxos, die Ariadne kennt. Sie wendet sich Theseus zu, um ihn nach dem Namen des Hafens zu fragen. Sofort schlägt er die Augen nieder. Auch Hesehu tut schnell so, als hätte er die *Aigeus' Stolz* im Blick.

Ach, die Männer beobachten sie. Wie Mäuse den Falken. Vielleicht haben sie Angst, dass sie abhauen will.

„Wie heißt der Hafen?", fragt sie Theseus.

„Belasto. Das bedeutet ‚Belas Platz'", sagt er, schaut aber nicht sie, sondern Hesehu an. „Bela ist der Name des Hausherren."

Von diesem Ort hat Ariadne noch nie gehört. Der schmale Sandstrand liegt grau in der Dämmerung, dahinter erheben sich die Felsen. In ihrem Schutz bläst der Wind nur noch schwach. Kein Boot liegt hier, kein Haus ist zu sehen, der Sand ist unberührt.

Der Bootsrumpf schleift über Grund, Hesehu legt die Riemen nieder. Theseus springt aus dem Kahn ins Wasser und reicht Ariadne die Hand, als könnte sie nicht allein aussteigen. Nun gut, sie will ihn ja nicht verärgern. Er soll ihr ein anständiges Boot besorgen. Vielleicht kann er noch mehr für sie tun. Sie ergreift also seine Hand, setzt sich aufs Dollbord und lässt sich ins Wasser gleiten. Neben Theseus watet sie an Land, Hesehu zieht den Kahn den Strand hoch. Er keucht vor Anstrengung, aber Theseus wartet neben

Ariadne am Ufer, anstatt ihm zu helfen. Erst als Hesehu wieder zu ihnen stößt, geht Theseus weiter. Die beiden befürchten ernsthaft, sie könnte sich an dieser menschenverlassenen Anlegestelle davonmachen. Und denken, dass sie Ariadne aufhalten könnten, wenn sie in Richtung der Felsen rennt. Was sie nicht vorhat. Allein und ohne ein Boot kommt sie nicht zurück nach Kreta.

Der Osthimmel hat die Farbe von verwaschenem Ocker angenommen. Theseus führt sie über den Sandstrand und den angrenzenden, mit Standhafer bewachsenen Uferstreifen, der an eine steile Felswand stößt. An der Felswand lehnt ein aus Steinbrocken errichtetes Gebäude. Reisigmatten bedecken es, eine Tür ist an der Stirnseite eingelassen, direkt neben dem Felsen. Mit der Faust klopft Theseus an: zwei lang, zwei kurz.

Hesehu steht neben Ariadne wie ein Wachhund. Das blasse Licht des nahenden Tages fällt auf sein Gesicht. Er ist etwas älter als Theseus und sehniger, mit einer scharf geschnittenen Nase und eng anliegenden Ohren. Er weicht Ariadnes Blick aus und trommelt, offenbar ohne es selbst zu bemerken, mit den Fingern auf seinen Gürtel. Ein ganz unruhiger Charakter, so jemanden würde sie nie ans Steuer eines Schiffes lassen.

Mit einem Ruck schwingt die Tür nach außen auf. Warme, nach Käse und Hühnern stinkende Luft schlägt ihnen entgegen. Theseus tritt ins Innere, bevor Ariadne sehen kann, wer ihnen geöffnet hat. Sie folgt Theseus, und Hesehu läuft so dicht hinter ihr, dass sein Atem ihren Nacken streift.

Währenddessen im Binnenhafen von Knossos, kurz vor Sonnenaufgang

Daidalos sitzt im Bug einer flachen Barke am Anleger. Der Sklave kniet vor ihm und schüttelt ihn an der Schulter. Es blitzt, Donner folgt, der Wind lässt den Keratos toben. Im hinteren Bootsraum liegt das Paket. Ikarus, eingewickelt in Decken und mit der Strickleiter verschnürt. Die Luft ist so kalt wie im Winter in den attischen Bergen. Das kommt von der Nässe, Daidalos' Kleidung ist völlig durchweicht. Er weiß nicht, wie er hierhergekommen ist. Aber er erinnert sich an die Frau mit dem Helm, sein Schwert, das Blut. Und dann der Mann im Kanal, die Luftblasen, die aufgestiegen sind, als er den Körper unter Wasser drückte.

Der Sklave legt Daidalos einen grünen Mantel um. Sicherlich hat er die Toten am Kanal nicht gesehen. Sonst wäre er nicht so fürsorglich.

„Sie sollten sich verkleiden." Er reicht Daidalos einen Helm und hilft ihm beim Aufsetzen. „Ich hab die Sachen von dem Wachmann am Kai genommen."

Er stößt die Barke vom Steg ab und steuert sie mit einem Ruderriemen den vom Wind aufgepeitschten Fluss hinunter. Seine Augenbraue ist aufgeplatzt, am Unterarm blutet eine Schnittwunde. Doch er hält sich gerade, sein Blick ist fest.

Bisher hat Pasiphaë kein Hornsignal senden lassen. Bestimmt sucht sie immer noch im Palast nach ihnen. Aber wenn sie die Leichen am Binnenhafen entdeckt, wird sie ahnen, dass Daidalos auf dem Weg nach Amnissos ist. Lange kann es nicht mehr dauern.

Der Palast entfernt sich, die Füllhörner auf den Dächern leuchten fahl im Morgengrauen. Die Barke fährt am Krähenstein vorbei. Auf seinem runden Gipfel legen die knossischen Bauern ihre Toten ab. Ein paar schwarze Vögel reiten über dem Berg im Wind. Sie lassen sich fallen, mit angelegten Flügeln schießen sie nach unten. Ein paar Ellen über dem Boden erwischen sie eine Böe, die sie wieder hoch in die Luft wirbelt.

Beim Ausbau des Palastes, in einer Pause, hat ein alter Zimmermann Daidalos erklärt, warum die Kreter ihre Toten auf den Bergen ablegen. *Die Lebenden haben ihre Körper von der Allumfassenden Asasara geborgt*, sagte der Mann, *und wenn man am Ende des Lebens den Körper wieder zurückgeben muss, dann will die Erde mit der Luft teilen*. Daidalos musste nachfragen, er verstand nicht, was ihm der Zimmermann da erklärte. Das Atmen sei ihm, Daidalos, vielleicht so selbstverständlich, dass er nicht darüber nachdenke, hatte der Alte damals gesagt. *Doch für die Kreter ist die Luft genauso heilig wie die Erde. Deshalb geben wir das Fleisch der Verstorbenen an die Tiere der Luft, die abgenagten Knochen zerschlagen wir und streuen sie auf die Äcker.*

Damals hat Daidalos sich über den Zimmermann geärgert. Maßte dieser Alte sich an, ihm, den Baumeister und Bootsbauer, beibringen zu wollen, dass die Luft nicht Nichts ist!

Luft ist Wind, das zeigen gerade die Krähen, die sich von den Böen tragen lassen. Und Wind ist Kraft, die ein Baumeister für Segelschiffe und Windmühlen nutzen kann. Gerade jetzt bläst der Wind kräftig in Daidalos' Gesicht und in den Rücken des Sklaven, er schiebt die Barke mit dem Paket dem Meer zu. Ikarus wird nicht auf dem Krähenstein als Vogelfraß enden.

Die Hügel werden flacher, das Ufer ist nun an beiden Seiten mit Weilern gesäumt. Die wenigen Menschen, die sich bei dem Sturm schon am frühen Morgen vor die Tür wagen, schauen ihnen hinterher. Manchmal hebt einer zum Gruß die Hand. Dann zieht Daidalos den grünen Mantel vor seinem Himation zusammen und grüßt zurück. Wie gut, dass er den Helm der Palastwache trägt.

Der Sturm nimmt an Stärke zu, je näher sie dem Meer kommen. Er treibt das Boot voran, das Ufer gleitet rasch vorüber. Der Sklave hält mit dem Riemen die Richtung. Er schaut nach vorn und lächelt.

„Siehst du das Meer?", fragt Daidalos. Er dreht sich nicht um, hält den Blick auf die abgeernteten Felder und die weißgekalkten Häuser der Bauern gerichtet.

„Ich sehe schon das Land auf der anderen Seite des Meeres." Der Sklave packt beide Riemen und rudert.

Da, ein Signal ertönt, der Hörnerklang segelt auf dem Wind wie die Krähen. Pasiphaë weiß Bescheid. Daidalos konzentriert sich auf die in der Tonfolge verschlüsselte Nachricht. Die Geschwindigkeit, mit der die Töne sich aneinanderreihen, macht ihm zu schaffen. Auf jeden Fall ist von ihm und Ikarus und ihrer Flucht die Rede.

Das Signal wird wiederholt. Auch jetzt hört Daidalos keinen Hinweis auf den Sklaven oder auf eine Verkleidung heraus. Doch von Amnissos ist die Rede, vom Seehafen. Er stützt seine Hände auf die Bootsplanken. Das war zu erwarten.

Fast haben sie das Meer erreicht. Der Sturm tobt genau über ihnen in den dunklen Wolken. Der Sklave steuert das östliche, das dem Hafen gegenüberliegende Flussufer an. Mit kräftigen Ruderschlägen bringt er die Barke zum Stranden. Er springt ins Wasser und zieht sie weiter an Land, sonst hätte der Wind sie wieder in die Strömung gedrückt.

Daidalos steigt in den Keratos. Der Fluss schäumt, selbst hier, wo das Wasser nur bis an seine Knie reicht. Schnell watet er ans Ufer und erklimmt die Böschung. Der Wind versetzt ihm einen jähen Stoß in den Rücken. Er strauchelt, fällt, kriecht das letzte Stück auf allen Vieren hinauf. Am Ufer hievt der Sklave das Paket aus dem Kahn. Dabei dreht sich die Barke und wird wieder vom Sog des Keratos erfasst. Wenn im Hafen ein leeres Boot angefahren kommt, sind die Wachen dort doppelt vorgewarnt.

„Das Boot", brüllt Daidalos, aber der Wind drückt ihm die Worte in den Mund zurück. „Du verlierst das Boot!"

Der Sklave schaut weder zur Böschung hinauf noch zurück zu der Barke. Er schultert das Paket. Das Boot hüpft auf den Wellen davon. Unter seiner Last schwankt der Sklave die Böschung hinauf und läuft flussabwärts am Ufer entlang. Daidalos folgt ihm über den kiesigen Weg. An der Mündung des Keratos ins Hafenbecken befindet sich eine Furt. Jetzt im Herbst ragen die geglätteten Steine aus dem Wasser. Der Handlauf, eine Leine, flattert im Sturm. Vor den Steinen schaukelt die verlorene Barke. Es ist nur eine Frage der Zeit, bis eine kräftige Böe sie ins Hafenbecken treibt.

Der Sklave hält auf die östliche Landzunge zu, die den Hafen von Amnissos schützt. Das Gelände ist steinig und steigt zunächst an. Daidalos schleppt sich voran, immer dem Sklaven hinterher, auf dessen Schultern das Paket auf und ab schwingt. Der Wind bläst ihm die Haare ins Gesicht, am Geröll stößt er sich die Zehen. Finstere Wolken ziehen über den Himmel. Im Osten färbt er sich gelbbraun wie Herbstlaub.

Endlich wendet sich der Sklave wieder dem Meer zu. Ein kleiner Pfad führt hinunter zum Strand. Hier liegen ein paar Fischerboote vor Anker. In der Hafenbucht, vor den Pieren, schaukelt die leere Barke in der Gischt. Sie ist über die Steine der Furt gekommen, aber Wellen schwappen hinein, und sie liegt schon tief im Wasser. Am Hafen laufen Leute herum. Noch vor drei Tagen wäre der Hafen bei einem Sturm wie diesem menschenleer gewesen, doch Pasiphaë hat nun auch hier Wachen stationiert. Die Leute weisen auf die Barke und rufen einander etwas zu, doch der Wind und die tosende

Brandung an den Felsen übertönen die fernen Stimmen. Der Sklave schenkt weder der sinkenden Barke noch den Menschen im Hafen Beachtung. Er zeigt auf ein kleines Fischerboot, dessen Bug mit einem hölzernen Delfin geschmückt ist.

Das Boot ist ein mickriges Ding. Zu zweit könne man es navigieren, hat der Sklave im Palast gesagt, und er hat nicht gelogen. Bei leichtem Wind könnte ein geübter Segler damit sogar ganz allein zum Fischen fahren.

Der Sklave steht mit dem Paket auf der Schulter schon bis zum Bauch im schäumenden Wasser. Im Hafen sinkt die Barke. Dem Fischerboot wird es ebenso ergehen, sobald es auf dem offenen Meer in den Sturm gerät. Dann bekommt Ikarus ein Seemannsgrab mit seinem Vater und dem Sklaven an seiner Seite. Daidalos überquert den steinigen Strand. Der Meeresgrund als letzte Ruhestätte ist immer noch besser als der Krähenstein.

Der Sklave hat das Boot erreicht. Er wirft seine Last hinein und schwingt sich hinterher. Er winkt Daidalos heran, offenbar geht es ihm nicht schnell genug.

Der Wind peitscht in die dunklen Wellen. Gischt spritzt in die Höhe. Daidalos folgt dem Sklaven ins Wasser. Die Wellen sind wärmer als die Luft, sie lecken über seine Beine. Das Meer kostet ihn wie einen Leckerbissen, es will Futter für seine Kinder.

Zur selben Zeit in Belasto auf Naxos

Stockdunkel ist es in dieser Hütte. Ariadne legt ihre Hand zur Orientierung an die Wand und tastet sich langsam in den Raum vor. Der Gestank nach altem Käse sticht ihr in die Nase. Schwach schimmert Theseus' Pektoral vor ihr. Hinter Ariadne drängelt Hesehu. Er tritt ihr in die Hacken und entschuldigt sich nicht einmal. Nun riecht es auch nach gekochtem Essen aus Blattgemüse und minderwertigem Olivenöl.

Die Hellenen brabbeln irgendwelches Zeugs. Theseus spricht knapp und gebieterisch, Hesehus Stimme hinter ihr ist dunkel und weich. Eine hohe, knarzige Männerstimme antwortet, die Wörter hören sich abgehackt an. Vielleicht will der Mann sie nicht empfangen. Er muss direkt vor Theseus stehen, sie hört seine Kleidung rascheln. Aber vielleicht hat der barsche Ton auch gar nichts zu bedeuten. Viele unbekannte Sprachen hören sich grob und unfreundlich an. Im letzten Sommer sind Gesandte aus Ugarit in Knossos gewesen. Wenn sie sich unterhielten, hat Ariadne geglaubt, ein Streit wäre ausgebrochen. Aber dann lachten die Ugariter und klopften sich auf die Schultern. Auch Hellenisch klingt holperig und roh. Vielleicht reden sie nur über den Sturm, Theseus und der fremde Mann. Das muss Bela sein, nach dem der Hafen benannt ist. Hoffentlich ist er gastfreundlich und sie dürfen bleiben. Sie braucht einen ruhigen Ort, wo sie mit Theseus reden kann. Am besten mit Theseus allein. Sie hat eine Idee, wie sie sich aus dieser unrühmlichen Lage wieder befreien kann. Doch dafür braucht sie Theseus' Hilfe.

Metall schlägt hart auf Stein, ein Glutfunke leuchtet auf. Wunderbar, jemand schlägt ein Feuerzeug. Gleich wird Ariadne diese Spelunke hier nicht nur mit der Nase, sondern auch mit den Augen erkunden können. Da, eine Flamme flackert im Zunder, ein magerer kleiner Mann hält ihn in seiner schwieligen Hand. Seine Stirn und Wangen sind von Falten durchfurcht, die Augen verschwinden fast unter seinen dichten Brauen. Genau so hat Ariadne sich diesen Bela vorgestellt, klein und alt. Er überträgt die Flamme auf den Docht einer nachlässig aus Ton geformten Lampe. In ihrer perfekten Schönheit erhellt die Flamme den Raum, in dem mehrere Bänke, zwei Tische und Körbe mit Netzen stehen. Die Bänke sehen aus, als ob ihr Holz nur durch die stete Benutzung geglättet wurde. Ariadne hat es vorher nicht sehen können, doch in der Felswand öffnet sich ein Gang in den Berg. Bela geht dort hinein, lässt aber die Lampe auf dem Tisch zurück. Seine Stimme ertönt gedämpft aus dem Inneren. Offenbar sind dort noch andere Leute, mit denen er spricht.

„Bela holt Wein", sagt Theseus zu Ariadne und setzt sich auf eine Bank, die neben dem kleineren Tisch steht.

Ariadne nimmt an der gegenüberliegenden Seite des Tisches Platz. Dreckiger als im Laderaum der *Aigeus' Stolz* ist es hier auch nicht.

„Ich ziehe Wasser vor, frisches", sagt sie.

Theseus lächelt, er reibt sich die Hände, als wäre diese Hütte hier ein gemütlicher Platz. Als säße er in einer behaglichen Herberge, in der er gleich ein leckeres Mahl serviert bekäme. Offenbar nimmt er den Gestank im Raum überhaupt nicht wahr.

Bela kommt zurück. Über der Schulter trägt er einen Schlauch, in den Händen hölzerne Trinkschalen und einen Krug. Aus dem Schlauch füllt er die Schalen mit Wasser. Eine stellt er vor Ariadne. Er schaut an ihr vorbei, als wäre ihr Platz leer. Schwer einzuschätzen, ob das ein Zeichen von Respekt sein soll oder eher das Gegenteil. Sie wüsste zu gern, ob Theseus ihm gesagt hat, wer sie ist.

Im Laderaum der *Aigeus' Stolz* hat sie sich nur einen kleinen Wasserschlauch genommen, weil sie befürchtet hat, dass es sonst auffällt. Nun ist sie so durstig, dass sie die Schale am liebsten in einem Zug leeren würde. Aber Theseus soll nicht denken, dass sie vor Durst oder Hunger die guten Sitten vergisst. Er soll sehen, dass sie Entbehrungen leicht ertragen kann.

Betont langsam ergreift sie die Schale und nimmt nur zwei kleine Schlucke. Das Wasser schmeckt frisch und mineralisch.

Hesehu trinkt im Stehen, dann legt er sich auf eine Bank an der Wand. Er faltet die Hände über der Brust und schließt seine Augen, als wollte er ein Schläfchen machen. Bela sagt kurz etwas zu Theseus und entfernt sich wieder nach hinten. Er hat Ariadne mit keinem Blick gewürdigt. Vielleicht hat er sie heimlich angeschaut, ein bisschen neugierig muss er doch sein. An ihrem Schmuck und ihrer Kleidung kann er erkennen, dass sie eine hochgestellte Persönlichkeit ist. Sie zieht ihre Bluse zurecht. Der feine Stoff ist zerknittert und verdreckt. Im Ärmel klafft ein Riss, im Rock gleich zwei. Egal. Viel wichtiger ist, dass Ariadne Theseus dazu bringt, ihrem Plan zuzustimmen.

Sie trinkt einen weiteren Schluck. Das Wasser erfrischt ihre trockene Kehle. „Was ist nun, Theseus?", sagt sie leichthin, als wäre es nicht so wichtig. „Gibt es Seemänner, die du anheuern kannst?"

„Belas Sohn kennt Leute, nicht weit von hier, die an einem guten Sold interessiert sind. Er ist schon aufgebrochen."

Dann hat dieses Loch wohl noch einen anderen Ausgang. Es gibt kein Fenster, nur die Eingangstür und den Gang. Doch der führt in den Berg hinein. Vielleicht endet er in einer Höhle, und die öffnet sich nach draußen.

Bela kommt zurück und stellt eine Schale Oliven und einen Korb Brot auf den Tisch, dann geht er wieder. Theseus reicht Ariadne den Korb hin. Sauerteigbrot liegt darin, es duftet köstlich. Ariadne nimmt sich eines der kleineren Stücke. Die knusprige Kruste kracht zwischen ihren Zähnen, die Krume ist noch weich. Ihre Hand zittert, als sie den letzten Bissen zum Mund führt. Sofort greift sie zu einem zweiten Stück. Bestimmt wird Theseus jetzt mitleidig lächeln.

Aber nein, er schaut sie nur an. Seine Wimpern glänzen im Lampenschein. So übel ist der Junge gar nicht. Wenn er sich auf ihren Plan einlässt, kann sie Mutters Ärger von sich abwenden. Doch damit er einwilligt, muss sie ihm ein Tauschgeschäft anbieten.

„Gut", sagt sie, „nehmen wir mal an, du kommst mit vollzähliger Mannschaft zurück. Vielleicht merkt dein Vater nicht, dass es sich um andere Männer handelt als die, mit denen du Athen verlassen hast. Trotzdem wird er über kurz oder lang erfahren, was in Knossos vorgefallen ist. Und dann …" Sie lässt den Satz absichtlich unbeendet und beißt in ihr Brot.

„Du hast recht. Ich werde ihm auch erzählen müssen, dass du mir gefolgt bist. Weil du geglaubt hast, ich wäre ein Verräter oder ein Dieb. Ohne den geringsten Beweis hast du gedacht, ich hätte ein Verbrechen begangen. Du hältst mich für ehrlos. Vielleicht denkst du das sogar von meinem Vater." Steif wie ein angehender Stierspringer, der sich das erste Mal auf den Rücken eines echten Tieres wagt, sitzt er da. Am besten präsentiert sie ihm ihren Plan so, dass sie ihm zuerst seine Vorteile bei dem Handel aufzeigt. Nach seinen eigenen Worten fürchtet er die Reaktion seines Vaters. Dieses Gefühl kennt sie nur zu gut.

„Hör zu, Theseus, ich habe eine Idee, die uns beiden helfen kann. In ein paar Jahren bist du König von Athen, und ich habe gute Aussichten, Mutters Nachfolgerin zu werden. Da kann es nur von Vorteil sein, wenn wir uns gut verstehen, nicht wahr?"

Theseus nickt langsam. In der Höhle im Inneren des Felsens gackert leise ein Huhn. Das Geräusch von Federn, die aufgeplustert werden, dringt herüber, dann ist wieder alles ruhig. Hesehu auf der Bank atmet tief und gleichmäßig.

„Ich finde es sehr wichtig, dass die guten Beziehungen zwischen Athen und Knossos auch in Zukunft bestehen bleiben", sagt Ariadne. Athen und Knossos, in dieser Reihenfolge.

Zwei Falten erscheinen zwischen Theseus' Brauen, im Licht der Lampe treten sie deutlich hervor.

Schnell sagt Ariadne: „Ich selbst habe mich vielleicht auch etwas voreilig verhalten, als ich dir gefolgt bin. Ganz bestimmt ist es allen Beteiligten recht, auch meiner Mutter, will ich sagen, wenn wir die Geschichte möglichst anständig aus der Welt schaffen."

Theseus nickt und nimmt seine Trinkschale. Hesehu auf der Bank hinter ihm regt sich nicht.

„Das soll unser Geheimnis bleiben." Ariadne flüstert, obwohl Hesehu vielleicht tatsächlich eingeschlafen ist. „Pass auf: Wir könnten sagen, dass du, als du von dem Delfinfest gekommen bist, mich auf dem Mittelhof getroffen hast. Wir haben uns unterhalten und sind hinunter zum Meer gelaufen. Du warst sehr aufgebracht. Ich habe versucht, dich zu beruhigen. Ich habe dir versichert, dass Asterion nicht für die Minas oder für andere Mitglieder der Familie gesprochen hat."

„Wir haben uns getroffen, direkt nachdem wir beide aus dem Saal gekommen sind?" Theseus schaut zu Hesehu hinüber. Wie ein Halbwüchsiger, der sich nicht traut, etwas allein zu entscheiden.

„Genau. Aber ich bin noch nicht fertig. Wir müssen erklären, warum ich mit dir mitgefahren bin." Das ist das eigentlich Wichtige an ihrem Plan. „Ich glaube, das Beste ist, wenn wir sagen, du wärst in mich verliebt und hättest mich entführt." Ariadne hört ihre eigenen atemlosen Worte, sie ist zu schnell auf den Punkt gekommen. Theseus wird ihren Plan sofort ablehnen. Womöglich denkt er sogar, sie ist auf eine Heirat mit ihm aus.

Aber im Gegenteil: Theseus nickt bedächtig, dabei schaut er sie nicht an, sondern betrachtet den Inhalt seiner Trinkschale. Er tut so, als hätte sie ihm einen ganz gewöhnlichen Vorschlag gemacht.

Der Raum wirkt kleiner als zuvor, der Geruch nach ranzigem Fett und Hühnerdreck ist schwächer geworden. Eine dunkle Kapsel aus Schatten schließt Ariadne ein, nur sie und Theseus und die gelbe Flamme zwischen ihnen.

„Dann haben wir geredet, stunden- und tagelang, auf dem Schiff. Ich habe dich überzeugt, dass du mich gehen lassen musst. Dass eine Entführung nicht der geeignete Weg ist. Aber ich habe dir gesagt, ich würde mich freuen, wenn du nächstes Jahr wiederkommst." Beim letzten Satz lässt sie ihre Stimme weich werden.

Theseus lacht leise auf. „Die Idee ist gut, aber wir müssten sie schriftlich festhalten."

Ariadne stützt die Ellenbogen auf den Tisch und faltet ihre Hände. Nun hat Theseus den letzten Schritt ihres Planes selbst vorgeschlagen, wunderbar. Für Hellenen soll Frauenraub nichts Unehrenhaftes sein, heißt es in Knossos. An diesem Gerücht ist wohl doch etwas Wahres dran, obwohl Leute wie Daidalos es immer abstreiten.

„Natürlich, wir schreiben alles auf." Sie achtet darauf, dass ihre Stimme nicht zu freudig, sondern eher sachlich klingt. „Ich verfasse einen Brief an Aigeus, du einen an Pasiphaë."

Ein frischer Luftzug weht durch den Raum. Hesehu steht in der offenen Tür und blickt nach draußen. Eben lag er noch auf der Bank. Vielleicht hat er doch gelauscht. Auf jeden Fall will er sich zum Glück nicht ins Gespräch einmischen, er steht nur in der Tür und schaut in den Himmel.

Theseus beachtet ihn nicht weiter, er streicht sich über den kurzen Bart. „Du schreibst meinem Vater, dass wir das Fest zusammen verlassen haben, zum Hafen gegangen sind, mein Schiff bestiegen haben und gemeinsam losgefahren sind, stimmt das so?" Das Tageslicht, so grau es auch sein mag, umschmeichelt Theseus' gerötete Wangen.

„Ja, und dass ich ihn und dich schätze." Es macht nichts, dass Hesehu ihnen jetzt zuhören kann, er wird sowieso bald alles erfahren. Ariadne berührt Theseus' Arm. „Ich bin seinem Sohn Theseus nicht böse, denn ich wurde respektvoll behandelt. Du hast keine Gewalt angewendet. Du hast mir nur einen Schlaftrunk verabreicht und mich auf dein Schiff getragen. Ich bin erst am nächsten Tag erwacht."

Theseus hebt die Hand, die Falten zwischen seinen Brauen kehren zurück. „Was für einen Schlaftrunk? Nein, du musst schon freiwillig auf das Schiff gekommen sein. Danach habe ich dich überwältigt und gefesselt."

Sie lächelt. „Ich will dich nicht kränken, Theseus, aber kein Mann kann mich gegen meinen Willen fesseln, solange ich bei Bewusstsein bin. Selbst du nicht."

„Gut, dann hat mir eben Hesehu geholfen."

„Und der Erste Maat."

„Meinetwegen. Und der Erste Maat." Theseus dreht sich zur Tür. „Hesehu, kannst du uns Tafeln besorgen? Bela muss welche haben. Und Griffel?"

Hesehu dreht sich um. „Selbstverständlich, mein Kapitän." Mit schnellen Schritten durchquert er den Raum und verschwindet in dem Gang.

Theseus wendet sich wieder Ariadne zu. „Du kannst dich heute noch auf den Heimweg machen. Mit einem Fischerboot und zwei Seemännern, Freunde von Belas Sohn. Das ist dir doch recht?"

Wenn die Seemänner aus Naxos kommen, werden sie nur Hellenisch sprechen, falls sie überhaupt eine andere Sprache beherrschen als die regionale Mundart. „Hör mal, Theseus, ich muss zumindest einen von deinen Luwiern mitnehmen. Die Naxier sprechen kein Wort Kretisch."

„Ach so, ja, das lässt sich machen." Er nickt schnell, offenbar sind Seeleute für ihn so austauschbar wie Tauwerk oder Bootsfender. Er hebt kurz zur Entschuldigung die Hand und läuft Hesehu hinterher.

Durch die geöffnete Tür dringen blasse Sonnenstrahlen. Ariadne steht auf und tritt hinaus. Rosafarbene Streifen ziehen sich über den Himmel. Der Sturm hat sich gelegt.

Langsam läuft sie zum Strand. Im seichten Wasser treibt Seetang. Die grünen Wedel wiegen sich in der Dünung. In der Bucht liegt der athenische Lastkahn ruhig vor Anker, dahinter, auf dem offenen Meer, segeln Fischerboote der Sonne entgegen. Die Segel blähen sich wie die Brüste einer Hochschwangeren. Der Wind hat sich gedreht, das ist hervorragend. Er wird sie schnell nach Kreta zurückbringen.

Am selben Morgen,
zweite Stunde nach Sonnenaufgang,
am Strand bei Amnissos

Bis unter die Achseln steht Daidalos im Wasser. Der hölzerne Delfin am Bug vor ihm wippt in den Wellen auf und nieder. Der Sklave kniet auf den Planken, er reicht Daidalos eine Hand und hilft ihm ins Boot. Sofort bläst der Wind Kälte in seine Kleider. Er hockt sich ins Heck und legt die Arme um seinen Leib. Diese Leere in ihm, er muss sich selbst zusammenhalten.

Der Sklave rollt das Paket unter die Persenning, die am Bug das Vorschiff abdeckt. Irgendetwas scheppert dort im Stauraum, das Geräusch dringt durch das Heulen des Windes. Der Sklave holt den Anker ein, ein Nebelschleier umhüllt ihn. Drüben am Hafen achten die Kreter gar nicht darauf, dass hier Leute mitten im Sturm ein Boot flottmachen. Sie verhalten sich, als gäbe es sie gar nicht. Vielleicht stimmt das, vielleicht ist Daidalos längst ein Geist und der Sklave auch. Sie finden den rechten Weg zu den Ahnen nicht. Nun müssen sie durch den Sturm irren, bis ihre Gebeine zerfallen sind. Überall im Hafen ist Nebel. Er durchdringt die Luft und macht sie undurchsichtig. Er kommt immer dichter heran und hüllt Daidalos ein. Kein Laut dringt mehr an sein Ohr, selbst der Sturm schweigt.

Jemand hält ihm einen kleinen Krug vor den Mund.

„Trinken!"

Die Aufforderung klingt so laut und eindringlich, als wäre sie nicht das erste Mal erteilt worden. Daidalos dreht den Kopf zur Seite.

Ein Schlag trifft ihn im Gesicht. Er kippt zur Seite, jemand hält ihn fest.

„Verzeihung, aber Sie müssen trinken. Wir müssen uns beeilen."

Noch eine Ohrfeige. Er schreckt zurück, hebt seine Hände. Sanft werden sie festgehalten und ihm in den Schoß gedrückt.

Nun lässt sich Daidalos den Krug an den Mund führen. Er schluckt. Die Flüssigkeit brennt ihm auf der Zunge, im ganzen Rachen.

Die Welt kommt langsam wieder. Vor ihm steht der Sklave, Tauros, er steckt den Krug in einen Sack und schiebt diesen in den Stauraum im Bug des Bootes. Der Sturm wirbelt in seinen Haaren. Nun wendet er sich dem Segel zu. Seine Muskeln spannen sich, als er das Fall anzieht. Träge schiebt sich das Segel nach oben. Das schwere Tuch flattert im Wind, dann bläht es sich. Mit einem Ruck bewegt sich der Kahn nach vorn. Tauros ruft Daidalos etwas zu, das er nicht versteht, doch er kann es sich denken: das Steuerruder. Er packt den Schaft und lenkt den Kahn in die Bucht hinein.

Mitten im Hafenbecken ist ein Boot nicht mehr zu übersehen, und nun endlich zeigen die Leute zu ihnen herüber. Und natürlich ist Daidalos nicht zum Geist geworden. Das Getränk aus dem Krug wärmt ihn von innen, es gibt ihm Kraft – noch ist er nicht in der

Welt der Toten. Aber lange wird's nicht mehr dauern. Tauros hat das Segel zu zwei Dritteln gerefft, trotzdem zischt das Boot übers Wasser. Bald werden sie das geschützte Hafenbecken verlassen. Am Kai rennen die Knossier auf die vierte Pier. Dort liegt die *Schwertfisch*, ein Schlachtschiff. Mit ihren achtzehn Riemen ist sie wendig und schnell. Die Leute gehen an Bord und besetzen die Ruderbänke. Das sind die Wachleute von Pasiphaë, sie müssen den Sklaven erkannt haben. Natürlich können sie sich denken, was er vorhat. Nun wollen sie ihn an seiner Flucht hindern.

Eine Regenwand schiebt sich vor die Häuser von Amnissos, das Land verschwimmt im Grau. Daidalos umfasst den Schaft des Steuerruders mit beiden Händen. Gischt spritzt ihm ins Gesicht. Das Delfinboot hält auf das offene Meer zu.

Da taucht schon von Luv die *Schwertfisch* aus dem Nebel. Ihr Segel ist nicht gesetzt, aber die Mannschaft pullt mit voller Kraft, und sie haben den Wind im Rücken. Auch Tauros ergreift einen Riemen. Die *Delfin* nähert sich der Hafenausfahrt, das Wasser jenseits der Mole ist schwarz vom Wind. Nicht nur in der Luft tobt der Sturm, bis in die Tiefen der See ist er vorgedrungen. Unter den Wellen lauert die Strömung. Sie verschlingt alles, was sich ihr entgegensetzen will.

Die *Schwertfisch* hat die *Delfin* fast erreicht. Die Ruderer pullen in schnellem Takt, vor Anstrengung beißen sie die Zähne zusammen. Die Kapitänin steht auf dem Vorschiff. Daidalos kennt sie, Kalathe hat erzählt, dass sie die Piraten vor Alašija vertrieben hat. Nun flattert ihr Haar im Wind, sie winkt zu Daidalos herüber. Hoffentlich erkennt sie ihn nicht. Sie beugt sich nach vorn und ruft ihm etwas zu. Doch der Sturm übertönt ihre Stimme.

Tauros lässt den Riemen fallen, packt die Schot und trimmt das Segel so schnell und routiniert, als sei er ein gelernter Seemann. Da ist die Ausfahrt. Dunkel wogt das Wasser. Keine Gischt krönt die Wellen. Wie aus gebrochenem Granit sehen sie aus, obwohl sie sich heben und senken. In diese malmende Masse muss Daidalos hinein, wenn er sich nicht von der *Schwertfisch* fangen lassen will. Er drückt das Ruder zurück und steuert in die offene See. Ganz dicht an der Mole fährt sein Boot vorbei, er kann spüren, wie der Rumpf den Seetang streift.

Von der *Schwertfisch* trägt der Wind wütende Stimmen herüber, so nah ist sie ihnen gekommen. Die Kapitänin schießt mit einem Bogen auf sie. Ein Pfeil zischt am Segel vorbei. Die kleine *Delfin* hebt und senkt sich in den Wellen, als sei sie Poseidons Jonglierball. Vom Delfinschnabel an ihrem Bug trieft Wasser. Der Sturm reißt am Segel, er zieht sie ins Meer hinaus.

Wieder sausen Pfeile durch die Luft. Einer trifft den Mast. Daidalos wagt einen Blick nach hinten.

Die Kapitänin der *Schwertfisch* traut sich nicht, Segel zu setzen. Bei diesem Sturm bietet es dem Wind zu viel Angriffsfläche. Der kleinste Fehler und das Schiff kentert. Die Kapitänin will wohl nicht für einen Sklaven und seinen kretischen Komplizen das Leben ihrer Leute riskieren. Wenn sie wüsste, wer sich unter dem Helm verbirgt, dann täte sie's vielleicht.

Der Regen holt sie ein. Dicke Tropfen mischen sich unter die sprühende Gischt. Ein paar nasse Pfeile fallen neben dem Boot in die Wogen. Tauros übernimmt das Steuerruder. Noch weiter vor den Wind fährt er. Daidalos schüttelt seine schmerzenden Arme aus. Er dreht sich um und lacht in den Sturm. Der Wind bläst ihm sein nasses Haar aus der Stirn. Die *Schwertfisch* hat das Hafenbecken nicht verlassen, hinter der Mole schwankt das Schiff in den Wellen. Die *Delfin* dagegen zischt durchs Wasser, rasch entfernt sich die Mole. Milchiger Dunst schiebt sich vor die *Schwertfisch*. Daidalos breitet die Arme aus. Sie haben die Kreter abgehängt.

Schäumende Wellen krachen auf den Bug. Die *Delfin* springt auf dem Wasser wie ein verletzter Hase. Breitbeinig hält sich Tauros aufrecht. Doch Daidalos verliert das Gleichgewicht, er rutscht aus und fällt in eine tiefe Lache. Ja, Wasser steht im Boot. Mit dem Fuß schiebt Tauros ihm einen Schöpfbecher hin. Dabei rettet ihn nur ein Ausfallschritt vor dem Sturz. Aber das Segel kann nicht stärker gerefft werden.

Daidalos schöpft auf allen Vieren. Das Wasser läuft schneller wieder ins Boot, als er es hinausbekommen kann. Die See schlägt bis über den Rumpf, der Regen rauscht auf Daidalos hernieder, eisiger Wind pfeift ihm um die Ohren.

Die Wellen werden immer höher, natürlich, sie verlassen den Schutz der Insel, die wie ein Schild zwischen ihnen und dem Sturm gelegen hat. Tauros steuert im rechten Winkel in die Wogen hinein, aber das Boot ist zu schnell. Es saust über den Kamm, im Tal stürzt sich die *Delfin* selbstmörderisch in die vor ihr rollende Welle. Lange kann das nicht mehr gut gehen.

Daidalos lässt den Schöpfbecher fallen. Er kriecht zum Ruder und stößt Tauros in die Seite. „Runter mit dem Segel, oder wir saufen ab!" Eine Flut ergießt sich über die Persenning am Bug, es sieht aus, als wollte die *Delfin* einen Tunnel durch die Welle bohren. Der Mast ächzt, Daidalos hört es durch den Sturm. Wenn der Mast bricht, zertrümmert er das Boot. Ohne Segel hat der Wind weniger Angriffsfläche. „Das Segel muss weg!"

Tauros schüttelt den Kopf. Er denkt sicher daran, dass er das Boot ohne Segel schwerer auf Kurs halten kann. Wenn sich die *Delfin* dreht, schneidet sie die Wellen nicht mehr. Die Strömung drückt dann von der Seite gegen den Rumpf, das Boot schwankt von rechts nach links. Bei Sturm neigt sich das Schiff so stark, dass die Reling unter Wasser gedrückt wird. Dann kentert das Boot. Als Kind ist Daidalos gekentert, allerdings auf einem Fluss und bei schönem Wetter, als er wenden und den Fluss wieder hinaufpaddeln wollte. Damals ist das Boot schneller gekippt, als er hinausspringen konnte.

Der Wind lässt nach, er holt Atem. Daidalos blickt nach Süden. Dort sammelt sich der Wind, er hört das Brausen. Gleich wird eine nächste Böe kommen, vielleicht ist sie noch stärker als die letzte.

„Der Mast reicht, um Fahrt zu machen!" Daidalos taumelt nach vorn und löst das Fall. Tauros schreit auf. Das Segel bläht sich im Wind, es flattert wild, viel zu langsam kommt es herunter. Das Brausen nähert sich. Daidalos ergreift das Segel mit beiden Händen, er hängt sich mit seinem ganzen Gewicht hinein. Endlich sinkt es auf die Planken. Die Böe trifft auf das Boot, Daidalos klammert sich an den Mast. So muss sich eine Qualle im Orkan fühlen, die Strömung zieht an ihren Tentakeln.

Im nächsten Wellental bleibt der Delfinkopf über Wasser. Das Boot ist spürbar langsamer geworden. Daidalos greift wieder zum Schöpfbecher. Unter ihm windet sich die See. Das Boot schlingert. Wenn es sich dreht und die Wellen von der Seite kommen, kann Tauros ohne Segel nicht dagegen steuern. Das Boot wird schaukeln, vielleicht nur ganz kurz wie damals auf dem Fluss, und dann kentert es.

Daidalos schaut sich zu Tauros um. Mit zusammengebissenen Zähnen hält der das Ruder. Er ist geschickt, noch kann er die Abdrift ausgleichen. Aber die *Delfin* ist einfach zu leicht, viel zu klein für eine solche Fahrt.

Wäre das Schiff doch wie eine Qualle. Ein verletzliches Wesen, aber es weiß sich bei Unwettern zu helfen. Es kämpft nicht, sondern gibt sich den Kräften des Meeres hin. Es streckt die Tentakel nach unten, oben treibt der Schirm.

Daidalos lässt den Schöpfbecher fallen. „Ist Tauwerk da?" Ohne eine Antwort abzuwarten, kriecht er in den Stauraum am Bug. Er zerrt das Paket zur Seite. Weiter vorne unter der Persenning ist es dunkel, Daidalos liegt auf dem Bauch und betastet die Dinge, die da liegen. Ein Wasserschlauch, noch einer. Er fühlt nasses, vom Alter gerundetes Holz, das müssen Fender sein. Und da ist auch Tauwerk, mehrere Bunschen. Er stößt gegen einen Beutel, es scheppert. Wahrscheinlich ist Werkzeug darin, Tauros hat das Boot wirklich gut ausgerüstet. Daidalos schiebt den Beutel zur Seite und zieht Fender und Bunschen hervor. Er knotet die Fender an die Leinenenden. Regen und Meerwasser laufen ihm in die Augen, er fühlt die Knoten mehr, als dass er sie sieht. Achtern ist doch bestimmt eine Heckleine. Daran kann er seine „Tentakel" befestigen. Mit den Fendern, die hinten dranhängen, werden sie das Boot im rechten Winkel zum Wind und damit auch zu den Wellen halten. Er muss nur darauf achten, dass die Leinen lang genug sind. Bis in die nächste, nein, noch besser, bis in die übernächste Welle müssen sie reichen. Sonst reißt ihm das Meer die Fender ab. Die Leinen müssen Spiel haben, damit sich die See an ihnen austoben kann.

In einer Hand die Tau-Tentakel, die andere am Bootsrand, stolpert Daidalos nach achtern. Eine Welle schießt ins Boot. Sie wirft sich über Tauros, der das Steuerruder mit beiden Händen hält. Mit gespreizten Beinen leistet Tauros Widerstand. Er schwankt, doch er kann sich halten.

Daidalos bleibt stehen. Keinen Fehler jetzt. Er hat die Tentakel, es fehlt der Schirm. Die Welle wird am Bug zerschnitten, dort ist das Schiff durch die Persenning abgedeckt. Aber bei diesem schweren Seegang schwappt die Welle achtern ins offene Boot hinein. Wenn die Abdeckung hinten wäre, würde das Wasser über die Persenning und wieder ins Meer laufen, anstatt das Boot zu füllen. Also müssen die Tentakel ans Vorschiff, damit das Boot sich dreht.

An der langen Kehle des geschnitzten Delfins hängt eine Bugleine. Daidalos klettert auf die Persenning und greift nach ihr. Schon reitet das Boot die Welle hinauf. Er rutscht mit der Leine in der Hand wieder in den Rumpf, in dem ihm das Wasser bis zu den Waden steht. Schnell schlingt er mit der Bugleine einen Stek um seine Fenderleinen und zieht ihn fest.

Tauros ruft etwas in den Sturm, doch der Wind treibt seine Worte davon. Seine hellen Augen sind auf Daidalos gerichtet, sein Rock tropft vor Nässe. Die Wellen brausen, der Wind heult, Tauros' Stimme dringt nicht zu Daidalos durch. Wahrscheinlich will er ihn von seinem Vorhaben abhalten.

„Theoretisch vertretbar", murmelt Daidalos. „Die Praxis soll entscheiden." Er hievt einen Fender auf den Bootsrand. Das Holz ist mit Wasser vollgesogen und schwer.

Tauros lässt das Ruder los und springt auf ihn zu. Daidalos stößt den Fender hinab. Er klatscht ins Wasser. Schnell den zweiten, Daidalos wirft auch ihn über Bord. Tauros steht vor ihm, die Haare kleben ihm auf Stirn und Wangen.

Daidalos springt zum Ruder, er ergreift es. Mit aller Kraft drückt er dagegen, das Boot muss sich drehen, bevor die Leinen gespannt sind. „Hilf mir!", schreit Daidalos gegen den Wind an.

Tauros springt an seine Seite. Gemeinsam drücken sie das Ruder zurück. Das Boot schlingert ins nächste Wellental. Langsam, viel zu langsam, fährt es in die Wende. Jetzt steht es parallel zur Welle. Der Kamm braust heran. Gleich drückt er auf den Rumpf, und dann kentern sie.

Ein Ruck reißt den Bug herum. Die *Delfin* dreht sich. Die Leinen unter ihr sind gespannt, Daidalos sieht es im Geist vor sich.

Die *Delfin* liegt nun mit dem Bug zum Wind. Sie ist noch langsamer geworden. Das Steuerruder hält sie nicht mehr auf Kurs. Aber sie fährt ruhiger als zuvor. Die Leinen ziehen den Holzdelfin nach unten und nach hinten. Eine weiße Gischtkrone schwappt in die Höhe. Sie klatscht auf die Persenning des Vorschiffs und läuft in Schlieren in die schwarze See zurück. Die Qualle gleitet durch den Sturm.

Einen Tag später,
auf dem Kykladischen Meer

Es ist noch Nacht. Daidalos hält das Ruder locker in der Hand, der Wind ist zu einem braven Zugtier geworden. Tauros liegt in der Mitte des Bootes und schläft wie ein Toter. Auch Daidalos ist noch müde. Die paar Stunden, die er am Nachmittag geruht hat, waren längst nicht ausreichend.

Der Mond steht hoch am Himmel. Sie haben es geschafft. Wenn die Sonne aufgeht, sehen sie vielleicht schon Anafi, die erste der Kykladen. Doch Daidalos will auch Kretas Schwesterinsel Thira, die nur einen Horizont entfernt im Westen liegt, weit hinter sich bringen und den direkten Einflussbereich von Pasiphaë verlassen. Ikarus soll sein Grab auf Naxos bekommen, dort, wo Athena ihr Schiff baute. Nach der Bestattung wird er wieder in den Süden segeln, das Ionische Meer durchqueren und nach Kamikos fahren. Kokalos, der Herrscher dort, hat ihm vor Jahren ein Angebot gemacht. Aus schlauer Höflichkeit hat Daidalos es nicht rundweg ausgeschlagen, sondern Verpflichtungen gegenüber Pasiphaë vorgeschoben. Dieser Winkelzug könnte sich nun auszahlen. Er wird sich auf Kamikos ein neues Leben aufbauen, vielleicht noch einmal einen Palast errichten, noch einmal heiraten, noch einmal einen Sohn zeugen.

Tauros erwacht und reibt sich die Augen. „Wir haben's geschafft. Wer hätte das gedacht?" Leise lacht er auf. „Wir haben's tatsächlich geschafft." Sein Blick fällt auf Daidalos. Sofort wird er wieder ernst. Wahrscheinlich wird ihm bewusst, dass Daidalos um seinen Sohn trauert.

„Es ist über fünfzehn Jahre her, dass ich gefangen und versklavt wurde", sagt er. „Auf einem Markt hat Ramassje mich erhandelt. Er hat mich nach Kreta gebracht."

Daidalos nickt. „Ich weiß. Ich war damals auch am Hafen, als du mit dem Schiff gekommen bist."

„Ja, ein Schiff mit rotem Segel. Voller Schätze." Tauros blickt über das Meer, in die Nacht. „Ich war so viel größer als die Seeleute auf dem Boot. Ich habe gedacht, dass ich jetzt den Rest meines Lebens arbeiten muss wie ein Ochse. Viel und schwer schleppen, von morgens bis abends." Er steht auf, streckt sich und kommt zum Ruder.

„Ich kann wieder übernehmen, wenn Sie wollen."

Daidalos überlässt ihm den Platz. Er setzt sich auf die Planken, die noch ganz warm von Tauros' Körper sind. Die Wellen klatschen freundlich an den Rumpf. Daidalos ist noch immer müde, doch wenn er die Augen schließt, sieht er die Gesichter der Toten. Kalos mit ernsten Augen, Ikarus sieht ihn traurig an, der Wachmann grinst verschlagen, der Frau mit dem Helm läuft Blut aus dem Mund.

„Du warst einer dieser Schätze, Tauros", sagt er leise. „Der kostbarste."

Der Himmel ist voller Sterne. Er gleicht einer feinen blauen Leinwand, die vor ein helles Licht gespannt ist. Ruhig zieht die *Delfin* durch die Nacht.

„Ja", sagt Tauros, „aber das habe ich erst viel später gemerkt."

DRITTER TEIL

Vier Monate nach Rolfrs Gefangennahme,
auf Ramassjes Schiff im Kykladischen Meer

Rolfr stolperte aus der Ladeluke des Frachtschiffes. Die gleißenden Strahlen der Sonne blendeten ihn, er kniff die Augen zu und tastete sich an Deck. Seit er dem ägyptischen Kapitän gehörte, war er kaum ans Tageslicht gekommen. Der Dolmetscher, ein zahnloser Seemann, sagte, der Kapitän wolle nicht, dass sich Rolfrs Haut bräune. Sie sollte möglichst hell und makellos sein. Deswegen peitschte der Kapitän ihn auch nicht aus wie Rolfrs vorheriger Besitzer, wenn er sich wehrte. Er flößte ihm einen bitterscharfen Trunk ein, der ihn benommen machte.

Mit geschlossenen Augen setzte sich Rolfr auf die Decksplanken. Die Schläge der Trommel, die den Ruderern den Takt vorgab, klangen heller als unter Deck. Die Luft roch frisch, der Wind strich Rolfr sanft über die Haut. Vor einem halben Monat hatte der Kapitän ihn an Bord gebracht. Es war Nacht gewesen, daran erinnerte er sich, obwohl er den Trunk bekommen hatte. Vom Schiff kannte er nur den Laderaum, der sich von dem eines gewöhnlichen Frachters nicht unterschied, aber der Dolmetscher behauptete, der Mast dieses Schiffes sei vergoldet und das Segel rot. Rolfr bedeckte seine Augen zum Schutz vor der grellen Sonne und spähte vorsichtig zwischen den Fingern hindurch.

Ein leuchtend rotes Segel blähte sich im Wind. Die Rah und der Mast spiegelten das Sonnenlicht, sodass Rolfr kaum hinsehen konnte. Der Mast war tatsächlich vergoldet.

Rolfr atmete tief durch. Der Wind wehte ihm den Gestank des Laderaums aus der Nase. Langsam gewöhnten sich seine Augen an die Helligkeit. Das Meer schimmerte so blau wie Glockenblumen. Unglaublich, dass Wasser diese Farbe annehmen konnte. Zu Hause, in Jörginsland, konnte die See meisenblau oder blaubeerblau werden, aber meist hatte sie einen gedeckten Farbton. Den von Schiefer, von Taubengefieder, oder sie schimmerte silbrig wie Fischschuppen.

Am Horizont erhob sich eine bergige Insel aus dem Meer. Um sie herum schwammen Hunderte von Booten, winzig klein aus der Entfernung.

Die persönliche Dienerin des Kapitäns, eine grauhaarige Frau, trat zu ihm. Sie hatte einen Korb dabei, in dem sich Goldbänder und farbige Schnüre ringelten. Die Grauhaarige gab ihm den Korb. Sie kämmte Rolfrs Haare. Es ziepte, doch es half nichts, wenn er protestierte. Dann setzte es nur Backpfeifen, oder er musste wieder den Trank schlucken. Deshalb sagte er nichts und hielt still. Jeder hier fasste ihn an, ohne zu fragen – er war kein freier Mensch mehr.

Die Grauhaarige zeigte ihm ein Goldband aus dem Korb und flocht es in seine Haare. Sie tippte an seine Schulter und wies auf den Korb. Er ergriff ein zweites Goldband und reichte es ihr.

„Gut", sagte sie, das war eines der wenigen Wörter, die er verstand. *Ja, nein, gut.* Für etwas, das nicht *gut* war, gab es kein Wort, sondern eine Schimpfrede oder einen Schlag ins Gesicht.

Die Grauhaarige flocht ihm viele Dutzend Goldbänder in die Haare. Als sie fertig war, tätschelte sie seine Schulter. Eigentlich war die Berührung freundlich, aber die Alte machte gemeinsame Sache mit dem Kapitän. Er stieß ihre Hand weg.

Sie lachte leise, so wie ein Bauer lacht, wenn ihn eine junge Kuh beim ersten Melken zu Fall bringt. Rolfr wandte der Grauhaarigen den Rücken zu.

Auf dem Deck des Schiffes befand sich ein Aufbau, der mit Stoff bespannt war. Dort trat gerade der Kapitän heraus. Er trug ein gefälteltes weißes Gewand und viele Ringe an den Fingern, wie damals, als er Rolfr auf dem Markt erhandelt hatte. Mit seinen schwarzumrandeten Augen sah er wie ein Zauberer aus. In dem weißen Gewand arbeitete er sicher nicht auf dem Schiff. Vielleicht zog er dann andere Kleidung an. Oder er gab nur Befehle. An den Riemen saßen Seeleute, die pullten, ein Mann in einem hellen Rock schlug die Trommel, ein anderer stand am Ruder.

Der Kapitän kam auf Rolfr zu. Auf der bloßen Hand hielt er einen weißen Falken. Der Vogel trug eine edelsteinbesetzte Haube. Sie bedeckte seinen Kopf bis über die Augen. So ruhig, wie der Falke saß, musste er zahm sein. Wie die Dohle, die Großmutter als Kind aufgezogen hatte. Dieser Vogel, so hatte sie Rolfr erzählt, war auf ihre Hand geflogen, wenn sie ihn gerufen hatte.

Der Kapitän trat zu Rolfr, griff in seine Haare und hob eine Flechte an. Er nickte und sagte etwas zu der Grauhaarigen, sie lächelte. Dem Kapitän folgte der zahnlose Dolmetscher. Er hockte sich neben Rolfr, als seien sie befreundet, dabei interessierte ihn nur, dass Rolfr ihm gehorchte. Dann wurde der Alte nämlich vom Kapitän mit einer Extraration Bier belohnt. Den Becher dafür hatte der Dolmetscher auch jetzt an seinem Hüftriemen befestigt.

„Den Falken sollst du halten, wenn wir im Hafen anlegen", sagte der Dolmetscher. „Du überreichst ihn einer Frau. Sie ist klein, selbst für die Kreter, du erkennst sie sofort. Sie trägt einen silbernen Gürtel mit Stieren darauf. Sie ist die Tochter der Minas, das ist die Königin von Kreta."

Kreta! Dieses sagenumwobene Land sollte von Ölbäumen bedeckt und von Häfen umkränzt sein, Rolfrs Vater hatte ihm davon erzählt. Die Königin dort erhielt Tribut von allen Ländern, die an das Südmeer angrenzten.

Rolfr nickte. Der Kapitän lächelte, und der Dolmetscher hielt ihm seinen Becher hin. Doch der Kapitän ergriff ihn nicht, sondern sagte etwas und kehrte in seine Kajüte zurück. Wahrscheinlich wollte er den Dolmetscher erst belohnen, wenn Rolfr den Befehl ausgeführt hatte.

Der Dolmetscher führte Rolfr wieder zur Ladeluke. „Auf Kreta leben die Sklaven wie freie Leute", flüsterte er ihm zu. „Wenn du deine Sache gut machst, darfst du bleiben. Sonst schickt dich die Frau mit dem Stiergürtel zurück aufs Schiff und du wirst in Thrakien auf dem Sklavenmarkt angeboten."

Der Dolmetscher öffnete die Luke, Gestank drang heraus. Der Geruch der Menschen und Tiere, mit denen Rolfr seit vielen Tagen eingesperrt war. Er schüttelte sich. Aus dem Mief trat schon hier an Deck ein stechender Geruch hervor; es war der der großen gefleckten Katze, die in einem Käfig saß und jeden Tag Fleisch zu fressen bekam. Vorn an der Leiter stapelten sich die Kisten mit Schmuck, Stoffen und Instrumenten. Obenauf stand eine kleine silberne Truhe, ein Bronzehelm mit zwei riesigen Hörnern lag daneben. Rolfr warf einen Blick zurück auf die Insel, der sie inzwischen so nah gekommen waren, dass er einen Hafen mit steinernem Ufer und weiße Gebäude dahinter erkennen konnte. Vielleicht durften die Sklaven dort in den Häusern schlafen, ohne Ketten an den Füßen.

Über die Leiter kehrte er in den Laderaum zurück. Hier musste er sich bücken, fast in die Hocke gehen, so niedrig war der Raum. Die Grauhaarige folgte ihm, sie trug jetzt einen Käfig, in dem der Falke mit der kostbaren Haube saß. Sie stellte den Käfig neben den Hörnerhelm und schloss die Ladeluke von innen. Ihr Rock raschelte, als sie sich setzte.

Nach all den Tagen fand Rolfr seinen Platz auch im Dunkeln. Links vorn hechelten die Hunde, der Gestank der großen Katze kam von rechts. Dazwischen saßen Menschen, es war nicht genug Platz da, damit alle sich hinlegen konnten. Vorsichtig setzte Rolfr einen Schritt vor den anderen. Er musste seine Füße behutsam zwischen die Körper drücken. Jemand reichte ihm die Hand und rutschte zur Seite, das war sicher der dunkelhäutige Mann mit den krausen Haaren, sein Sitznachbar. Rolfr ergriff die Hand, stützte sich zusätzlich auf der Schulter des Mannes ab und setzte sich an der freigewordenen Stelle nieder.

Leben wie ein freier Mensch, das bedeutete bestimmt nicht, dass er die Insel wieder verlassen durfte. Aber vielleicht mussten die Sklaven auf Kreta nicht bis in die Nacht hinein schuften. Vielleicht wurden sie nicht ausgepeitscht, nur weil sie sich unterhalten hatten. In der Nacht gab man ihnen vielleicht eine Decke zum Schlafen, und vielleicht bekamen sie mehr als nur Abfälle zu essen. Was würde er nicht für eine Schale Hirsebrei mit Heidelbeeren geben.

Ein dünner Lichtfaden markierte die Ritzen an der Ladeluke. Draußen warteten frische Luft und Wind und Sonne auf ihn.

An Deck rumpelte es, Schritte tappten schnell über die Planken, die Ruderangeln knarzten. Zum Takt der Trommel platschten die Blätter der Riemen ins Wasser. Dann verstummten diese Geräusche. Stattdessen ertönten Rufe, die stetig lauter wurden. Schließlich stieß das Schiff gegen Holz, es schaukelte sacht – sie hatten angelegt.

Draußen riefen viele Menschen in einer fremden Sprache. Sie lachten und pfiffen gellend, vielleicht hatten auch sie noch nie ein Schiff mit goldenem Mast und rotem Segel gesehen.

Die Stimmen verstummten nach und nach. Im Laderaum hechelten die Hunde, die große Katze knurrte. Rolfrs Sitznachbar atmete laut auf, jemand lachte leise. Alle waren froh, dass die Überfahrt endlich vorbei war. Jemand öffnete die Ladeluke von außen. Licht fiel ins Dunkel, Rolfr blinzelte vor Helligkeit. Seine Reisegenossen um ihn herum rieben sich die Augen, sie lächelten. Bald durften sie diesen engen und stinkenden Ort verlassen. Rolfr reckte sich zur offenen Luke und atmete die hereinströmende frische Luft ein.

Die Grauhaarige winkte den dunkelhäutigen Sklaven neben Rolfr heran. Vor der Leiter reichte sie ihm die silberne Truhe. Damit kletterte der Dunkelhäutige die Sprossen der Leiter empor und trat auf das Deck. Draußen johlten die Menschen.

Schnell gab die Grauhaarige dem nächsten Sklaven ein Zeichen. Einen nach dem anderen schickte sie mit Waren oder mit einem dressierten Tier nach oben. Als alle Kisten und Tiere ausgeladen waren, kamen die Frauen mit den Musikinstrumenten an die Reihe. Sie spielten schon, während sie an Deck kletterten.

Nun befanden sich nur noch Rolfr und die Grauhaarige im Laderaum. Gebückt ging er zur Ladeluke. Die Grauhaarige setzte ihm den Hörnerhelm auf den Kopf. Sie holte den Falken aus dem Käfig, er trug immer noch die Haube. An seinem Fuß hing eine Leine, die klemmte Rolfr zwischen seine Finger, damit der Falke ihm nicht davonflog, sobald er das Sonnenlicht spürte. Draußen endete die Musik auf einen Schlag. Die Grauhaarige tippte ihn an und wies auf den Ausgang.

Mit dem Falken auf der Hand stieg er die Leiter nach oben. Der Vogel klammerte sich an Rolfrs Fingern fest. Seine Krallen waren abgeschliffen und pikten nur ein bisschen, aber sie verletzten ihn nicht. An Deck blieb er kurz stehen und blinzelte in die Sonne. Dort standen viele Leute, die Kreter, die er im Schiffsinneren hatte rufen hören, aber nun schwiegen sie. Sie waren durchweg von kleiner Statur, mit brauner Haut und dunklen Haaren, in bunte, faltenreiche Gewänder gehüllt. Viele Frauen trugen Blusen mit so weiten Ausschnitten, dass ihre Brüste unbedeckt blieben. Alle diese Leute sahen zu ihm herauf. Ein Kind lachte und winkte, ein grauhaariger Mann legte langsam die Hand auf seinen Mund. Selbst in der Heimat gehörte Rolfr zu den hochgewachsenen Männern, für die Kreter hier musste er wie ein Riese aussehen. Seine Stammesgenossen in Jörginsland würden staunen, wenn sie hörten, dass es hier erwachsene Männer gab, die ihm kaum bis zur Brust gingen.

Hinter dem steinernen Ufer standen flache weiße Häuser. Eine gepflasterte Straße führte auf die Hügel hinauf, die mit braungrünem Strauchwerk bewachsen waren. Kleine Möwen kreisten über dem Hafen und kreischten. Ganz vorn am Ufer saß eine Dame auf einem Esel. Sie trug eine goldene Krone auf dem Kopf und viele Ketten und Ringe um den Hals, an den Armen und in den Ohren. Um sie herum standen mehrere reich geschmückte Frauen. Und da war eine kleinere, sie trug einen silbernen Gürtel. Das war vielleicht die Frau, von der der Dolmetscher gesprochen hatte. Die, die ihn als einen fast freien Sklaven haben wollte. Aber nur, wenn er *seine Sache gut machte*; dazu gehörte natürlich, dass er ihr und keiner anderen den Falken gab. Langsam schritt er das Fallreep hinunter. Viele Frauen vorn am Ufer hatten Gürtel umgebunden. Doch nur drei waren aus Silber. Auf einem war ein Muster eingraviert, auf dem zweiten Fische. Er trat auf das steinerne Ufer. Auf dem Gürtel der kleinen Frau glänzten Stiere im Sonnenlicht. Er ging zu ihr und hielt ihr den Vogel vor die nackte Brust.

Sie nahm ihn an. Das Volk brach in Jubel aus. Rolfr hörte das Wort „Minas" aus den Rufen heraus, was Königin bedeutete, hatte der Dolmetscher gesagt. Nun stimmten diese kleinen Leute einen Sprechchor an. Rolfr wurde zur Seite gedrängt, der Dolmetscher tippte ihm an den Arm und grinste. Offenbar hatte er alles so gemacht, wie der Kapitän es wollte. Die Kreter jubelten und pfiffen, Rolfr dröhnten die Ohren von ihrem Lärm. Schließlich setzte eine Frau mit drei dicken Zöpfen der Frau mit dem Stiergürtel eine goldene Krone auf den Kopf. Es war dieselbe, die vorhin die Dame auf dem Esel getragen hatte. Vier Seeleute brachten das Fallreep vom Frachtschiff und halfen der Stierfrau hinauf. Sie glich die Schwankungen des Fallreeps aus und stand darauf so sicher wie auf der Erde. Das musste sie vorher geübt haben. Die Kreter drängten sich um das Brett und hoben ihre Arme. Jeder wollte mithelfen, die Stierfrau zu tragen. Mit ihr in ihrer Mitte zogen sie auf der Straße den Hügel hinauf.

Der Dolmetscher führte Rolfr mit in dem Zug. Sechs Kreter – vier Männer und zwei Frauen – in grünen Mänteln und bunten Röcken begleiteten sie. Ihre Oberkörper waren bis auf die Mäntel nackt. In ihren Ledergürteln steckten Schlagstöcke. Sie sprachen in ihrem Kretisch zu Rolfr und lachten. Aber als er versuchte, aus der Menschenmasse herauszutreten, wurden sie ernst. Eine der Frauen zog ihren Stock und tippte ihm damit in die Rippen. Tja, offensichtlich wurden auch auf Kreta die Sklaven bewacht.

Auf der Straße gelangten sie in eine Stadt. Sie war noch größer als die mit dem Sklavenmarkt, wo Rolfr sich hatte begrapschen lassen müssen, bis der Kapitän ihn mitgenommen hatte. Die Häuser hier waren höher als alle, die Rolfr in seinem Leben gesehen hatte. Rote Säulen stützten die Dächer und oberen Stockwerke, gemalte Tiere und Pflanzen schmückten die Wände. Mit dem Dolmetscher, den Wachen und vielen anderen Kretern lief Rolfr durch viele Gassen und Tore. Die Häuser rückten immer näher zusammen, sodass ihm die Stadt schließlich wie ein einziges verwinkeltes Gebäude vorkam, prächtig und bunt und viele Stockwerke hoch.

Vielleicht durfte er diese Stadt nie wieder verlassen, sogar als fast freier Sklave nicht. Dann würde er nie mehr Gras unter den Füßen spüren, nie wieder aufs Meer hinausfahren. Er wischte sich über die Augen. Aber vielleicht konnte er hier überleben. Und vielleicht auch eines Tages fliehen. Das Meer war nicht weit entfernt, und Hunderte von Schiffen lagen dort im Hafen.

Schließlich gelangte Rolfr zu einem riesigen Saal. Eine Wand, die nur aus geöffneten Türen bestand, teilte den Raum. In der hinteren Hälfte legten Kreter in blau-weißen Röcken Teppiche und Kissen zurecht.

„Hier wird gleich die Krönung der neuen Minas gefeiert." Der Dolmetscher führte Rolfr durch eine der Türen in den hinteren Teil des Saals. „Die Leute wollen, dass du für sie turnst und tanzt. Ich glaube, die Minas will dich behalten. Enttäusche sie nicht."

Zwölf Tage später,
fünf Stunden nach Sonnenuntergang,
Palast von Knossos

Rolfr konnte nicht einschlafen, obwohl er von den Akrobatik-Übungen erschöpft und todmüde war. Er wälzte sich in seinem Bett herum, die Spannriemen knarzten leise. In das Holz des Bettgestells waren Fabelwesen eingeschnitzt, er fuhr mit der Hand über die Konturen. Da war das achtfüßige, rumpflose Tier mit den riesigen Augen, die so freundlich aussahen. In der Dunkelheit konnte Rolfr es nicht erkennen, aber er fühlte den runden Kopf. Sanft strich er mit dem Finger darüber. Das weiche Kissen schmiegte sich an seinen Kopf, die Laken dufteten nach den zartroten Blüten der Sträucher, die in den Gärten des Palastes wuchsen. So viel Prunk, selbst der Stammesführer in Jörginsland hatte kein so prachtvolles Gemach. Seit vorgestern war es Rolfrs.

Die Minas hatte bestimmt einen hohen Preis für ihn entrichtet. Sie hatte ihn der Akrobatentruppe zugewiesen, der außer ihm nur Kreter angehörten. In Knossos lebten viele Akrobaten, Musikanten und Tänzer, sie übten den ganzen Tag und hatten keine anderen Aufgaben, das hatte ihm der Dolmetscher gesagt, bevor er wieder abgereist war. Noch durfte Rolfr sich nicht frei im Palast bewegen, doch seit gestern stand keine Wache mehr vor seiner Tür.

Noch war es zu früh, um an eine Flucht zu denken. Er brauchte ein Boot. Mit einem kleinen Segelboot würde die Fahrt allein bis zu der Stadt mit dem Sklavenmarkt einen Monat dauern. Doch Jörginsland lag viele Tagesmärsche weiter nördlich. In den Wäldern konnte er jagen, aber mit Wertsachen könnte er Essen eintauschen. Dann käme er schneller voran. Bis zu den Ufern des Großen Brackmeers würde er wandern. Dort konnte er auf einem Boot anheuern, das ihn bis in die Heimat zurückbrachte.

Wahrscheinlich hatten Mutter und Vater die Hoffnung aufgegeben, ihn je wiederzusehen. Aber vielleicht dachten sie genau in diesem Augenblick auch an ihn. Vielleicht saßen sie mit der Gemeinschaft am Feuer und redeten darüber, was ihm wohl passiert sein mochte. Ob er im Meer ertrunken war. Getötet oder verschleppt. Vielleicht weinten sie. Mutter tröstete Haldeck, die Tränen liefen dem Kleinen über die runden Wangen. In Jörginsland war jetzt noch Winter. Der glitzernde Schnee lag auf den Dünen ...

Draußen im Lichthof raschelten Blätter, ein kleiner Ast brach. Der Hof konnte nur von Rolfrs Wohnung aus betreten werden. Vielleicht war ein Tier von den Dächern in den Hof hineingefallen, die dreibeinige Katze vielleicht, die manchmal oben zwischen den Steinhörnern herumstreunte. Sie hatte sich sicher verletzt, der Schacht war drei Stockwerke hoch. Er setzte sich auf.

Schritte tappten im Raum vor dem Schlafzimmer, jemand musste durch den Lichthof in die Wohnung gekommen sein. Die Person stieß gegen ein Möbel. Im nächsten Moment blickte ein Mädchen durch die Tür.

Ganz leise kam sie herein. Ihre Umrisse zeichneten sich in der Dunkelheit ab. Sie war klein und trug nur einen Rock. Ihr Haar hing nach kretischer Art in Kordeln herab. Sie näherte sich seinem Bett. Die Art, wie sie ihre Hüften schwang, passte eher zu einer erwachsenen Frau als zu einem Mädchen. Nun trat sie ins Mondlicht, das durch das Fenster fiel.

Ihr Rock gehörte zu der gestreiften Tracht der Dienerschaft, Rolfr hatte auch so einen. Die Schatten unter ihren Augen und die ausgeprägten Gesichtszüge verrieten, dass sie kein Mädchen, sondern eine längst erwachsene Frau war. Sie zwinkerte ihm zu und kam langsam näher. Vielleicht befürchtete sie, dass er sich erschrecken könnte. Na so etwas, diese Frau interessierte sich anscheinend für ihn. Aber sicherlich war sie verheiratet und konnte es ihm deshalb nicht in der Öffentlichkeit zeigen.

Ein bisschen Kretisch sprach er ja schon, für einen Gruß reichte es. „Guten Tag", sagte Rolfr und bemühte sich, den singenden Ton der fremden Sprache nachzuahmen.

Als Antwort lächelte die Dienerin und sah wieder aus wie ein sehr junges Mädchen, vielleicht weil sie so klein war. Irgendetwas sollte er jetzt sagen, damit sie nicht dachte, er sei vor Schreck erstarrt.

„Du ... wie?" Er zeigte zum Fenster, das auf den Lichthof ging.

Mit Gesten erklärte die Dienerin ihm, dass sie sich abgeseilt hätte. Er beugte sich hinaus zum Fenster. Im Lichthof hing tatsächlich ein Seil. Sie musste es oben auf dem Dach befestigt haben.

Wahrscheinlich gehörte die Dienerin auch zu den Akrobaten. Es waren so viele, und die Kreter mit ihren dunklen Augen und den schwarzen, lockigen Haaren sahen einer aus wie der andere. Heute bei der Probe war ihm ein blinder Trommler aufgefallen, doch ob diese Frau dabei gewesen war, daran erinnerte er sich nicht.

Sie setzte sich zu ihm aufs Bett. Ihren Gesichtsausdruck konnte er in der Dunkelheit nicht erkennen, aber sie blickte zur Seite, so als hätte sie Angst, ihn anzustarren. Ihre Hände lagen auf dem Laken, Rolfr spürte, wie sie zitterten. Unter ihrem Rock stieg der Duft der Bereitschaft auf.

Rolfr lachte. Das hatte er seit Monaten nicht getan. „Komm her, aber erwarte nicht zu viel von mir." Natürlich verstand die Dienerin kein Wort, nur deshalb traute er sich, seine Unerfahrenheit so offen zuzugeben.

Sofort ergriff sie seine Hand. Ihre war warm und verschwitzt. Sie beugte sich vor und legte ihre Stirn an seine Brust.

Die Dienerin stand erst beim ersten Morgengrauen auf, fast die ganze Nacht war sie geblieben. Ihr gelenkiger Körper war so aufregend, ihr würziger Geruch so verführerisch, hoffentlich kam sie ihn wieder besuchen. Sie hatte schon die Tür erreicht, da drehte sie sich um und kam zu ihm zurück. Sie umarmte ihn und drückte seine Hände, als wollte sie ein wortloses Versprechen geben.

Rolfr stand auf. „Du bist stumm, nicht wahr?" Er tippte auf ihre Lippen. „Du hast eine Stimme, du kannst hören." Er strich leicht über ihre Ohrmuscheln. „Aber sprechen kannst du nicht."

Ihr Umriss zeichnete sich vor dem Fenster ab. Sie hatte den Kopf zur Seite gelegt wie Mutters Hund, wenn er sich auf den Tonfall eines Menschen konzentrierte. Rolfr fiel ein, dass er das kretische Wort für „sprechen" ja schon kannte. „Du *sprichst* nicht."

Sie legte ihre Hand kurz auf seinen Mund, drehte sich um und lief davon, hinaus in den Hof.

An eine der Doppeltüren gelehnt blickte Rolfr ihr hinterher. Flink wie eine Haselmaus kletterte sie an dem Seil empor. Von oben winkte sie ihm noch einmal zu und verschwand hinter den Steinhörnern.

„Bis bald, stumme Trösterin", sagte Rolfr leise und nur für sich. Vielleicht sahen sie sich ja schon morgen auf der Probe wieder.

Drei Monate später,
zwölf Stunden nach Sonnenaufgang,
Knossos, Festplatz

Zum Fest des Meeresgottes hatte die Erste Akrobatin eine besonders aufwendige Darbietung geplant. Die ganze Truppe sollte die
Verbrüderung des Poseidon mit dem sechzehnarmigen Tintenfisch
nachspielen. Die Erste Akrobatin hatte Rolfr und den anderen gesagt, dass sogar Gäste aus Phaistos und Malia kämen. Schon seit Tagen probten sie nur für diese Vorstellung. Alle sprachen davon, wie
wichtig die Vorstellung sei; offenbar hing das Ansehen der Hauptstadt davon ab. Das Fest war wohl so bedeutend wie in Jörginsland
die Sonnenwende, wenn das Kräftemessen der Völker stattfand.
Doch hier ging es um Geschichten, die Rolfr noch nie gehört hatte.
Wahrscheinlich gab es hier andere Gottheiten als in der Heimat.
Wenn er mehr Kretisch konnte, würde er seine Akrobatik-Kameraden fragen, ob sie den Donnermacher kannten oder die Schnee-
riesin mit ihren Pfeilen aus Eis.

Am Morgen hatten sie die Eröffnungstänze geprobt, dann waren
die Musikanten an der Reihe gewesen. Jetzt, nach der Pause, musste
sich Rolfr wieder mit den anderen Akrobaten auf dem Festplatz ein-
finden. Die Sonne stand schon tief, trotzdem war es noch brütend
heiß. Das Pflaster des Platzes und die steinernen Tribünen strahlten
die Hitze ab wie ein Backofen. Rolfr wischte sich den Schweiß von
der Stirn. Und das sollte erst der Anfang des Sommers sein. Auf
der langen Reise nach Kreta hatte er sich wohl der Sonne angenä-
hert. Auch die Sterne standen ganz anders hier als in der Heimat.
Manche hatte er zuvor noch nie gesehen. Und die Sternbilder der
Fischer, der *Himmelswagen* und die *Axt des Brörding* zogen ihre
Bahnen viel näher am Horizont. Doch eines Tages würde er nach
Hause zurückkehren.

Zu Beginn seiner Zeit in Knossos hatte Rolfr geglaubt, die Flucht
aus dem Palast würde ganz einfach werden. Er lebte fast wie ein
freier Mensch. Aber das stimmte nicht. Er wurde zwar nicht geschlagen, auch nicht im eigentlichen Sinne zu etwas gezwungen.
Aber die Erste Akrobatin überwachte ihn. Seine Akrobatik-Kameraden begleiteten ihn immer, sie passten auf, dass er sich nicht

heimlich davonschlich. In Knossos zähmten sie die Sklaven mit Lob und Belohnungen.

„Jeder auf seine Position", rief die Erste Akrobatin. „Wir proben jetzt die ganze Nummer durch, ohne Unterbrechung von Anfang an bis zum Schluss."

Der Trommler klemmte sich sein Instrument zwischen die Beine und schlug ein paar Takte.

„Gebt euer Bestes", rief die Erste Akrobatin. „Stellt euch vor, die Minas säße auf der Tribüne."

Der Tanz begann. Die ersten Tiere des Meeres, die Seepferdchen, traten auf. Mit den anderen Akrobaten, die auch noch nicht an der Reihe waren, wartete Rolfr im Schatten der Tribüne auf seinen Einsatz. Die Seepferdchen kletterten auf Stangen, die im Boden verankert waren. Nur mit den Beinen schraubten sie sich in die Höhe, bis sie über den obersten Zuschauerrängen hingen. Dann kamen die Seesterne hinzu. Die Turner in Fünfergruppen hielten sich an einem Holzreifen fest, sodass sie wie miteinander verschmolzen wirkten, wie ein einziges Tier. Wenn alle erst in den Kostümen steckten, war die Täuschung perfekt.

„Hey, seht mal!" Die Kameradin neben Rolfr, die eine Muschel darstellte, zeigte auf die Treppe.

Da kam tatsächlich die Minas zum Festplatz herunter. Ausnahmsweise war sie alleine, niemand begleitete sie. Sie machte ein Zeichen, dass sie nicht stören wollte, und nahm auf einem der mittleren Ränge Platz.

Gleich kam Rolfrs Einsatz. Die Kameradin ergriff ihre Muschelschalen aus kalkbestrichenem Schilfgeflecht und lief zur Spielfläche. Rolfr folgte ihr mit seinem Zepter in der Hand.

Die Minas machte ein freundliches Gesicht und spendete Beifall mit kurzen Zurufen. Rolfr betrat die Spielfläche, er stellte einen der Söhne des Poseidon dar und musste bei dem Tanz seinen Vater verteidigen.

„Bravo!", rief die Minas, als er die Tintenfische im Schaukampf durch die Luft warf. Als Poseidon und der Vielarmige Oktopus den Brudertanz beendet hatten und Rolfr die Pyramide aus den Einsiedlerkrebsen stützte, streckte sie die Fäuste mit abgespreizten kleinen Fingern in die Höhe, das sollte heißen *Gut gemacht*.

Am Ende der Nummer stellten sich alle Akrobaten in einer Reihe auf. Da pfiff die Minas sogar durch die Zähne, das war das höchste Publikumslob auf Kreta.

„Hervorragend!" Die Minas lief die Stufen hinab. „Das klappt ja wunderbar."

Die Erste Akrobatin hob die Arme und legte die Hände über dem Kopf zusammen, so dankten auf Kreta die Spielleute dem Publikum. Alle Akrobaten machten es ihr gleich, alle strahlten. Selbst Rolfr grinste über beide Wangen. Schnell zog er wieder ein ernstes Gesicht. Er wurde als Gefangener hier festgehalten. Wenn man ihm etwas Gutes tun wollte, sollte man ihn gehen lassen.

„Nur das Finale stimmt noch nicht ganz", sagte die Minas lächelnd.

„Hoheit?" Die Erste Akrobatin trat zur Seite, und die Minas lief auf die Spielfläche.

„Der Oktopus könnte besser zur Geltung kommen, er braucht mehr Platz." Die Minas wies auf die Einsiedlerkrebse. „Die Krebse könnten doch weiter seitlich tanzen. Und die Söhne des Poseidon …" Sie kam auf Rolfr zu. „Die müssen noch stolzer sein. Tauros!" Sie baute sich vor ihm auf. „Du hältst ein Zepter, keinen Speer." Ihr Parfüm, Noten von Edelholz und Honig, hüllte ihn ein. „Es ist nur eine Kleinigkeit, aber mit großer Wirkung. Halt das Zepter einmal hoch."

Rolfr hob den Stab, der das Zepter darstellen sollte. Ein Schweißtropfen lief ihm den Nacken hinunter.

„Höher. Fast über den Kopf." Die Minas stellte sich auf ihre Zehenspitzen, griff ihm in den Arm und drückte ihn nach oben.

Rolfr zuckte zusammen. Diese Berührung war ihm nicht fremd. Ein vertrauter Geruch kam hinter der Parfümwolke zum Vorschein. Mit diesem Duft war er in der letzten Nacht eingeschlafen. Er blickte auf die Minas hinab. Das war sie, die kleine Dienerin, die ihn nur in der Dunkelheit besuchte. Er schaute in ihre Augen. Auf ihren Mund. Bevor sein Blick weiter abwärts wandern konnte, grub sie ihm die Fingernägel in die Haut.

Sie hatte wohl nicht damit gerechnet, dass er sie erkannte. Sie starrte ihn an, als hätte er den Pfeil in einem gespannten Bogen auf sie gerichtet.

„Ich werde es so machen, wie Sie es von mir erwarten, Minas", flüsterte er. „Bei meiner Ehre."

Fünfzehneinhalb Jahre später auf dem Kykladischen Meer

Wind weht über Ariadnes Gesicht. Nicht der wilde Sturmwind, sondern der freundliche Segelbläher, der Stirnerfrischer, der Freund aller Reisenden. Am östlichen Horizont verschleiern violette Streifen die Sterne, die Sonne drängt hervor.

Ariadne kuschelt sich in ihre Decke. Sie liegt auf den Planken eines kleinen, aber wendigen Boots. Es sind genügend Vorräte an Bord, Tauwerk, Anker, Angelgerät. Theseus hat sich tatsächlich großzügig gezeigt, als er ihr dieses Boot überlassen hat. Sein Schreiben an Mutter liegt gut verwahrt in einer Holzkiste, die achtern unter der Sitzplanke verstaut ist. Die Wachstafel ist mit Theseus' Siegel versehen, es ist offiziell: Ariadne, das Entführungsopfer, kehrt heim nach Knossos. Dort wird sie gefeiert werden als hervorragende Verhandlerin, die aus jeder Lage einen Ausweg findet.

Der Luwier aus Theseus' Mannschaft steht am Steuer. Er schaut nach vorn, nach Westen, wo das Meer noch in die Nacht fließt. Sein Nackenzopf wiegt sich im Wind. Der andere Mann, ein Naxier mit kurzen braunen Locken, holt die Schot dicht und belegt sie auf der Klemme. Der Bug zischt durch die Wellen, das Schiff fliegt wie ein Kormoran. Vielleicht befinden sie sich schon in der Nähe von Thira, Kretas Schwesterinsel. Übermorgen um diese Zeit können sie in Knossos sein.

Sie wickelt sich aus der Decke und streckt sich. Nirgendwo schläft man besser als auf den Planken eines Schiffes, wenn die Wellen es wiegen und der Wind es in die gewünschte Richtung treibt. Doch der Morgen bricht an, und sie ist wach und erholt. Ariadne verrichtet ihre Notdurft in einem Eimer und frühstückt. Die Sonne taucht hoheitsvoll und mächtig aus dem Meer auf. Die Wolken ziehen sich vor ihr zurück. Der Himmel leuchtet in allen Rottönen. Im Osten hebt sich eine Insel dunkel davon ab, mit einer flachen Hügelkette, das muss Astypalea sein. Ein paar Boote kehren gerade vom nächtlichen Fischen zur Insel zurück, andere sind am Auslaufen. Thira liegt noch unsichtbar vor Ariadne jenseits des Horizonts. Dort könnte sie anlegen und Mutter eine Brieftaube schicken lassen. Aber das würde ihre Heimkehr nur verzögern.

Ihre beiden Seeleute machen sich fertig zum Wenden: Der Luwier luvt an, das Schiff krängt, Wassertropfen spritzen auf die Planken. Die Männer verständigen sich mit knappen Zurufen. Sie arbeiten Hand in Hand. Das Segel killt, der Naxier wechselt die Seite, der Luwier am Steuerruder bringt den Bug durch den Wind. Schon bläht sich das Segel wieder, jetzt auf der anderen Seite. Sie haben kaum an Fahrt verloren. Ariadne hebt die Faust und spreizt den kleinen Finger zum Zeichen ihrer Anerkennung ab. Die beiden grinsen so offen, als würde Ariadne zu ihrer Mannschaft gehören. Neben dem Schiffsrumpf tauchen drei Flossen auf, die Rücken schimmern durchs Wasser. Delfine, der erste springt hoch in die Luft, die anderen tun es ihm nach. Sie springen abwechselnd, bei jedem Sprung schießen sie höher aus dem Meer heraus. Schließlich tauchen sie wieder unter.

Ariadne setzt sich neben den luwischen Steuermann. „Bist du lange in Hellas gewesen?"

„Fast ein Jahr. Ich bin Söldner."

„Was hast du vor? Willst du auf einem Kreter anheuern oder treibt es dich nach Athen zurück?" Sie gibt sich Mühe, einen lockeren Ton anzuschlagen, denn der Luwier ist sicher nicht gewohnt, sich mit einer Prinzessin zu unterhalten.

„Nein, nicht nach Athen." Er schaut nicht sie an, sondern geradeaus zum Horizont.

Vielleicht ist er schüchterner, als sie dachte. „Du kennst dich gut aus, das habe ich sofort gesehen. Meine Kusine ist Kapitänin auf der *Opulenz*, dem größten kretischen Handelsschiff. Sie kann immer fähige Leute gebrauchen. Wenn du willst, kannst du in Amnissos anheuern."

Er wirft ihr einen kurzen Blick zu und dreht den Kopf zur Seite. Aber natürlich! Er weiß bestimmt, dass Asterion und nicht Ariadne in Amnissos das Sagen hat. Vielleicht schaut er zur Seite, weil er sein Lachen kaum verbergen kann. Das will sie genau wissen. Sie tippt ihm an den Arm. „Zudem ist mein Bruder Hafenmeister." Wenn der Kerl sich jetzt ein Grinsen erlaubt, dann kann er was erleben.

Der Luwier wendet ihr sein Gesicht zu, aber er schaut ihr nicht in die Augen. Er setzt zum Reden an, doch er atmet aus, ohne dass er ein Wort gesagt hat.

„Was ist los, gefällt dir das etwa nicht?" Sie hat wohl die Stimme zu sehr gehoben, denn der Naxier fährt herum, aber zum Glück versteht er ja nichts.

„Er hat mich schwören lassen, dass ich Ihnen nichts verrate", sagt der Luwier mit kratziger Stimme. „Sie würden selbst dahinterkommen, meinte er, und ich soll so tun, als wüsste ich von nichts. Er hat mir keine Wahl gelassen."

„Wer? Dein Arbeitskamerad?" Sie deutet mit dem Kinn in Richtung des Naxiers.

„Nein, der hat keine Ahnung." *Theseus.* Er formt den Namen nur mit den Lippen. „Ich musste ihm gehorchen. Er ist der Kapitän, und ich war unter seinem Befehl." Die Sonnenscheibe schwimmt auf dem bleifarbenen Wasser hinter dem Luwier, ihre Strahlen glitzern in seinen kurzen, schweißnassen Haarstoppeln rund um den Nackenzopf.

„Reiß dich zusammen, Mann", sagt sie leise, damit der Naxier nicht wieder auf sie aufmerksam wird. „Erzähl mir alles von Anfang an, und sei ehrlich. Wenn du unschuldig bist, passiert dir nichts." Sie hat es genau gewusst, Theseus hat in Knossos doch etwas angestellt.

Der Luwier sinkt in sich zusammen. Er schaut zu Boden und nickt. „Wir haben am Strand gesessen, abends, ich und ein paar von der Mannschaft. Das machen wir oft. Es ist wenig Platz in den Unterkünften, und man kriegt schnell Ärger wegen zu viel Lärm. Da ist Theseus mit seinen drei Unterbefehlshabern angerannt gekommen. Sie haben nur gesagt: *Aufs Schiff! Bis in die Kabine, damit uns niemand sieht.* Theseus wollte die anderen holen, die Unterkunft war ja nicht weit. Aber Hesehu hat gesagt: *Nur schnell weg.* Alles habe ich nicht verstanden. Weil die so schnell Hellenisch gesprochen haben. Man hat ihm eine Falle gestellt, hat Theseus gesagt. Er hat nichts damit zu tun, aber sie werden es ihm anhängen wollen. Pasiphaë wird ihn töten. Und uns alle mit, weil wir ja seine Mannschaft sind."

Ariadne erhebt sich und tritt vor den Luwier, damit er nicht immer an ihr vorbeischauen kann. „So ein Quatsch. Warum sollte

Pasiphaë ihn töten wollen? Nur weil er Asterion provoziert hat auf dem Fest?"

Dem Luwier läuft eine Schweißperle über die Stirn bis in die Braue. „Nein. Die Minas wird sagen, dass Theseus ihn getötet hat."

Das Licht des neuen Morgens hat die weiche Farbe verloren, gleißend rot breitet es sich über das Meer aus.

„Wer ist tot?"

„Na, der Minotau... Ich meine, Prinz Asterion."

Eine Welle kommt, das Boot bäumt sich kurz auf. Ariadne hält ihr Gleichgewicht. „Wer hat das gesagt?"

„Die anderen Seemänner haben es erzählt. Manche meinen, es war ein Unfall, Theseus wollte ihn gar nicht töten. Andere sagen, er hat ihn schon tot gefunden, als er in sein Zimmer kam."

Asterion war quicklebendig, als sie das Megaron verlassen hat. „Vielleicht war der Prinz nur verletzt." Das Herz klopft ihr bis zum Hals. Asterion tot! Aber sie muss ruhig bleiben, vielleicht stimmt es gar nicht. Wenn sie sich umsonst freut, wird die Enttäuschung umso herber sein.

„Nein, nein, er war tot. Sonst wäre Theseus nicht so verzweifelt gewesen. Hesehu hat alles entschieden: Sofort losfahren, Segel setzen und rudern, Kurs nach Nordwesten."

Sie lässt sich wieder neben den Luwier auf die Sitzplanke sinken. Konkurrenzlos. Sie ist Mutters Favoritin. Es ist wieder wie damals, wie vor vierzehn Jahren. Die glückselige Ära, die durch Asterions Geburt beendet worden war.

Seit sie den Säugling, weiß wie eine Made, das erste Mal gesehen hatte – an Mutters Brust, vor dem Heiligtum der Eleuthia – hat Ariadne sich gewünscht, dass er wieder verschwindet. Einmal hat sie es sogar versucht, mit dem Kissen. Der Schreck und die Scham, als Kalathe sie dabei erwischte, waren stärker als der Hass auf den Bruder. Kalathe hat sie nicht verraten, Ariadne musste dafür versprechen, es nie wieder zu tun. Sie hat ihr Versprechen gehalten. Sie hat sich eingeredet, sie müsste Asterions Existenz akzeptieren. So, wie man mit einem tückischen Riff leben muss, wenn es direkt vor dem Hafen liegt. Man umschifft es, täglich, bei jeder Fahrt. Es kostet Kraft und Nerven. Es reißt einem Löcher in den Rumpf, wenn man nicht aufpasst. Die Gefahr des Kenterns ist allgegenwärtig. Doch nun ist Ariadnes Riff verschwunden. Poseidon ist unergründlich.

Die beiden Seeleute werfen sich Blicke zu; vielleicht ist sie bleich geworden oder rot, oder sie sieht aus wie versteinert.

„Ich bin so froh, dass ich nach Hause komme", sagt sie leise.

Der Luwier übersetzt den Satz für den Naxier. Der lächelt schief, zieht sein Kopftuch hinter dem Gürtel hervor und bindet es sich so um die braunen Locken, dass sein ganzes Gesicht im Schatten eines Sonnenschirms liegt. Soll er sie für überspannt halten. Sie steht auf, reckt sich der aufsteigenden Sonne entgegen. Die Strahlen fangen sich in den Tränen, die an ihren Wimpern hängen. Tautropfen am Morgen eines neuen Lebens, sie bringen die ganze Welt zum Glitzern.

Von Süden nähert sich ein Fischerboot, das Segel bläht sich im raumen Wind. Der Kahn kommt schnell voran, viel kann er nicht geladen haben. Der Fang hat sich wohl nicht gelohnt.

Der Luwier hat gar nicht erzählt, wie Asterion gestorben ist. Es hörte sich so an, als wüsste er es nicht. Auf der Wachstafel in der kleinen Holztruhe steht: *Wir trafen uns vor dem Festsaal.* Und: *Wir gingen gemeinsam an den Strand.* Ariadne hat diese Worte mit ihrem Zylinder gesiegelt. Sie fasst nach der Kette an ihrem Hals, der Siegelzylinder reibt an ihrer Haut. Bis eben erschien ihr diese Unwahrheit nebensächlich. Aber für Theseus ist sie von höchster Bedeutung. Er hat sie hintergangen, der Lump! Sie hätte nicht gedacht, dass er zu einem solchen Winkelzug fähig ist. Ariadne, die Erste Prinzessin, bezeugt, dass Theseus bei ihr war, als Asterion gestorben ist. Ein erstklassiger Beweis für Theseus' Unschuld.

Von den Felsen der Insel erhebt sich ein Möwenschwarm, winzige Punkte am blauen Himmel. Der Wind trägt ihr schrilles Geschrei herüber, die Vögel fliegen auf das schnelle Fischerboot zu. Es fährt an Anafi vorbei. Die Möwen betteln um Futter, doch auf dem Boot wirft niemand den ungenießbaren Beifang für die Vögel in die Höhe. Vielleicht war das Boot noch gar nicht zum Fischen draußen auf dem Meer.

Wie ärgerlich, dass sie von Asterions Tod nichts wusste. Welchen Ruhm hätte sie erlangen können, wäre sie in der Mordnacht vom Strand in Amnissos direkt nach Knossos gelaufen. Dann hätte Mutter Theseus erwischt, und Ariadne wäre eine Heldin gewesen. Aber dieser Fisch ist von der Leine, jammern nützt da nichts mehr.

Es ist auch nicht so wichtig. Mutter wird froh sein, dass ihre Ariadne wohlbehalten wiederkehrt. Denn es gibt keinen Asterion mehr! Hoffentlich ist es wirklich wahr.

Die Möwen kreisen noch über dem Fischerboot, doch ihre Schreie werden schwächer. Allmählich merken sie wohl, dass es dort nichts zu holen gibt.

Kalathe könnte allerdings auf falsche Gedanken kommen. Sie könnte vermuten, Ariadne hätte mit dem Athener gemeinsame Sache gemacht. Auf der Wachstafel, die in der Holzkiste unter Ariadnes Sitz liegt, erklärt Theseus, dass er Ariadne entführt und wieder freigelassen hat. Aber sie ist unverletzt. Kalathe wird nicht glauben, dass Ariadne sich kampflos entführen lässt. Vielleicht ist es besser, dass diese Tafel verschwindet. Zu dumm, alles hängt davon ab, wie der Stand der Dinge in Knossos ist, was man dort glaubt, das geschehen ist. Ariadne müsste mehr darüber erfahren, und zwar bevor sie in Amnissos einläuft.

Die Minas von Thira ist bestimmt bestens unterrichtet. Mutter wird Tauben geschickt haben. Oder sogar ein Schiff.

„Wir nehmen Kurs auf Thira", sagt sie zu dem Luwier. „Beeil dich, dann können wir noch vor dem Kahn dort wenden." Sie zeigt auf das Boot mit den Möwen, ein paar fliegen bereits wieder nach Anafi zurück.

Der Luwier ruft dem Naxier einen Befehl zu, und dieser löst die Schot. Sie fahren schräg auf das Fischerboot zu. Vielleicht kommt es aus Thira, der geschnitzte Delfin am Bug sieht nach einer kretischen Arbeit aus.

Der fremde Kahn fährt im raumen Wind, Ariadnes Schiff nur im halben. Nach den Regeln der Seefahrt müsste der Fischer ausweichen, weil er mit dem Wind von hinten besser manövrieren kann. Wenn beide Schiffe den Kurs beibehalten, wird es zum Zusammenstoß kommen.

Mit der Hand am Steuer steht der Luwier auf. „Hey!", ruft er zu dem Delfinboot hinüber und schwingt seinen Arm hin und her. Auf dem fremden Boot ist nur ein einziger Mann an Bord und hält das Steuerruder. Er trägt einen Helm und einen grünen Mantel und schaut stur geradeaus. Gleich wird das Delfinboot das von Ariadne streifen.

Der Luwier ruft dem Naxier etwas zu, dieser wirft die Schot los und das Segel killt im Wind. Sofort verliert ihr Boot an Fahrt.

Das Wasser schäumt an seinem Bug, als das Delfinboot an ihnen vorbeifährt. Der Naxier schreit den Fremden mit dem Helm an, wahrscheinlich wirft er ihm ein paar deftige naxische Schimpfwörter an den Kopf. Der Fremde wendet sich ab. Der grüne Mantel, den er sich vor der Brust zusammenhält, könnte zu der Tracht der knossischen Palastwache gehören. Der Helm ist aus Bronze.

Wie kommt der Mann an diese Uniform? Ariadne würde ihn gern fragen, doch dazu müsste sie wenden lassen und das fremde Boot verfolgen. Ein grüner Mantel, nun, der ist wohl auf jeder Insel zu finden. Aber ein Fischer mit einem Bronzehelm, das ist im ganzen Mittelmeer so selten wie eine Perle in einer Miesmuschel. Wenn der Helm wirklich von der Palastwache stammt, dann muss der Mann ihn gestohlen haben.

Das Fischerboot zieht weiter nach Norden. Der Naxier holt seine Schot dicht. Langsam nehmen sie wieder Fahrt auf. *Lass es gut sein, Ariadne.*

„Hast du den Helm gesehen?", fragt sie den Luwier.

Er nickt. „Verrückt, der Mann. Fährt allein mit diesem Boot raus."

„Das war doch ein Helm von der knossischen Wache."

„Von Knossos? Viel zu weit weg. Das war ein Thraker, die haben auch Helme auf, und sie landen auf Anafi. Da saufen sie, bis sie den Verstand verlieren."

Die letzte Möwe lässt von dem Fischerboot ab und kehrt zu den anderen auf den Felsen zurück. Sie schreit zum Abschied, es hört sich an wie Asterions keckerndes Lachen.

Nein, dieses Mal wird sie keinem Verbrecher hinterherjagen, der keiner ist. Sie hat sich schon genug Fehler geleistet. Auf nach Thira. Noch heute wird sie von der Minas dort erfahren, wie Asterion starb und was seitdem in Knossos geschehen ist. Sie schließt die Augen und hält ihr Gesicht der Sonne entgegen.

Kurz zuvor

Daidalos sitzt am Steuer, der Wind treibt das Schiff nach Norden. Der Himmel ist so blau wie das Meer, die Wellen tragen schmale Schaumkronen auf ihrem Kamm. Hoch oben im Zenit stehen zarte Wolkenbänder. Die Sonne wärmt schon, langsam wird es unangenehm heiß unter seinem Helm. Sobald sie Anafi hinter sich gelassen haben, kann er das Ding absetzen. Aber hier sind noch zu viele Boote unterwegs.

Die *Delfin* zieht an der östlichen Landzunge der Insel vorbei. Eine hohe Felszacke ragt hier in den Himmel, der Köcher des Apollon. Möwen steigen von seiner Spitze auf, ein ganzer Schwarm. Die Vögel fliegen direkt auf Daidalos' Boot zu. Sie glauben wohl, dass es Abfälle zu fressen gibt. Der Wind trägt ihr schrilles Geschrei herüber.

Von Norden nähert sich ein Segler. Es ist ein einfacher Kahn, aber er wird gut gesteuert. Dafür, dass er so hoch am Wind fährt, ist er sehr schnell.

Sie sind noch in der Nähe von Thira, Kretas Schwesterinsel. Hier haben die Hörner bestimmt bereits verkündet, dass Tauros und Daidalos gesucht werden.

„Tauros, runter." Es ist nicht das erste Mal heute, dass ein fremdes Boot ihnen nahekommt. Der Sklave legt sich wie zuvor lang ausgestreckt auf die Planken. So kann man ihn nicht sehen. Das fremde Boot fährt in einiger Entfernung an ihnen vorbei.

Eine Möwe kreischt laut über Daidalos' Kopf. Sie führt einen Scheinangriff auf eine andere Möwe aus, ein dritter Vogel fährt dazwischen. Im nächsten Moment fliegen die Möwen so durcheinander, dass Daidalos nicht mehr weiß, welches die Angreiferin und welches die Verfolgte war. Er reibt sich den Nacken und schaut wieder aufs Meer. Das fremde Boot hat gewendet, es hält jetzt genau auf sie zu.

„Bleib unten", sagt Daidalos zu dem Sklaven, der gerade wieder aufstehen will.

Das fremde Boot kommt näher. Es ist ein schmuckloser Fischerkahn, wie sie zu Tausenden zwischen den Kykladen umherfahren.

„Tauros, du musst unter die Persenning." Normalerweise fährt niemand mit einem Boot wie der *Delfin* allein aufs Meer, aber der

Sklave darf unter keinen Umständen gesehen werden. Er ist so groß und sein Haar ist so hell, dass er sofort erkannt würde.

„Da ist kein Platz."

Als wüsste Daidalos nicht selbst, was da alles im Stauraum liegt. „Schieb alles zur Seite, mach schnell."

Das kykladische Boot kommt direkt auf die *Delfin* zu. Nach den Seefahrtsregeln müsste Daidalos abdrehen, denn er fährt im raumen Wind. Aber wenn er abdreht, verliert er an Geschwindigkeit. Drei Personen sind an Bord.

Das kykladische Boot hat ganz unvermittelt den Kurs geändert. Vielleicht haben sie den Auftrag, alle kretischen Boote zu überprüfen.

Der Sklave zieht das Paket hervor und versucht, die Vorräte noch weiter in den Bug hineinzuschieben.

„Mensch, lass die Wasserschläuche und das ganze Gerümpel draußen", ruft Daidalos ihm zu.

Das kykladische Boot kommt näher. Die Boote werden sich rammen, wenn beide ihre Geschwindigkeit und ihren Kurs beibehalten. Daidalos fasst das Ruder fester.

Auf dem heranschießenden Boot navigieren zwei Männer. Eine Frau steht am Heck, sie trägt Gewänder wie für ein Fest am Hof der Minas. Ein dunkelblauer Rock, eine hellblaue Bluse, ein breiter Gürtel, der in der Sonne glänzt. Bei Athene, diese Frau ist Ariadne. Daidalos hat keine Ahnung, wie sie hierhergekommen sein mag. Gelobt sei der Helm mit dem Nasenschutz auf seinem Kopf!

Abdrehen kommt nicht mehr in Frage. Daidalos zieht den Mantel an der Brust zusammen, sodass er das Himation verdeckt. Dabei senkt er den Kopf und schaut zur Seite, weg von dem kykladischen Boot. „Unter die Persenning, schnell! Es ist Ariadne." Von dem Sklaven darf noch nicht einmal der kleine Finger zu sehen sein.

Endlich verschwindet der Sklave hinter dem Paket. Im Stauraum scheppert es laut, als ob ein Stapel Bronzeplatten durcheinandergeschüttelt wird. Auf jeden Fall liegt da jede Menge Metall.

Daidalos hält Kurs geradeaus, aber er blickt unverwandt nach links. Das kykladische Boot ist ihnen so nah, dass er seinen Rumpf durch die Wellen schießen hört. Gleich kommt der Aufprall.

Doch er hört nur ein Zischen und Rumpeln, als ob die Schot ausrauscht, gleich darauf das Flattergeräusch von einem killenden Segel. Jemand brüllt von drüben auf Hellenisch: „Bist du lebensmüde?"

Daidalos dreht sich noch mehr nach links, sodass Ariadne nur seinen Rücken und den Helm sehen kann.

Die *Delfin* zischt durch das weite Meer. Ein Dutzend Schiffe liegen in Daidalos' Blickfeld. Wenn Ariadne ihn erkannt hat, macht sie kehrt. Sie wird ihn verfolgen und Alarm schlagen. Thira liegt direkt hinter dem Horizont. Und natürlich würden auch die Einwohner von Anafi und Astypalea dem Hilferuf einer kretischen Prinzessin Folge leisten. Daidalos fährt weiter geradeaus. Er spürt Ariadnes Blick im Rücken. Aber sie kann schauen, wie sie will. Er dreht sich nicht um, egal was geschieht.

Die Möwen steigen höher und fliegen schließlich nach Westen. Daidalos blickt ihnen hinterher. Wahrscheinlich suchen sie sich ein anderes Schiff, oder sie kehren nach Anafi zurück. Im Augenwinkel sieht er das andere Boot. Es hat seinen Kurs beibehalten. Ariadne fährt also nach Thira. Nur zu gerne würde Daidalos wissen, was sie vorhat und warum sie mit einem kykladischen Schiff unterwegs ist.

Aber diese Fragen sind nicht so wichtig wie eine andere, die er jetzt auf der Stelle klären wird. „Du kannst wieder rauskommen", sagt er zu dem Sklaven.

Der kriecht unter der Persenning hervor.

„Hol doch mal alle Vorräte aus dem Stauraum."

Auf allen Vieren hält der Sklave inne. Er schaut Daidalos an.

„Besonders die aus Metall interessieren mich."

Der Sklave nickt langsam. Er zieht einen Sack aus grobem Tuch hervor und schleift ihn über die Planken bis zu Daidalos, der immer noch das Steuerruder hält. Im Sack klirrt es. Der Sklave geht vor Daidalos in die Hocke und löst das Verschlussband. Er holt eine Ledertasche aus dem Sack. Es klimpert darin. Der Sklave öffnet die Tasche und schüttet den Inhalt aus. Mit Gescheppter fallen Bronzezungen, Schmuckstücke, ein Dolch und eine goldene Statue des Poseidon auf die Planken.

Mit dem Fuß schiebt Daidalos die Sachen auseinander. Der Dolch steckt in einer kupferbeschlagenen Scheide, die mit einem geflügelten Pferd, einem Pegasus, dekoriert ist. Zwei Ringe sind sehr kostbar gearbeitet. Einer zeigt eine granulierte Blüte, der andere ist aus Silber und trägt einen grünen Stein. Der Sklave holt auch noch eine hellenische Fibel aus Silber, einen goldbeschlagenen Gürtel und einen weiteren, größeren Bronzezungenkranz aus dem Beutel hervor. Es ist genug, um drei Boote zu kaufen. Alle Wetter!

Der letzte Gegenstand, den der Sklave aus dem Sack zieht, ist sehr lang und in einen hellen Stoff eingeschlagen.

„Nicht schlecht. Wo hast du die Sachen gestohlen?"

Der Sklave wickelt den Stoff von dem langen Gegenstand. Der Knauf und das Heft eines Schwertes erscheinen. Sie sind aus dunklem Horn gefertigt. Das Tuch rutscht tiefer.

„Das ist ja ein Chiton." Daidalos greift nach dem Stoff. Es ist tatsächlich ein hellenisches Untergewand aus feinem Leinen.

Der Sklave streift den Chiton vollends von der Waffe. Die lederne Scheide ist mit einer eingepunzten Eule verziert. Auf dem silbernen Ortband glitzert ein Rubin.

„Das ist Theseus' Eigentum." Daidalos lässt das Steuerruder los, springt auf und ergreift das Schwert. „Theseus hat dieses Schwert bei seiner Ankunft in Knossos getragen."

Das Boot dreht sich langsam. Der Sklave setzt sich auf den Platz des Steuermanns, ergreift das Ruder und bringt das Boot wieder auf Kurs.

„Wie kommst du zu der Waffe?"

Langsam löst der Sklave den Blick vom Horizont. Der trotzige, ungezähmte Ausdruck des jugendlichen Sklaven kehrt auf sein Gesicht zurück. Wie damals, als er auf dem Schiff nach Kreta kam, funkeln seine Augen so blau wie ein eisiger Winterhimmel.

Daidalos hält ihm das Schwert entgegen. „Du hast es Theseus gestohlen."

„Ja. Am Morgen nach Asterions Tod."

„Du lügst. Theseus' Gemächer wurden sofort durchsucht. Es waren keine Wertsachen mehr dort."

„Ich war schon vorher da, vor der Durchsuchung." Wieder konzentriert sich der Sklave auf den Horizont.

Daidalos stellt das schwere Schwert vor sich hin wie einen Wanderstab und hält es beidhändig am Heft. „Das glaube ich dir nicht.

Zu dem Zeitpunkt konntest du noch nicht wissen, dass Theseus nicht zurückkommt."

Der Sklave zieht die Schot aus der Klemme, holt sie an, obwohl das Segel schon optimal getrimmt ist, und belegt die Schot wieder. „Ich hab ihn fortlaufen sehen, in der Nacht, mit seinen Leuten", sagt er endlich.

Daidalos lacht auf. „Du hast also gesehen, wie er mit seinem Schiff weggefahren ist. Und statt es zu melden, gehst du in sein Gemach und stiehlst seine Sachen." Er hebt eine Hand vom Schwert und nimmt den Helm ab. Der Wind kühlt seinen Kopf. „Das ist doch Unsinn."

„Nein, nicht aufs Schiff", sagt der Sklave leise. „Nur, wie er aus dem Palast gerannt ist."

„Aber du wusstest, dass er Kreta verlassen wollte."

„Ja." Der Sklave schluckt. „Ich habe mir gedacht, dass er Angst hat. Dass er befürchtet, die Minas gibt ihm die Schuld."

„Die Schuld daran, dass Asterion tot ist? In dieser Nacht wusste noch niemand, dass Asterion nicht mehr lebt." Der Rubin am Ortband der Scheide blitzt in der Sonne.

Der Sklave senkt den Kopf, das Boot fährt einen kleinen Schlenker. „Theseus wusste es. Ich wusste es auch."

„Du warst dabei!" Daidalos lässt das Schwert sinken. „Du hast gesehen, wie Asterion getötet wurde."

In der Nacht des Delfinfestes,
fünfte Stunde nach Sonnenuntergang,
Festsaal im Palast

Die meisten Gäste waren schon gegangen. Die Bediensteten standen in den Ecken und warteten. Bald begann das Aufräumen und Saubermachen. Rolfr packte Kostüme, Jongliergeräte, Tücher und Federbälle zusammen. Der Mundschenk bot Asterion erneut Wein an, doch der Prinz winkte ab. Er schob sich seine gelbe Federkrone aus der Stirn und stand auf. Auch die Minas erhob sich und griff nach ihrem Mantel. Sie hatte die Akrobaten entlassen, bis übermorgen hatte er frei.

Rolfr verließ den Festsaal und machte sich auf Weg zu seiner Unterkunft. Er trat auf den Mittelhof. Die Sterne leuchteten hell in dieser Nacht. Ein Käuzchen rief vom Gästeflügel herunter. Ein anderes antwortete ihm vom Dach eines Säulengangs. Seine kleine Vogelgestalt auf der Spitze eines Füllhorns hob sich gegen das Firmament ab.

Langsam überquerte Rolfr den Mittelhof. Als er den kleinen Asterion das erste Mal gesehen hatte, hatte er befürchtet, dass Nethelaos das Kind verstoßen könnte. *Sein* Kind, das noch hellhäutiger war als er. Aber Pasiphaë liebte Asterion sehr, da hatte Nethelaos wohl nichts machen können. Heute hatte sie ihn zum Hafenmeister ernannt, obwohl er noch so jung war. Rolfr lächelte vor sich hin. Ab heute hatte sein Sohn das Sagen über den Hafen von Amnissos.

Vor einiger Zeit hatte Rolfr ein Schiff ausgespäht, mit dem die Flucht von Kreta möglich wäre. Ein kleines Boot mit einem hölzernen Delfin am Bug. Es gehörte einem alten Fischer, der nur noch selten hinausfuhr. Aber das Boot war in gepflegtem Zustand, und unter der Persenning im Vorschiff befanden sich Süßwasserreserven, Segel und Ersatzsegel und alle Dinge, die man brauchte, um sofort in See zu stechen. Das Delfinschiff lag am östlichen Rand des Hafenbeckens. Er könnte es losmachen und damit wegfahren, ohne Aufmerksamkeit zu erregen. In der Nacht würde die Hafenwache das Boot erst bemerken, wenn es sich in der Hafenausfahrt befand. Oder gar nicht.

Rolfr betrat den Teil des Ostflügels, in dem die Bedienstetenunterkünfte lagen. Im Korridor brannten noch alle Lampen, denn die Diener durften immer erst nach den Herrschaften ins Bett gehen. Sein Zimmer, in dem er nun seit zehn Jahren wohnte, lag im obersten Stockwerk. Ein Fenster zeigte nach Norden, das hatte er sich von der Minas ausgebeten. Wenn er in der Nacht am Fenster stand, zeigte ihm der Nordstern den Weg nach Jörginsland.

Er stieg die drei Treppen hoch. Die Lampe vor seiner Tür flackerte, gleich war das Öl verbraucht und die Lampe würde verlöschen. Er betrat seine Unterkunft. Ein schlichtes Bett, eine mit Schnitzereien verzierte Truhe, ein schmales Regal, mehr brauchte er nicht.

Auf seiner Flucht allerdings würde er Bronze benötigen. Solange er auf dem Meer war, konnte er vom Fischfang leben. Aber später, auf dem Festland, würde er schneller vorankommen, wenn er Lebensmittel, warme Kleidung und Waffen ertauschen konnte.

Die Bronze war kein unüberwindbares Hindernis. Er würde ein paar Gegenstände aus dem Palast mitnehmen. Die hübsche Schale zum Beispiel, die auf seiner Truhe stand. Er tippte mit dem Fingernagel an das Gefäß, es klang wie eine leise Glocke.

Das eigentliche Problem war, dass ein einziger Mann kein Hochseeschiff navigieren konnte. Und die Besatzungsmitglieder mussten freiwillig mitkommen. Doch von den Menschen, denen er vertraute, hatte er niemanden überreden können.

Seit heute Abend war aber alles anders. Sein leiblicher Sohn hatte die Befehlsgewalt über den gesamten Hafen, über die Flotte und über alle Seeleute von Amnissos. Ein kleines Fischerboot und zwei Söldner konnte Asterion entbehren. Es musste natürlich heimlich geschehen, doch ein einziges Mal würde der Sohn dem Vater sicher helfen.

Rolfr ging zum Fenster und atmete die milde Nachtluft ein. Vielleicht wäre es am günstigsten, wenn er Asterion um den Gefallen bat, solange der in bester Stimmung war. Und in bester Weinlaune. Asterion konnte großzügig sein, einmal hatte er der Köchin für eine besonders gut gelungene Süßspeise ein Halsband geschenkt.

Hinter den Hügeln, die sich jetzt schwarz vor dem Sternenhimmel abhoben, lag der Hafen. Jenseits des Meeres erhoben sich Berge. Dort, weit in der Ferne, entsprang der Große Strom, und an seiner Mündung, noch höher im Norden …

Ein Stern löste sich vom Himmel und fiel in einem weiten Bogen bis hinter den Krähenstein. Sein silberner Schweif ließ die Gestirne auf seiner Bahn erblassen. Rolfr stieß sich vom Fensterrahmen ab. Am besten fragte er Asterion sofort.

Er lief die Treppen hinunter und überquerte den Mittelhof. Zwei Akrobaten aus seiner Truppe kamen ihm entgegen. Rolfr wünschte ihnen eine gute Nacht und wartete, bis sie den Hof verlassen hatten. Dann lief er zur Safranpforte, die zu den Gemächern der Minasfamilie führte. Nie zuvor hatte er Asterion um etwas gebeten. Diese Zurückhaltung würde sich jetzt auszahlen. Einen einzigen Wunsch konnte ihm sein Sohn nicht abschlagen.

Er erreichte die Tür mit den weißen Lilien. Als Asterion ein kleiner Junge gewesen war, hatte Rolfr sich immer vorgestellt, wie die

Minas, wenn sie mit dem Prinzen allein war, ihm von seinem leiblichen Vater erzählte. Das war natürlich Unsinn, die Minas würde dieses Geheimnis nie einem Kind anvertrauen. Aber Asterion musste es ahnen. Einmal, vor zwei Jahren, hatte Rolfr ihm gegenüber eine Andeutung gemacht. „Ihre Haut ist so hell wie die meiner Landsleute." Darauf hatte Asterion lächelnd „mindestens" geantwortet.

Rolfr pochte an die Tür, auf die mittlere der Lilien.

„Ja, herein", kam die Antwort.

Er trat in das schummrige Gemach. Von der Räucherschale auf dem Beistelltisch stieg Rauch auf, Mastix und Wacholder. Nur eine Lampe brannte auf einem Lampensockel an der Wand. Asterion lag auf dem Diwan und kraulte sein weißes Frettchen. Er trug nur noch seinen Rock, die Bluse und die Federkrone hatte er auf eine Truhe gelegt.

„Tauros? Was gibt es?"

„Ich gratuliere Ihnen, mein Prinz, zu Ihrer Ernennung." Rolfr schloss die Tür hinter sich.

„Oh, und deswegen kommst du so spät noch vorbei?" Asterion lächelte ihn übertrieben freundlich an. Wahrscheinlich hatte er viel Wein getrunken.

„Ja. Und weil ich eine Bitte an Sie habe." Rolfr schluckte. „Ich bitte Sie als Ihr leiblicher Vater." Nun war das Geschoss aus der Zwille und nicht mehr aufzuhalten.

„Was?" Asterion setzte sich mit einem Ruck auf. Das Frettchen schreckte zusammen und duckte sich.

„Ich will in meine Heimat zurück und brauche ein Boot mit zwei Seeleuten. Seit heute Abend steht es in Ihrer Macht, mir das zu geben. Sie können dafür sorgen, dass ich unbemerkt aus dem Hafen fahren kann."

„Aber Tauros, gefällt es dir bei uns nicht mehr?" Asterion ergriff das Frettchen und hob es auf seinen Schoß. Das Tier legte die Ohren an, aber es wehrte sich nicht.

„Nein, es hat mir nie gefallen." Rolfrs Stimme klang schroffer, als er es beabsichtigt hatte. „Ich bin unfrei hier. Ich möchte meine Heimat wiedersehen."

„Gut, gut. Aber wie kommst du auf die Idee, dass du mein Vater sein könntest?"

„Vor fünfzehn Jahren hatten Ihre Mutter und ich ein Verhältnis, ein paar Monate lang. Dabei sind Sie entstanden. Schauen Sie sich an, die Farbe Ihrer Haut und Ihrer Haare kommen von mir."

Asterion küsste sein Frettchen auf den Kopf, das Tier schüttelte sich. „Und sonst noch?"

„Das ist doch Grund genug, dass Sie mir helfen. Diese Gefangenschaft ist unwürdig für mich. Die Schande, einen Gefangenen als Vater zu haben, fällt auf Sie zurück. "

Asterion schob das Frettchen beiseite und stand auf. Er lächelte breit und streckte die Arme aus, als wollte er Rolfr willkommen heißen. Zum ersten Mal bemerkte Rolfr, wie breit die Lücken zwischen Asterions Zähnen waren, wie bei einer Theatermaske. „Bravo, das ist wahrhaftig ein originelles Lustspiel. Du bist ein hochgeschätzter Akrobat. Ich wusste nicht, dass du auch als Spaßvogel taugst." Die Heiterkeit verschwand aus seinem Gesicht. „Du übersiehst nur, dass eine kretische Frau selbst bestimmt, wann und von wem sie schwanger wird. Das ist nicht so wie bei euren wilden Weibern. Selbst eine räudige Idiotin würde sich nicht von einem Sklaven schwängern lassen, mag er noch so appetitlich sein."

Asterion sprach gern abfällig, das musste nicht bedeuten, dass er sich nicht überreden ließ. „Mein Prinz", sagte Rolfr, „Sie haben jetzt den ganzen Hafen unter Ihrem Befehl. Geben Sie mir ein Boot mit einem einzigen Seemann. Keiner braucht davon zu erfahren."

„Du bist zu drollig. Warum sollte ich das tun? Du bist ein wertvoller Sklave. Ich werde doch nicht selbst meinen Besitz schmälern."

Seinen Besitz. Rolfr merkte, wie sich sein Lächeln verkrampfte, er kämpfte dagegen an. „Ich will ja gar nicht, dass Sie in mir den Vater sehen."

Asterion lachte laut auf, doch Rolfr ließ sich nicht beirren.

„Ich bitte Sie nur um eins: Seien Sie so gnädig und erlauben Sie mir die Rückkehr in meine Heimat. Nur mein Samen war an Ihrer Erschaffung beteiligt, nicht mehr. Trotzdem schickt es sich nicht, dass ich als Sklave für Sie tanze."

Asterion hob das Kinn und kniff die bronzefarbenen Augen zusammen. „Ach, du willst mir Lektionen erteilen, was sich schickt und was nicht?"

Rolfr antwortete nicht, doch er hielt dem Blick stand. Asterion blinzelte. Kurz schaute er zur Seite. Doch im nächsten Moment legte er den Kopf in den Nacken und brach in Gelächter aus. „Das ist nicht zu glauben. Du bist wirklich von deiner Geschichte überzeugt?"

„Schauen Sie Ihre Haut an, Ihre Haare. Von Herrn Nethelaos kommen sie bestimmt nicht."

Grinsend schüttelte Asterion den Kopf. Mit seinem dicken, beringten Finger zeigte er auf das weiße Frettchen, das sich am Ende des Diwans auf einem Kissen zusammengerollt hatte. „Sieh dir das Tier an, du kolossaler Dummkopf! Meine Mutter hat es mir geschenkt, weil es mir so ähnlich ist. Es hat keine Farbe, nicht wahr?" Asterions weiße Wimpern waren so kurz, als hätte er sie abgeschnitten. „Man sagt Leukon dazu. Leukone sind von den Göttern begünstigt. Ich erzähle dir das nur, damit du auch mal zu etwas Bildung kommst."

In diesem Ton sollte kein Sohn mit seinem Vater reden, auch wenn der Sohn ein Prinz und der Vater nur ein Sklave war. „Sie sind kein Leukon. Leukone haben rote Augen. Ihre sind hellbraun." Rolfrs Stimme zitterte.

„Nun gut, du hast es so gewollt." Asterion trat an ihn heran. Er war so klein wie die Minas. Seine rosa Kopfhaut schimmerte zwischen den Haaren hindurch, die heller als nur blond waren. „Ich zeig' dir was, das selbst einen tumben Nordländer wie dich überzeugen muss. Das Vergnügen lass ich mir nicht nehmen." Er löste den Bund seines Rockes und wiegte sich in den Hüften. Dabei kam er etwas aus dem Gleichgewicht, sein Atem roch nach Wein. Mit Schwung drehte er sich, sodass er Rolfr den Rücken zuwendete.

Das Frettchen auf dem Diwan starrte seinen Herrn an. Seine Schwanzspitze zuckte. Die Edelsteine auf seinem Halsband blitzten.

Langsam ließ Asterion seinen Rock von der Hüfte in die Knie rutschen. Dabei beugte er sich vor und streckte Rolfr seinen weißen Hintern entgegen. Auf der linken Backe prangte ein Leberfleck. Es war so dunkel, als hätte sich alle Farbe seines Körpers darin gesammelt. Schwarze Haare wuchsen auf dem Mal.

„Schau, mein Vater Nethelaos hat genau das gleiche, an derselben Stelle." Asterion kicherte und zog den Rock wieder hoch. „Das hast du nicht gewusst, gib's zu."

Das Frettchen streckte sich. Es gähnte und zeigte Rolfr seine spitzen, scharfen Zähne. Ein Leukon. Der Prinz war nicht sein Sohn. Vierzehn Jahre lang hatte Rolfr gemeint, er besäße einen Spielstein aus Gold. Er hatte auf den richtigen Augenblick gewartet, um ihn auszuspielen. Nun hatte er sich zu weit vorgewagt.

„Wollen Sie mich nicht trotzdem loswerden?" Rolfr hörte seine eigene Stimme gedämpft, wie durch dicken Nebel. „Ich könnte behaupten, dass ich Ihr Vater bin. Wollen Sie dem gesamten Hof das Mal zeigen?" Er trat einen Schritt vorwärts und stieß mit der Hüfte gegen den Beistelltisch, die Rauchsäule schlingerte. „Geben Sie mir ein Boot." Den letzten Satz flüsterte er nur. Er ging im Kichern Asterions unter.

„Genug, genug." Asterion wischte sich eine Träne aus dem Auge. „Du wirst die Akrobaten nicht mehr leiten, Tauros. Du wirst gar nichts mehr leiten, du Jammerlappen von einem Lustknaben. Ich überlege mir, wozu du noch gut sein kannst. Vielleicht frage ich die Minas um Rat." Er trat zurück und ließ seinen Blick abschätzend über Rolfrs Beine, Hüften und Brust wandern.

Asterions Augen waren von derselben Farbe wie der Bernstein, damals an der Küste des Brackmeeres. Der letzte große Fund, kurz bevor ihn die Händler gefangen und versklavt hatten. Goldgelb schillerten die braun gesprenkelten Iris. Ein Sprenkel hatte die Form einer zerdrückten Fliege. Die schwarzen Pupillen weiteten sich.

„Ich rufe die Wachen!" Asterions Stimme war schrill und ganz nah. Er stemmte seine Hände gegen Rolfrs Hüften, er wollte zurückweichen, doch er stand bereits mit dem Rücken an der Wand.

Verflucht, er war dabei, alles zu verderben. Asterion holte schon Luft, gleich würde er losschreien. Dann würden die Wachen kommen und ihn in Ketten legen.

Rolfr umfasste mit einem Arm Asterions Schultern, die Hand presste er auf seinen offenen Mund. Bloß nicht zu fest. „Leise, lassen Sie uns verhandeln."

Asterion wehrte sich, er roch nach Schweiß. Rolfrs Hand glitt über die weiche, feuchte Haut. Asterion schlug um sich. Fast entwand er sich dem Griff. Er schnappte mit den Zähnen nach Rolfrs Hand. Bevor er richtig zubeißen konnte, zog Rolfr instinktiv seinen Arm zurück. Doch Asterions Kinn hielt er weiter fest, der Kopf drehte sich mit, es knackte. Augenblicklich endete der Widerstand. Schlaff hing Asterion in Rolfrs Armen. Seine weit geöffneten Augen starrten ins Leere.

Bei allen heiligen Geistern! Rolfr ließ die Arme sinken, Asterion glitt zu Boden.

Schnell griff er nach, es durfte keinen Aufprall geben. Er trug den schlaffen Körper zum Diwan und legte ihn darauf. Asterion sah fast so aus wie eben, als Rolfr das Zimmer betreten hatte. Blitz und Donner, er hatte seine Kraft schlecht bemessen. Der Nacken war eine empfindliche Stelle, selbst bei starken Männern. Vorsicht mit dem Nacken, das war eine der Grundregeln bei der Akrobatik. Niemand würde glauben, dass er Asterions Tod nicht beabsichtigt hatte. Und selbst wenn, Pasiphaë und der Stadtrat würden ihn lebendig auf dem Krähenstein anpflocken lassen.

Ganz ruhig bleiben. Er hatte Asterion nicht gezeugt, also hatte er nicht seinen Nachkommen, sondern seinen Unterdrücker getötet. Einen Feind. Er hatte genau richtig gehandelt. Jetzt musste er fliehen, schnell und leise. Keiner würde ahnen, dass er hier gewesen war.

Das Frettchen am Fußende des Diwans warf ihm nur einen müden Blick zu, als er dem Leichnam einen Arm auf den Schoß und den anderen Arm auf die Lehne legte. Asterions Kopf hing auf seiner Brust. Falls in den nächsten Augenblicken jemand ins Gemach kam, vielleicht Pasiphaë oder ein Diener, wurde ihm die Zeit zum Fortlaufen zu knapp. Besser, man dachte auf den ersten Blick, dass Asterion noch lebte. Mit einer Nackenrolle keilte er den Kopf fest. Asterions Augen waren unnatürlich weit aufgerissen. Rolfr schob die Lider etwas hinunter. Das war gar nicht einfach mit seinen zitternden Fingern. Nur ruhig bleiben, er war nicht verdächtig, niemand kannte den Grund von Asterions Tod.

Da klopfte es an der Tür.

Rolfr rührte sich nicht. Ein Diener würde warten, Pasiphaë sofort den Raum betreten. Auf der Terrasse zirpte eine Grille. Die Tür blieb geschlossen. Rolfr schlich zur Vorhalle. Von der dahinterliegenden Terrasse aus konnte er auf das Dach gelangen. Wenn der Diener keine Antwort erhielt, ging er wahrscheinlich wieder weg.

Es klopfte erneut. Von draußen bat eine Stimme um Einlass. Rolfr trat in die Vorhalle hinaus. Aber die Türflügel bewegten sich schon, sachte glitten sie auseinander. Schnell trat Rolfr hinter eine Säule der dunklen Vorhalle und drückte sich an den Stein. Tagsüber hätte man sich hier nicht verstecken können, aber nun schützte ihn die Dunkelheit.

Obwohl er keine Antwort bekommen hatte, betrat der Klopfer das Gemach. Rolfr drückte sich an die Säule, doch er wagte einen Blick. Der fremde Prinz, der Athener, stand neben dem Beistelltisch. Noch immer stieg eine dünne Rauchsäule aus der Räucherschale auf.

Zuerst schien dem Athener nichts Ungewöhnliches aufzufallen. Er sprach zu Asterion, wollte sich für irgendetwas entschuldigen. Das Pochen von Rolfrs Herz übertönte die Worte des Atheners, der sich langsam dem Diwan näherte. Vorsichtig tippte er Asterion an die Schulter. Das Frettchen sprang vom Kissen auf und fauchte. Sofort zog der Athener seine Hand zurück und stolperte rückwärts.

„Das ist eine Falle." Wie im Reflex griff er an seine Seite, wo er sonst wohl sein Schwert trug. Doch seine Hand fasste ins Leere. Er drehte sich nach allen Seiten um, nun schaute er in Rolfrs Richtung.

Ein Kampf hatte wenig Sinn. Schon schwere Schritte waren weithin zu hören, ein Schrei erst recht.

Aber der Athener drehte sich um und lief aus dem Raum. Seine Schritte entfernten sich rasch.

Der Athener hatte ihn im Dämmerlicht nicht gesehen. Rolfr hielt sich an der Säule fest. Er war allein und unentdeckt. Der Stein strahlte sanft die Wärme des vergangenen Tages ab.

Als die Schritte des Atheners vollständig verklungen waren, schlich Rolfr hinaus in den Lichthof. Tausende Sterne glitzerten am Himmel. Ein würziger Duft hüllte ihn ein. Kein Thymian und Salbei. Es roch nach Besenheide und Lärchen. Nach kühlem Gras und Brackwasser. Dies war der Geruch des Nordens, eine Erinnerung, die ihn nie verlassen hatte.

Er trat an die Außenwand, ergriff die Dachkante und zog sich mit einem Klimmzug hinauf. Oben war es dunkel, doch aus manchen Lichthöfen drang noch Lampenschein. Gebückt lief Rolfr weit um die Lichthöfe herum, von Dach zu Dach, bis zu den Bedienstetenunterkünften. Zum Glück hatte er seine Läden nicht geschlossen. An den Armen ließ er sich vom Dach hinab, steckte seine Beine durch die Fensteröffnung und schwang sich hinein.

In seinem Zimmer war es dunkel. Die stickige Luft roch nach Ziegeln und Stein. Sein Plan war gescheitert. Aber der Athener hatte ihn nicht gesehen, und er gab sicher auch keinen Alarm. Der Leichnam würde erst morgen früh entdeckt werden. Ganz Knossos würde sich dann im Ausnahmezustand befinden. Vielleicht ergab sich doch eine Gelegenheit, die er zu seinen Gunsten ausnutzen könnte.

Die Stadt um den Palast herum lag ruhig in der Dunkelheit. Nur vereinzelt schimmerte Lampenlicht durch einen Fensterladen. Direkt unter Rolfrs Unterkunft verlief die gepflasterte Hafenstraße, die nach Amnissos führte. Sie lag verlassen im Schatten der Häuser, doch leise Stimmen drangen von unten herauf. Die Sprachmelodie war nicht kretisch. Rolfr trat einen Schritt ins Zimmer, sodass die Leute ihn von unten nicht sehen konnten. Da kamen sie, vier Männer liefen eilig auf der Hafenstraße nach Norden – der Athener und seine Unterbefehlshaber.

Was hatte er noch gesagt, als er merkte, dass Asterion tot war? *Das ist eine Falle.* Jetzt erst verstand Rolfr, was der Athener gemeint hatte: Man würde ihm, dem hellenischen Prinzen, die Schuld an Asterions Tod zuschieben. Deshalb war er auf der Flucht. Er würde auf sein Schiff steigen und nicht zurückkommen. Rolfr wagte einen Blick zur Straße hinunter, die Männer waren schon weitergeeilt. Der Athener hatte kein Gepäck dabei, noch nicht einmal sein Schwert, nach dem er eben in Asterions Gemach getastet hatte. Offenbar hatte er seine Unterbefehlshaber, die im Erdgeschoss des Palastes einquartiert waren, geweckt, hatte sich aber nicht die Zeit genommen, bis in seine eigene Unterkunft im dritten Stock zu laufen. Erst vor ein paar Tagen hatte Rolfr gesehen, wie er dort aus der Tür mit den roten Doppeläxten getreten war. Niemand würde es bemerken, wenn morgen der Schmuck des Atheners und seine Waffen fehlten. Rolfr musste die Sachen nur gut verstecken, am besten irgendwo am Hafen. In der Nähe des Delfinschiffes.

Die Sterne leuchteten am Himmel, der Nordstern schien so nah. Leise verließ er sein Zimmer und lief durch die verlassenen Korridore zum Gästeflügel.

Wieder auf dem Kykladischen Meer

Daidalos sitzt auf der Reling. Neben ihm, auf den Planken der *Delfin*, glänzen die Bronzezungen und die Ringe in der Sonne. Auch das Schwert liegt dort, die Eule auf der Scheide starrt ihn an.

„Ich habe alles mitgenommen, was leicht zu tauschen ist", sagt der Sklave. „Nur bei dem Schwert habe ich gezögert. Es ist auffällig. Sie haben es gleich erkannt." Er lässt das Steuerruder kurz los und ergreift die Waffe. Der Rubin am Ortband flammt auf. „Aber mit einem solchen Schwert kann man nicht nur ein Schiff kaufen. Es verschafft Respekt."

Daidalos fährt sich mit beiden Händen durch die Haare, streicht über die kahle Stelle am Scheitel. In der Baukunst gilt die Regel, dass man mögliche, aber äußerst seltene Ereignisse nicht in die Berechnungen einbezieht. Alle Eventualitäten kann man nicht berücksichtigen, sonst wird man ein ambitioniertes Bauwerk nie fertigstellen. Er hat sich stets an diese Regel gehalten, sie bewährt sich für gewöhnlich auch im täglichen Leben. Ein Sklave, der seinen Herren unabsichtlich tötet, ist ein so seltenes Ereignis, damit konnte er nicht rechnen. Kein vernünftiger Mensch hätte damit gerechnet.

Der Sklave stellt das Steuerruder fest und räumt die Sachen wieder in den Sack. Die See ist nur leicht bewegt, doch Daidalos hält sich an der Reling fest. Das Boot schaukelt in den Wellen. Wenn es den Kamm schneidet, hebt es sich. Die Welle klatscht an die Bordwand und der Bug senkt sich. Es kann passieren, dass der eigene Magen dieser Pendelbewegung folgt. Aber Daidalos war noch nie seekrank.

Er hätte wissen müssen, dass der Sklave sich für Asterions Vater gehalten hat. Er hat es ja selbst zuerst vermutet. Auch in Athen kursierte das Gerücht, auf dem Delfinfest hat Theseus sogar öffentlich vor Pasiphaë darauf angespielt.

Doch in Knossos hatte jeder von dem Vatermal gewusst. Einen Monat nach Asterions Geburt, als er festlich in die Minasfamilie aufgenommen wurde, hatte Nethelaos allen Gästen das dunkle Mal gezeigt. Wenn der Sklave gewusst hätte, dass nicht er, sondern Nethelaos der Vater war, wäre er in der Nacht vom Delfinfest nicht zu Asterion gegangen. Asterion würde noch leben, Ikarus und er selbst wären nicht gefangen genommen worden, und Ikarus hätte nicht auf der Strickleiter den Lichthof hinaufklettern müssen.

Der Wind weht Daidalos um die Nase, doch in seinen Lungen ist keine Luft. Das Boot hebt und senkt sich mit den Wellen.

Bei Seekrankheit soll man auf den Horizont blicken, am besten man schaut auf Land. Doch Daidalos schaut aufs Meer, auf die Wellen, die Schaumkämme. Die Kreter sagen, die Gischt sei der Samen der Kinderlosen. Es gibt eine Legende dazu. Sie hat etwas mit alten Männern zu tun. Daidalos wendet sich ab.

Da sitzt der Sklave und beobachtet ihn. Seine Augen sind so blau, sie sehen aus wie Löcher, durch die man den Himmel dahinter sieht. Einen Himmel, der sich auf und nieder bewegt. Daidalos beugt sich über die Reling. Eine tote Möwe treibt im Wasser. Ihr Schnabel ist geöffnet, sie hat Zähne, Schneidezähne. An einem ist eine Ecke abgebrochen. Die Schwingen sind weit ausgebreitet, der Vogel gleitet dahin. Sein Kopf stößt an den Rumpf. Der Bug hebt sich, dabei saugt das Boot den Vogel an. Daidalos beugt sich weiter nach vorn, Wasser spritzt auf sein Gesicht. Er greift nach dem Vogel. Doch er kann ihn nicht erreichen. Er setzt ein Bein über die Reling und lehnt sich noch weiter vor. Der Bug senkt sich ins Wellental. Das Boot begräbt den Vogel unter sich. Er versinkt mit gespreizten Flügeln. Daidalos läuft das Wasser zwischen den Fingern hindurch. In der Tiefe schimmert weißes Gefieder, und er löst die Hand von der Reling.

Jemand greift ihm unter die Achseln und zieht ihn zurück. Er dreht sich um. Der Sklave ist verschwunden. Ein Stier steht vor ihm, ein Dämon mit silberner Mähne. *Dein Sohn gehört Anemo, der Göttin der Luft.*

Daidalos reißt sich los und springt zur Reling, doch der Dämon packt ihn. *Du hättest unten in Athen bleiben sollen.*

Daidalos tritt nach ihm. *Aber du bist Kalos hinauf auf die Akropolis gefolgt. Er sollte nicht verraten, dass nicht du, sondern er den Kran entworfen hat.* Daidalos bekommt einen Arm frei, er schlägt nach den blauen Augen. Doch gegen den Dämon kann er nichts ausrichten. Der drückt ihm beide Arme an den Leib, er umschlingt ihn wie ein Seil einen aufgerollten Teppich. Wie eine Strickleiter ein in Decken gehülltes Paket. *Oben auf dem Baustellengerüst hast du dein Schicksal besiegelt.* Der Dämon wirft Daidalos nieder. Unter seinem Rücken spürt er die Schiffsplanken.

Der hohe Himmel ist über ihm. Dort flog die Möwe im Sturm. Sie kam vom Kurs ab. Ihr brach ein Flügel, sie stürzte. Nun mischen sich ihre Federn mit dem Schaum der Wellen. Daidalos schließt die Augen. Er schreit und hört das Kreischen der Möwe, das sich langsam entfernt.

Es ist heller Tag, als Daidalos erwacht. Er liegt im Schatten, auf der Seite mit angewinkelten Beinen. Das Boot schaukelt sanft. Er regt sich nicht und schaut aufs Meer. Sonnenflitter springen über die Wellen. Über ihm ist eine Persenning gespannt, nein, nur ein Stück gelbbraunes Tuch. Eine Ecke davon flattert im Wind, ein fröhlicher Wimpel, der ihm zuwinkt. Hinter diesem Zipfel sitzt jemand, Daidalos kann nur die Beine sehen, kräftige weiße Waden. Die gehören zu dem Sklaven, wahrscheinlich sitzt er am Steuer. Bestimmt hat er ihn hier auf die Planken gebettet und ihn gegen die Sonne abgeschirmt. Tauros, der Helfer.

Aber Tauros hat auch etwas über Asterion erzählt. Genau, er hat ihn getötet. Doch nicht er, sondern Daidalos und Ikarus sind verhaftet worden. Sie wollten fliehen, und dann ist Ikarus abgestürzt.

Jetzt sind sie weit von Kreta entfernt, irgendwo zwischen den Kykladen. Die Sonne verschwindet hinter einer Wolke. Das Meer wird grau, und das Tuch wirft keinen Schatten mehr. Der Schatten ist überall.

Daidalos ist die Flucht gelungen. *Mit großen Verlusten*, dieser Ausdruck geistert in seinen Ohren herum. Er schaut auf die Planken, auf das alte, vom Wetter gegerbte Holz. Sein Los steht unter einem schwarzen Stern. Der Grund dafür ist ihm jetzt klar: Perdix' Fluch.

Perlmuttern hatte die Akropolis in den blauen Himmel geragt. Der Anbau an der Westseite war fast fertig gewesen, das Gerüst hatte bis zum vierten Stockwerk gereicht. Dort hatte Kalos gestanden, hoch über dem Grund. Die Morgensonne hatte ihm so hell ins Gesicht geschienen, dass er die Augen zusammenkneifen musste. Wieder spürt Daidalos Kalos' Brust unter seiner Handfläche, er hört den klangvollen Ton, wie von einer Trommel, als er ihn mit seiner ganzen Kraft vom Gerüst hinunterstieß. Kalos, wie er die Augen aufriss, trotz der blendenden Sonne. Wie er die Arme ausbreitete. Kalos in freiem Fall, die Bilder tanzen vor Daidalos auf den Wellen.

Perdix hatte genau gewusst, dass er ihrem Sohn den Erfolg neidete. Sie ahnte, dass es kein Unfall gewesen war. Doch sie konnte nichts beweisen, gar nichts. Aber die Familie glaubte ihr. Perdix gewann, Daidalos musste Athen verlassen.

Verderben über dich, Daidalos, schrie Perdix ihm hinterher, am Kai von Athen. *Dass Anemo dich strafe, dir alles nehme! Verderben über dich!* Wieder und wieder schickte sie ihre Verwünschungen übers Meer, bis der Wind ihre Stimme verwehte. Weit im Westen, hinter dem Horizont, liegt der Athener Hafen, und dort steht sie immer noch und schreit.

Daidalos hatte über ihren Fluch gelacht. Zuerst war es das bittere Lachen des Unterlegenen gewesen, denn er hatte vieles aufgeben müssen. Doch in Knossos wurde er freudig empfangen. Die alte Minas Galis ermöglichte ihm eine Karriere, die im dörflichen Athen gar nicht denkbar gewesen wäre. Im Stillen hatte er sich ins Fäustchen gelacht, wann immer er an die dumme Perdix dachte. Die Götter kümmern sich nicht um die Verbrechen der Menschen.

Er hat sich geirrt. Schandtaten sind den Göttern zuwider, und sie vergessen sie nicht. Doch die Götter kennen keine Zeit. Ein paar Monate, ein paar Jahre, was zählt das schon für sie?

Ein zweiter Fluch war gesprochen worden. Nicht gegen Daidalos, nein, dieser zweite Fluch war gegen Pasiphaë gerichtet. Doch sein Wortlaut ist ähnlich. *Er möge dir Verderben bringen.* Ychtymenes Gesicht, viel jünger als das von Perdix, war vom gleichen Hass gezeichnet gewesen. Mit zitterndem Zeigefinger hatte sie auf den jungen Tauros gedeutet, der halbnackt und schwitzend im Festsaal stand und von allen begafft wurde wie ein Fabeltier.

Beide Flüche haben sich durch Asterions Tod erfüllt. Auf Daidalos' Armen prangen dunkelrote Flecken. Tauros hat ihn zurückgerissen, als er von der Reling in die Wellen springen wollte, dem toten Vogel nach. Er hat sich gewehrt, und er muss geschrien haben, sein Hals ist rau. Er hat sich benommen wie ein Wahnsinniger. Bevor er Tauros' Blick begegnet, will er sich noch etwas ausruhen und richtig wach werden.

Vorsichtig, dass der Sklave nicht auf ihn aufmerksam wird, zieht er sein Himation fester um den Leib. Das Tuch, der Sonnenschutz, flattert im Wind, die Wellen schlagen leise an den Rumpf.

Die Erschöpfung war schuld. In seinem Alter macht der Körper große Strapazen nicht mehr mit, und die vergifteten Säfte vernebeln den Verstand. Nun hat sich sein Geist erholt, er muss lange geschlafen haben. Vielleicht hat er nur geträumt, dass Ikarus in den Tod gestürzt ist. Aber im Stauraum an der Bugseite liegt das Paket. *Ach nein, Daidalos, mach dir nichts vor. Denk lieber daran, dass nicht alles verloren ist.* Ikarus wird ein würdiges Begräbnis bekommen. Und er selbst macht noch einmal einen neuen Anfang, an einem anderen Ort, einem anderen Hof. Das Schicksal hat ihm den Sohn genommen, doch es hat ihm auch den Sklaven zugespielt, ein Werkzeug, das er nutzen wird.

Daidalos schließt wieder die Augen. Das Meer wiegt ihn, als wollte es ihn trösten. Nein, Poseidon muss er nicht fürchten. Das Wasser mit all seinem Getier, mit seinen unermesslichen Tiefen ist immer sein Freund gewesen. Salziges Wasser läuft ihm über die Wangen und auf die Lippen. Das Meer durchspült und reinigt ihn.

Tauros springt auf, hart stoßen seine Füße auf die Planken. Daidalos zuckt zusammen. Nur zwei Ellen vor seiner Nase fällt ein Fisch ins Boot. Er schlägt so stark mit seinem Schwanz aufs Holz, dass er wieder in die Höhe schnellt. Doch es nützt ihm nichts, Tauros ergreift ihn und drischt ihn auf die Reling.

Daidalos setzt sich auf. Er wischt sich über sein nasses Gesicht. Der Fisch liegt auf den Planken und rührt sich nicht mehr.

Das gelbbraune Tuch, der Sonnenschutz, verdeckt noch Tauros' Kopf und Oberkörper, doch nicht das Messer in seiner Hand. Er rammt es seiner Beute ins Herz, erst dann entfernt er den Haken aus dem weit geöffneten Maul. Es ist ein kleiner Thunfisch, Essen für ein, zwei Tage. Daidalos knurrt der Magen. Er kriecht unter seinem Sonnenschutz hervor.

Tauros hat sein Haar abgeschnitten. Die silbernen Flechten sind verschwunden. Strubbelige Büschel stehen von seinem Kopf ab. Er nimmt den Fisch aus und zerteilt ihn. Auf seiner hellen Stirn zeigen sich erste Falten, zwischen den Nasenflügeln und den Mundwinkeln verlaufen schon ausgeprägte Linien. Er lächelt bei der Arbeit, doch dunkle Ringe liegen um seine Augen. Sein Gesicht wirkt ganz anders als damals, am Tag von Pasiphaës Krönung. Der wilde, trotzige Blick, der zwischen den goldenen Wimpern hervorschoss, die glatte Stirn unter dem bronzenen gehörnten Helm. Damals sah Tauros aus wie ein junger Häuptling aus einem fremden, zauberischen Land.

Er schiebt Daidalos ein Stück Thunfisch hin, Daidalos nimmt es. Die glatte Haut auf der Außenseite glänzt silbrig. Das Fleisch ist nicht kalt wie das der meisten Fische, sondern warm, als käme es aus der Küche. Hungrig beißt er hinein.

„Mein Sohn muss bestattet werden", sagt Daidalos und lehnt sich zurück an die Bordwand. „Seit seinem Tod ist schon über ein Tag vergangen." Diese Aufgabe muss zuerst erfüllt werden. Ikarus soll ein Felsengrab bekommen, auf Naxos, am besten in der Nähe eines Heiligtums. Daidalos wird ihm Theseus' Schwert mitgeben und ihn in das feinste Leinen binden lassen, das er auftreiben kann. Das Grab soll mit Gesteinsbrocken verschüttet werden, zehn Männer sollen daran arbeiten. „Wir steuern Naxos an, Tauros. Du musst dich nordnordöstlich halten."

Über dem Boot kreisen ein paar Möwen. Tauros steht auf, und die Vögel schreien. Er wirft die ungenießbaren Teile des Fisches hoch in die Luft, und Stück für Stück schnappen die Möwen sie sich. „An dieser Insel sind wir schon gestern vorbeigefahren. Sie haben einen Tag und eine Nacht geschlafen."

„Was? Du bist die ganze Zeit allein gesegelt?"

„Das Meer war ruhig, und der Wind kam gleichmäßig von Südwesten."

Daher rühren die Schatten um Tauros' Augen. Wenn er seit vorletzter Nacht nicht geschlafen hat, muss er völlig erschöpft sein.

„Du weißt gut Bescheid über die Namen und Lage der Inseln, Tauros. Ich dachte, man hätte dich nur die Akrobatik gelehrt."

„Ich wusste, dass ich eines Tages diesen Weg nehme, ich habe mich darauf vorbereitet. An Thira, an Naxos und an Doliche muss ich vorbei, dann durchs Binnenmeer, das Propontis heißt, bis zum Ungastlichen Meer, das auch das Schwarze genannt wird."

Der Sklave hat wirklich vor, bis in den Hohen Norden zu fahren. Und er scheint davon auszugehen, dass Daidalos ihm das Boot überlässt. Das soll er ruhig noch eine Weile glauben. Eins nach dem anderen. Zuerst kommen die Wände und dann das Dach, wie das Sprichwort sagt.

„Dann machen wir auf Doliche Halt", sagt Daidalos. „Der Süden ist felsig und ohne Hafen, aber an der nördlichen Seite können wir in einer Bucht ankern."

Später auf der Insel Doliche

Daidalos sitzt am Meer und schaut zu, wie die Wellen auf den Strand laufen. Die Gischt bleibt als schmaler Saum zurück und sinkt langsam in den Sand ein, bis eine neue Welle sie überspült. Oder nicht. Dann trocknet sie in der Sonne.

Vielleicht wäre es besser gewesen, bis nach Samos zu fahren. Dort gibt es Städte. Die Fischer, denen sie nach ihrer Landung auf Doliche begegnet sind, leben in armseligen Hütten östlich der Bucht, oben auf den Felsen. Die Verständigung mit ihnen ist schwierig, sie sprechen ein Kauderwelsch, das nur entfernt an Hellenisch erinnert. Sie lächeln, sie geben von ihrem Süßwasser ab, aber niemand will ihm bei der Bestattung zur Hand gehen. Er hat zwei Männern Bronze angeboten, doch sie haben die Köpfe geschüttelt und sind weggegangen.

Landeinwärts windet sich ein Pfad den steinigen Hang hinauf und verschwindet in einem Gehölz. Kleine Stecheichen mit dunkelgrünem Laub wachsen dort dicht an dicht. Dahinter liegt ein Dorf, wenn Daidalos die gestenreichen Erklärungen der Fischer richtig gedeutet hat. Es ist schon eine ganze Weile her, dass der Sklave aufgebrochen ist. Bald wird sich zeigen, ob das Dorf hinterm Wald wirklich existiert.

Von den Wipfeln der Bäume fliegen Vögel auf. Einen Moment später tritt der Sklave zwischen den Bäumen hervor. Er trägt ein rundes Bündel auf der Schulter. Zwei Personen folgen ihm. Na also. Es ist höchste Zeit, dass sich jemand um den Leichnam kümmert. Das

Paket liegt neben einem Felsen im Schatten. Daidalos bohrt mit seinen Füßen im Sand.

Endlich erreicht der Sklave den Strand. Seine Begleiter, ein Mann und eine Frau, sind in grobes Leinen gekleidet, der Mann trägt einen Fischzahn an einem Lederband um den Hals, die Frau einen Gürtel aus Muschelschalen. Beide haben ihre Haare im Nacken zusammengebunden.

„Ich konnte ein Stück Tuch eintauschen." Der Sklave legt sein Bündel auf den Boden und zieht es auseinander, es ist eine grobe Wolldecke. „Und die Leute hier, Ilia und Melo, kennen eine Höhle nicht weit von hier, die sie Ihnen zeigen wollen, für die Bestattung."

Als die beiden ihre Namen hören, lächeln sie.

„Warum haben sie keine Becken zum Waschen mitgebracht, Lappen und Öl?" Man könnte meinen, dass diese Leute den wilden Stämmen der Hochlande Hellas' angehören. Dass im Mittelmeer und obendrein direkt neben Samos solche Menschen wohnen, ist auch so ein äußerst seltenes Ereignis. Diese Leute wollen doch wohl nicht einen Toten mit ihren bloßen Händen reinigen.

Der Sklave seufzt. „Ich habe niemanden gefunden, der sich um einen fremden Leichnam kümmern will."

Daidalos erhebt sich. „Was soll das heißen, du hast niemanden gefunden? Wissen die hier nicht, was Bronze wert ist?" Er hört selbst, wie schrill seine Stimme klingt.

Die beiden Einheimischen werfen einander einen kurzen Blick zu. Sie lächeln nicht mehr.

„Ich glaube, es ist gegen ihre Sitten", sagt der Sklave, ohne den Blick zu senken.

Daidalos sieht hinüber zu den Felsen und dem Paket. Sein Sohn sollte schon längst begraben sein. Er muss eine Entscheidung fällen. Entweder stechen sie erneut in See und setzen nach Samos über. Dann verlieren sie einen ganzen Tag. Oder er nimmt die Sache selbst in die Hand. „Wir waschen Ikarus im Meer." Seine Stimme kratzt im Hals. „Komm, hilf mir."

Mit festen Schritten geht Daidalos zum Felsen. Das Paket ist nass, die Knoten fest zugezogen. Er drückt auf das Seil, bis eine Schlinge hervortritt, doch diese rutscht ihm gleich wieder aus der

Hand. Beim zweiten Versuch bekommt er ein Seilende heraus, aber der Knoten löst sich immer noch nicht. Erneut entgleitet er ihm. Seine Hände zittern viel zu sehr. Noch nicht einmal auf seinen eigenen Körper kann er sich verlassen.

Der Sklave kniet sich neben ihn und hilft ihm, die Knoten zu lösen und die durchweichte Decke von dem Leichnam zu wickeln. Daidalos schlägt den Stoff zurück. Die Füße in ledernen Sandalen kommen zum Vorschein, die Waden. Die entblößten, mit Kot beschmutzten Oberschenkel, der rote Vorarbeiterrock. Ikarus' Rücken ist von seiner Bluse bedeckt, sie ist noch ganz sauber. Aber graue Masse verschmiert seine Haare am Hinterkopf. Der Geruch nach Latrine und verdorbenen Schlachtabfällen beißt Daidalos in die Nase. Der Sklave wirft ihm einen Blick zu und dreht zögernd den Leichnam auf den Rücken.

Ikarus' Gesicht ist unverletzt. Die Adern am Hals und an den Schläfen schimmern grünlich durch die Haut. Zwischen den Lippen schaut die dunkle Zunge hervor. Daidalos streicht seinem Kind über die kalte Wange. Die Haut fühlt sich an wie feuchter Ton. Er lässt seine Finger über den Hals gleiten, er öffnet die Bänder, die die Bluse halten. Vorsichtig schlägt er den Stoff zur Seite und legt Ikarus' Brustkorb und Bauch frei. Während er das tut, atmet er nicht, genauso wie Ikarus. Er braucht keine Luft mehr. Sein eigenes Herz hat auch aufgehört, zu schlagen. Er löst den Rock, lässt seine Handflächen über den bereits marmorierten Leib gleiten. Sein Kind.

Zuerst undeutlich, dann fester spürt er eine Hand auf seiner Schulter und sieht sich um. Da steht der Sklave, Tauros, und spricht mit ihm. Die blauen Augen sehen ihn ernst an. Der Mund öffnet und schließt sich. Wörter schweben durch die Luft.

Daidalos schüttelt den Kopf. Er löst die Bänder der Sandalen, zieht die Schuhe von den kalten, harten Füßen. Den Rock bekommt er nicht alleine herunter. Er müsste den Körper drehen, doch in seinen Armen ist keine Kraft.

Tauros soll ihm helfen. Daidalos schaut sich nach ihm um. Er will etwas sagen, doch sprechen kostet zu viel Kraft.

Mit beiden Armen hebt Tauros Ikarus aus diesem Nest aus nassen Stoffen heraus. Er hat wohl verstanden, was Daidalos meint. Mit schnellen Schritten läuft er über den Strand und hinein ins Meer. Er legt den Leichnam ins knietiefe Wasser und zieht den Rock herunter, das einzige Kleidungsstück, das noch an Ikarus' Körper hängt.

Tauros schwenkt den Leichnam in den Wellen. Daidalos kniet sich neben ihn und wäscht sein Kind mit bloßen Händen. Ikarus' dunkle Strähnen treiben frei im Wasser. Seine Haut schimmert wie Perlmutt.

Tauros trägt den Leichnam an Land zurück. Jemand hat die braune Wolldecke auf einer Felsenzunge am Ende des Strandes ausgebreitet, darauf bettet Tauros ihn.

Daidalos' Herz beginnt wieder, zu schlagen. Nun, da er die Haare seines Sohnes glättet, seine Arme über der Brust kreuzt, rauscht ihm das Blut in den Ohren.

„Das Schwert," sagt er, ohne den Blick von Ikarus zu wenden, „Tauros, hol mir das Schwert."

„Das Schwert?"

„Ja, das Schwert von Theseus. Es wird Ikarus an den Anderen Ort begleiten." Daidalos wartet auf Schritte, die sich entfernen, doch nichts geschieht. Er schaut nun doch auf, in das ausdruckslose Gesicht des Sklaven. „Nun lauf schon."

„Das Schwert gehört mir. Ich will Ihnen gern ein paar andere Dinge aus meinem Schatz überlassen. Aber nicht das Schwert."

Langsam richtet sich Daidalos auf. Dieser Sklave ist nicht nur zu blöd, ihm für gute Bronze ein paar Handlanger zu beschaffen. Er nimmt sich die Frechheit heraus und widerspricht seinem Herrn.

„Tauros", sagt Daidalos ruhig und geht auf ihn zu. „Du besitzt keinen Schatz. Du besitzt gar nichts. Ich hatte vor, dir für deine Dienste einen Teil der Beute zu überlassen, später, wenn das hier überstanden ist."

„Nenn mich nicht Tauros. Ich heiße Rolfr."

Hinter Tauros, in der Bucht, liegt das Boot. Die beiden Einheimischen stehen bis zu den Hüften im Wasser und bestaunen den hölzernen Delfin am Bug.

Auf dem Kopf des Sklaven stehen die kurzen blonden Stoppeln in alle Richtungen ab, der Bart, der auf seinem Kinn und den Wangen zu wachsen beginnt, schimmert rötlich in der Sonne. Rot glänzt auch die kupferne Dolchscheide an der Hüfte des Sklaven.

Ein Pegasus ist darauf abgebildet, das letzte Mal hat Daidalos die Waffe auf den Planken der *Delfin* gesehen.

„Sie haben mir nichts zu befehlen, alter Mann." Der Sklave geht an Daidalos vorbei und kniet neben dem Leichnam nieder. Er schlägt die Decke um den Toten, behält dabei aber Daidalos im Auge.

Er fühlt seine eigene Klinge, die von dem kretischen Wachmann, an der Hüfte. Sie ist größer als der kleine Dolch des Sklaven. Aber der Sklave ist ihm körperlich zehnfach überlegen. Trotzdem kann er sich dieses Benehmen nicht bieten lassen. Er spannt seine Muskeln an und legt seine Hand auf das Heft an seiner Seite.

„Lassen Sie uns zu der Höhle gehen und Ihren Sohn bestatten", sagt der Sklave. „Danach fahren Sie nach Samos. Die Königin dort ist nicht so mächtig wie Pasiphaë, aber sie wird einen so hervorragenden Architekten und Bootsbauer wie Daidalos nicht davonjagen." Er pfeift kurz und schrill zwischen den Zähnen und winkt den Einheimischen zu. Sie stehen in der *Delfin*, winken zurück und springen ins Wasser. Schnell kommen sie herüber.

„Gut", sagt die Frau. Ihr linker oberer Schneidezahn fehlt, obwohl sie noch jung ist. „Gut, gut." Es scheint das einzige Wort zu sein, das sie kennt.

„Höhle?", fragt der Sklave und deutet abwechselnd auf den Leichnam und ins Landesinnere.

Die Frau nickt und läuft voran. Zuerst nehmen sie den steinigen Pfad, von dem der Sklave sagt, dass er zu dem Dorf führt. Bevor sie die Bäume erreichen, biegt die Frau nach rechts. Sie sucht sich einen Weg zwischen den Steinen und den Gewächsen der Phrygana. In Schlangenlinien steigt sie den Abhang hinauf. Der Sklave folgt ihr, er trägt den eingewickelten, gewaschenen Leichnam auf der Schulter. Nun wird Ikarus ohne das Schwert bestattet. Das war ein Fehler von dem Sklaven, das wird er bereuen.

Der fremde Einheimische klettert direkt auf den Gipfel zu, über Gesteinsbrocken und Geröll. Daidalos lässt einen Abstand zwischen sich und dem Sklaven. Hoffentlich ist die Höhle als Grab zu gebrauchen. Er hätte sich die Stelle zuerst anschauen sollen. Doch er ist so erschöpft, alles in ihm ist müde. Bald kann er endlich die Totenwache halten. Bis morgen früh wird er am Grab verweilen, dann scheidet er von Ikarus und entlässt ihn an den Anderen Ort.

Seine Flucht ist nicht zu Ende. Er muss den Einflussbereich von Pasiphaë verlassen. Der Nordostwind wird ihn nach Kamikos tragen. Dort regiert Kokalos, er ist Knossos nicht tributpflichtig. Den Sklaven wird er auf dieser Fahrt nicht mitnehmen, er ist zu gefährlich geworden. Doch er ist immer noch ein Prachtexemplar. Bestimmt gibt ihm der Häuptling hier drei kräftige Seeleute für ihn.

Sie haben den Gipfel der Anhöhe erreicht. Es ist ein Hochplateau, Eichen wachsen hier zwischen schrundigen Felsen. Eine gebeugte Zypresse krallt sich an einer breiten Spalte im Gestein fest. Die Frau zeigt auf die Spalte.

Daidalos tritt näher. Von einer Höhle kann keine Rede sein. Der Berg ist hier aufgerissen, der Einschnitt ist eine Elle breit und vier Ellen tief. Bei Athena, in so einem Loch kann man höchstens einen Tierkadaver begraben.

Er sinkt auf den Boden und lässt sich gegen den Stamm der Zypresse fallen. Harziger Duft umfängt ihn. Immerhin steht in der Spalte kein Wasser, ein Riss muss tiefer in den Berg führen, sodass der Regen ablaufen kann. Am westlichen Ende der Spalte erhebt sich eine kleine Felszacke. Wenn man am Fuß des Baumes sitzt, sieht man die Sonne genau hinter diesem Felsvorsprung untergehen. Ikarus läge vielleicht gut an diesem Ort, geborgen im Schoß des Berges, auf dieser Insel mit dem einfachen Namen Doliche, die Lange. Ikaria, Ikarus' Insel, soll sie fortan heißen.

„Wir bleiben hier", sagt er leise zu dem Sklaven. „Geh Steine sammeln."

Daidalos hat Ikarus im Berg bestattet. Der Sklave und die beiden Einheimischen haben alles herbeigeschleppt, was sich zum Füllen der Spalte eignete. Große und kleine Gesteinsbrocken, Schotter, sogar Sand, um die Fugen zu schließen. Kein wildes Tier wird am Leichnam seines Kindes nagen.

Auf die Felsnase am westlichen Ende der Spalte hat Daidalos den Namen seines Sohnes geritzt. Die Abendsonne bescheint die schmucklose Inschrift. Er streicht mit dem Finger über die drei Silbenzeichen. Nun steht sein Sohn vor den Pforten des Anderen Ortes. Wenn die Sonne wieder aufgeht, wird er sie durchschritten haben.

Das Laub der Zypresse leuchtet grüngolden im Abendlicht. Daidalos setzt sich auf eine der verschlungenen Wurzeln und lehnt seinen Rücken gegen den Stamm. Hier wird er die Nacht verbringen. Gleich kommt der Sklave mit einer Decke und mit Essen aus dem Dorf zurück. Angeblich gibt es dort eine Frau, die Kretisch spricht. Morgen wird Daidalos hingehen, allein natürlich, und mit dem Häuptling des Dorfes über den Preis für den Sklaven verhandeln.

Im Geäst raschelt es. Ein Vogel hat sich auf der Zypresse niedergelassen. Daidalos schaut nach oben. Dadurch wird das Tier auf ihn aufmerksam. Eine wilde Taube, mit flatternden Flügeln erhebt sie sich und fliegt davon. Eine Schwanzfeder hat sich bei dem überstürzten Abflug gelöst und trudelt nun vom Baum hinab. Sacht legt sie sich auf Ikarus' Grab.

Die Feder ist Anemos Zeichen. Ein warmer Hauch hüllt Daidalos ein. Er hat seine Opfer bringen müssen, doch nun ist alles vergolten. Perdix' Fluch ist Vergangenheit. Er hebt die Arme dankend in die Höhe. Die Göttin der Luft hat ihm vergeben.

20. Tag des 196. Mondes nach Rolfrs Gefangennahme, auf dem Südmeer vor der Insel Doliche

Der Bug schneidet in die schäumenden Wellen, frisch bläst der Nordost ins Segel. Ilia sitzt am Steuer, Melo hat die Schot belegt und bringt ihr Netz in Ordnung. Hinter Rolfr entfernt sich die Insel, die man die Lange nennt, Doliche. Und dort am Strand steht der alte Mann, Rolfr spürt seinen Blick im Rücken. Er wird vielleicht stundenlang dort ausharren. Oder er wird gleich ins Dorf hinaufgehen, wie Rolfr ihm geraten hat, und Ilias Mutter aufsuchen, die Einzige dort, die ein paar Brocken Kretisch spricht.

Rolfr schaut nicht zurück. Seine Zukunft liegt vor ihm, im Norden. Er fährt sich durch das kurze Haar. Es ist das Haar eines freien Menschen. Das Sklavenhaar ist zu Asche verfallen. Er trägt nun die Armreifen und die Ringe des athenischen Prinzen, jedoch nicht an Finger oder Handgelenk, sondern am Gehänge seines Schwerts. Er wird den Schmuck noch brauchen, wenn er Ilia und Melo das

Schiff überlässt und sich allein zu Fuß auf die Suche nach dem Großen Strom macht. Die beiden wollen ihre Kegelschneckengehäuse eintauschen und im Winter als reiche Leute nach Doliche zurückkehren. Rolfr wird dann noch auf Wanderschaft sein, immer den Sternen nach. Der *Himmelswagen* und die *Axt des Brörding* stehen hier, über dem Südmeer, nah am Horizont. Rolfr wird reisen, bis er in der Nacht *Axt* und *Wagen* wieder mitten über das Himmelszelt ziehen sieht.

„He, Rolfr", ruft Ilia ihm zu. „Das Schiff faht", sagt er mit seinem weichen Akzent. Auch Melo schaut ihn an, offenbar erwartet sie Rolfrs Urteil.

„Genau. Das Schiff fährt. Der Wind bläst." Rolfr tut so, als würde er in das Segel pusten.

Ernst wiederholt Ilia: „Der Wind bläst. Der Wind bläst."

Irgendetwas an seinen Worten scheint lustig zu klingen, denn Melo lacht über Ilias Sprachübungen wie über einen Witz. Dann reden die beiden wieder in ihrer Muttersprache miteinander.

Die Sonne steht im Westen, Doliche ist hinter dem Horizont versunken. Dunkelblaues Meer, soweit das Auge reicht. Rolfr hält sein Gesicht in den Wind. Zeit spielt keine Rolle mehr. Er wird den Großen Strom hinunterpaddeln, bis der Fluss sich aufteilt und mit vielen Armen das Land durchströmt. Vielleicht ist es Sommer. Hornklee und Trollblumen blühen, die jungen Schwäne auf dem See haben ein dunkles graubraunes Federkleid, die Tage sind lang und schön. Vielleicht leben seine Eltern noch. Und die anderen? Haldeck, Sörnir, Trud, Siffnt. Rolfr ruft einen nach dem anderen in sein Gedächtnis zurück. Er hört ihre Namen, sieht ihre Gesichter. Zusammen werden sie seine Rückkehr feiern.

Der Minotauros-Mythos

Eine wertvolle Quelle für den Minotauros-Mythos ist die *Biblio-theke des Apollodor*, eine Zusammenfassung antiker Sagen, die aus dem 1. Jahrhundert unserer Zeitrechnung stammt. Der Minotauros spielt dort an mehreren Stellen eine Rolle. Ich habe einige ausge-wählt und sie im Folgenden zusammengefasst.

Minos wollte über Kreta herrschen. Um sich gegen seine Brüder durchzusetzen, behauptete er, von den Göttern die Herrschaft er-halten zu haben. Sie würden ihm jeden Wunsch erfüllen. Zum Be-weis opferte er dem Gott Poseidon und bat ihn, einen Stier aus den Fluten steigen zu lassen. Er versprach, diesen Stier nach seinem Er-scheinen zu opfern. Poseidon ließ dann wirklich einen herrlichen Stier erscheinen, und Minos wurde König. Den Stier behielt er aber, weil er ihm so gut gefiel, und opferte einen anderen.

Doch Poseidon merkte es und wurde zornig auf Minos, weil er den Stier nicht geopfert hatte. Der Gott bewirkte, dass Pasiphaë, die Gattin des Minos, von Verlangen nach dem Stier ergriffen wurde. Pasiphaë nahm Daidalos als Helfer, ein Baumeister, der wegen ei-nes Mordes aus Athen geflohen war. Er baute eine hölzerne, innen hohle Kuh auf Rädern, bezog diese mit einer echten Kuhhaut und stellte sie auf die Wiese, auf der der Stier weidete. Pasiphaë stieg hinein, und der Stier besprang sie wie eine echte Kuh. Daraufhin ge-bar sie Asterios (im Roman Asterion), den sogenannten Minotau-ros. Er hatte einen Rinderkopf, sein Körper war menschlich. Minos schloss ihn in das Labyrinth ein; dies war ein Gebäude, das Daida-los errichtet hatte und das so voller Windungen war, dass jemand, der hineingeriet, den Ausgang nicht mehr finden konnte.

Die Athener mussten einen Tribut an Menschenopfern für den Minotauros liefern. Einmal wurde der Sohn des Königs Aigeus,

Theseus, auserwählt. Als er nach Kreta kam, verliebte sich Ariadne, die Tochter von Pasiphaë und Minos, in ihn. Sie bot Theseus Hilfe an, wenn er ihr versprechen würde, sie als seine Frau mit nach Athen zu nehmen. Theseus versprach es.

Ariadne holte Daidalos' Rat ein und gab Theseus beim Eingang ins Labyrinth einen Faden. Diesen befestigte er an einem Ende an der Tür und ging hinein. Den Faden zog er hinter sich her. Im hintersten Teil des Labyrinths fand er den Minotauros und erschlug ihn mit bloßen Händen. Danach folgte er dem Faden wieder zurück und fand so den Ausgang des Labyrinths. In der Nacht fuhr er mit Ariadne nach Naxos.

Als Minos die Flucht von Theseus und seinen Gefährten entdeckte, sperrte er Daidalos als den Schuldigen zusammen mit seinem Sohn Ikarus im Labyrinth ein. Daidalos fertigte für sich und seinen Sohn Flügel. Er warnte Ikarus beim Abflug, nicht zu hoch zu fliegen, damit die Sonne den Leim zwischen den Federn nicht schmelzen könne, aber auch nicht zu tief, damit die Flügel nicht im Meer nass würden und sich auflösten.

Ikarus aber hörte nicht auf die Warnungen seines Vaters. In seiner Begeisterung flog er immer höher, der Leim schmolz, und Ikarus stürzte ins Meer, das nach ihm das das Ikarische Meer genannt wurde. Daidalos bestattete ihn auf der Insel, die seither Ikaria heißt. Dann fuhr er weiter bis nach Kamikos in Sizilien.

Frei nach der *Bibliotheke des Apollodor* (1. Jh. n. Chr.)

Danke, dass aus der Idee ein Buch geworden ist!

Bei einer Kretareise habe ich den „Palast" von Knossos besichtigt, und bei dieser Gelegenheit bin ich dem Minotauros-Mythos begegnet. Damals war ich Biologiestudentin. Ich hatte gerade gelernt, dass Rinder und Menschen keine gemeinsamen Nachkommen haben können, auch nicht ausnahmsweise, Stichwort Genetik-Grundkurs. Aber die Geschichte von Pasiphaë, die ein Mischwesen gebiert, hat mich neugierig gemacht. Irgendwo liegen in jedem Mythos kleine Schnipsel Wahrheit verborgen, und die wollte ich finden. Die antiken Griech:innen haben uns die Sage überliefert, aber die Geschichte spielte schon für sie in ferner Vergangenheit. Was könnte damals wirklich geschehen sein?

An dieser Frage habe ich gern, lange und kontrovers herumgerätselt. In meiner Familie, in meinem Freund:innen- und Bekanntenkreis habe ich mit vielen Menschen diskutiert, die alle einen Teil zu diesem Roman beigetragen haben. Euch allen bin ich dankbar für euer Interesse und eure Anregungen. Ganz besonders bedanke ich mich bei Berty, der mir mit seinen genialen Ideen aus der Patsche geholfen hat, wenn ich mich beim Plotten verrannt habe, und bei Tine, die den Roman als Betaleserin gelesen und kommentiert hat. Vielen Dank ebenfalls ans KommPlot, meine Autorinnengruppe, für die vielen Tipps und die Unterstützung.

Herzlichen Dank an den Archäologen Dr. Fritz Blakolmer, der mir mit Literaturtipps zur minoisch-mykenischen Kultur und insbesondere seinen Erklärungen zum Adyton, dem „Hausheiligtum" im Roman, wertvolle Inspiration geliefert hat, und an meine Vereinskollegin von den Bücherfrauen, die Lektorin Marion Voigt, für ihre Anregungen zur Überarbeitung des Manuskripts.

Damit aus dem Roman ein Buch wird, standen mir Profis zur Seite, die sich um das Cover und den Innenteil gekümmert und erstklassige Arbeit geleistet haben. Vielen lieben Dank an Annie Hahn und Gino Faglioni vom Illustrat für das Spitzencover, Invar Thea Eickmeyer für das gewissenhafte Korrektorat und Susanne Lomer für den akkuraten Schriftsatz.

Zum Schluss bedanke ich mich bei Lisa, ohne die ich dieses Buch nicht geschrieben hätte. Lisa Kuppler vom Krimibüro hat mich bereits bei der Konzeption des Romans unterstützt und mich in meinen Ideen bestärkt. Sie hat den Roman schließlich lektoriert und mir mit ihren Kommentaren geholfen, aus jeder Figur und jeder Szene einfach alles herauszuholen, was ging. Danke, Lisa.

Zuallerletzt ein herzliches Dankeschön an dich, liebe Leser:in. Du hast dieses Buch geöffnet und ein paar Seiten gelesen. Vielleicht sogar den ganzen Roman. Dann schreib mir doch bitte, wie er dir gefallen hat – auf meiner Webseite www.charlotte-fondraz.com gibt es ein Kontaktformular und einen Blog mit Kommentarfunktion. Über eine Bewertung oder eine Besprechung des Buchs im Internet würde ich mich ebenfalls sehr freuen.

Charlotte, im September 2021

CPSIA information can be obtained
at www.ICGtesting.com
Printed in the USA
LVHW031353111121
703002LV00006B/188